오버 더 센츄리

Over The Century

오버 더 센츄리 5

이영호 판타지 장편 소설

초판 1쇄 찍은 날 § 2002년 12월 12일
초판 1쇄 펴낸 날 § 2002년 12월 22일

지은이 § 이영호
펴낸이 § 서경석

편집장 § 문혜영
편집 § 장상수 · 박영주 · 권민정 · 이종민
마케팅 § 정필 · 강양원 · 이선구 · 김규진

펴낸곳 § 도서출판 청어람
등록번호 § 제1081-1-89호
등록일자 § 1999. 5. 31
어람번호 § 제1-0327호

주소 § 경기도 부천시 원미구 심곡1동 350-1 남성B/D 3F (우) 420-011
전화 § 032-656-4452 팩스 § 032-656-4453
http://www.chungeoram.com
E-mail § eoram99@chol.net

값 7,500원

ISBN 89-5505-535-8 (SET)
ISBN 89-5505-556-0 04810

이영호 판타지 장편 소설

오버 더 센츄리

Over The Century

5 소용돌이

도서출판
청어람

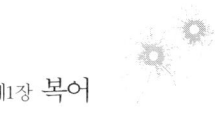

제1장 **복어**

나리와 꼬치는 꼬박 닷새 동안을 쉬지 않고 걸어서 들개족의 마을에 도착했다.

마을 근처에 도착한 후에도 근처의 숲 속에 몸을 숨기고 있다가 날이 완전히 저물고 난 후에야 겨우 묘지에 숨겨져 있는 작은 입구를 열고 기어들어 온 다음 문을 닫았다. 문은 밖에서 보면 그냥 무덤처럼 보이도록 위장되어 있었다.

아무것도 보이지 않는 좁고 긴 비밀 통로를 한참이나 기어서 도착한 곳이 바로 왕의 침실 밑의 공간이었다. 두 사람은 그곳에 숨을 죽인 채 앉아 있었다.

꼬치가 소리 죽여 물었다.

"언제까지 기다려야 하나?"

"조금만 더요. 폐하가 돌아오시고 방에서 근위대가 완전히 나가 혼자 남으려면 아직 더 있어야 합니다. 혼자 남으면 폐하가 신호를 보내십니다."

"그럼 우리가 온 줄을 알고 계신가?"

"아니요, 매일 같은 시간에 신호를 보내시죠. 제가 있을 때는 저도 신호를 보내고 그렇지 않으면 그냥 주무시게 되는 거죠."

꼬치가 중얼거렸다.

"아버님이 아주 불쌍한 지경이 되셨군. 무슨 범죄자도 아니고······."

"쉿!"

갑자기 몇 개의 발자국 소리가 들리자 나리가 급히 꼬치에게 조용히 하라는 신호를 보냈다.

쿵쿵! 쿵쿵쿵쿵!

발소리는 계속 이어졌다. 그리고 잠시 후 문이 닫히는지 무엇이 부딪치는 소리가 들리며 조용해졌다.

또 얼마나 시간이 흘렀는지 몰랐다. 너무 오래 기다려서 지친 꼬치가 막 잠이 들려는데 바로 머리 위에서 두드리는 소리가 들렸다.

똑똑, 똑똑똑, 똑똑똑똑, 똑똑똑똑똑.

정확히 두 번, 세 번, 네 번, 다섯 번으로 매번 두드리는 숫자가 늘었다. 그러자 잠자코 있던 나리가 천천히 세 번 머리 위의 천장을 두드렸다.

똑, 똑, 똑.

그리고 또 잠시 후 두 사람이 쭈그리고 앉아 있는 곳의 천장이 소리 없이 열렸다. 뚫린 것은 작은 손바닥만한 구멍이었다.

"아버님!"

꼬치가 낮은 목소리로 탄식하듯 제 아버지를 불렀다.

"오냐. 오랜만이구나, 꼬치."

"아버님, 건강하셨습니까?"

"그래, 잘 지내고 있다."

푸치가 꼬치의 뒤에 서서 숨죽이고 있는 나리에게 치하를 했다.

"수고 많았다, 나리. 정말 고맙네, 꼬치를 데려다 주어서……."

"아닙니다, 폐하. 전 당연히 제 임무를 수행한 것뿐입니다."

"아니야, 자네가 아니었으면 아무도 이 일을 하지 못했을 거야."

"황공하옵니다, 폐하."

아버지의 모습을 바라보는 꼬치의 눈에 눈물이 맺혔다. 인사도 못하고 쫓겨난 지 근 오 년 만의 상봉이었다. 그새 푸치는 엄청나게 늙어 있었다.

꼬치는 목이 메어 목소리가 잘 나오지 않았다.

"주름살이 많이 느셨군요. 고생이 심하시죠?"

"그렇지 않아. 그래도 난 왕이 아니냐?"

"……."

꼬치는 터치의 위협 아래서 마음 고생할 늙은 아버지를 보고 몹시 마음이 아팠다. 그렇다고 마음껏 뛰어나가 안아볼 수도 없다. 얼굴도 내밀기 어려운 작은 구멍인데다가 누군가 문구멍으로 안을 들여다볼 수도 있어서 푸치도 그저 침대 주위에 둘러친 휘장에 몸을 가리며 겨우 쭈그리고 앉아서 아래를 내려다볼 뿐이었다. 너무 좁은 공간이라 서로 손을 마주 잡기도 힘이 들었다.

푸치는 늙은 몸을 어렵게 구부리고서 소리를 죽여가며 얘기를 시작했다.

"그동안 어디서 지냈느냐?"

"멀리 강을 따라 올라갔습니다. 여기서 닷새 정도 걸리는 곳에 자리를 잡았습니다."

"그래, 살 만은 한 거냐?"

"예, 이제는 작지만 안정된 부족을 이루었습니다."

"다행이구나."

푸치는 구부리고 있는 자세가 몹시 불편한지 살며시 허리를 일으켜 세웠다. 그리고 주위를 살피더니 가만히 문으로 걸어가서 구멍 사이로 밖을 내다보았다. 그리고 작은 헝겊 조각으로 구멍을 막았다.

밖에서 엿볼 수 있는 구멍을 모조리 막고 다시 돌아온 푸치는 침대 밑으로 들어가 구멍 옆에 머리를 대고 누웠다.

"아버님, 어찌 그런 차가운 바닥에……."

"괜찮다. 오늘 죽을지 내일 죽을지 모르는 늙은이가 어디 누운들 어 떠냐?"

푸치는 별로 괘념치 않는 모양이었다. 꼬치가 얘기를 시작했다.

"그때 인사도 못 드리고 떠나서 죄송합니다."

"아니다. 오히려 내가 너를 지켜주지 못해서 미안했다. 터치란 놈이 이미 왕궁을 점령하고 내 군대를 접수한 뒤라 어쩔 수가 없었다."

"알고 있습니다. 떠날 때 저는 이미 모든 사실을 알고 있었습니다."

"네 형이 죽은 것도 알고 있느냐?"

"예, 터치가 와서 직접 얘기를 했습니다. 그리고 저는 바로 떠나야 했습니다."

"쯧쯧……."

푸치는 한없이 회상에 젖어들고 있었다. 왕년에 천하를 호령하던 자 신이 칠순이 된 지금은 아들의 위협 아래 허수아비 왕 노릇을 하며 목 숨과 부족의 미래를 그저 걱정만 하고 있어야 하는 처지가 된 것이 한

심하기 짝이 없었다.

푸치가 느닷없이 물었다.

"그래, 네 생각은 어떠냐?"

"예?"

"내가 보낸 편지 말이다. 터치가 이미 일개 분대의 원정대를 출발시
켰다. 그리고 곧 여러 분대의 원정대가 다시 출발할 예정이다."

"어디로 출발했습니까?"

"지난번에 출발한 분대는 인간족을 감시하기 위해서 보낸 원정대였
던 것으로 보고가 들어왔다. 그리고 다음에 떠날 여러 분대의 원정대
는 각기 다른 방향으로 출발한다고 하는데… 자세한 사항은 며칠 내로
보고가 들어올 것이다."

"터치는 기어이 인간족을 멸망시킬 생각인 모양이군요."

"인간족뿐이 아니지. 그 녀석은 인간족을 멸망시키고 모든 들개족을
정벌해서 통일할 생각까지 하고 있다는구나."

"모든 들개족을요? 왜죠? 그럴 필요가 없을 텐데……."

"그건 나도 모르겠다. 녀석의 욕심에는 끝이 보이지 않아. 다 내가
잘못 가르친 탓이지. 밀정이 보내주는 내용에 의하면 녀석은 고대 도
시를 찾아서 이 세상을 아예 정복하려는 꿈까지 꾸고 있다고 하는구
나."

꼬치가 고개를 저었다.

"세상을 정복한다구요? 그게 말이나 되는 얘깁니까?"

"모르지. 터치 녀석은 가능하다고 보는 모양이다."

"인간족에 대한 소식은 알고 계십니까?"

"잘 모른다. 그쪽 소식까지는 내게 전달되지 않아. 녀석이 철저히

막고 있으니까. 난 다만 터치에게 밀정을 심어놓았을 뿐이다. 다행스럽게도 아직은 우리 부족에 터치를 반대하는 자가 더 많으니까."

"아버님, 어째서 터치를 그냥 두십니까? 그대로 두면 더욱 세력이 커져서 걷잡을 수 없게 될 텐데요?"

"이미 틀렸어. 놈의 군사력은 우리 부족의 칠 할 이상이야. 게다가 내 주위의 친위대도 모두 그놈의 수하인 것이 분명해. 잘못 움직이면 내가 먼저 당하기 때문에 함부로 움직일 수가 없단다."

"그럼 앞으로 어떻게 하실 생각이십니까?"

"네가 고대 도시를 찾아주었으면 좋겠구나. 너라면, 네가 그것을 찾으면 절대 나쁜 일에는 사용하지 않을 거라고 믿는다. 넌 하커의 생각을 그대로 받은 녀석이니까……."

"작은아버지… 말입니까?"

낮게 중얼거린 꼬치가 입을 다물었다. 예전에 하커를 몰아내고 죽인 장본인의 입에서 저런 얘기까지 나올 줄은 전혀 예상하지 못한 일이었다.

꼬치가 입을 다물고 생각에 잠겨 있자 푸치가 회한에 잠긴 목소리로 말을 이었다.

"나는 후회를 많이 하고 있다. 당시 내가 그렇게 욕심을 부리지 않았더라면… 하고 말이다. 그랬다면 하커가 왕이 되었겠지만 아무도 죽는 일은 없었겠지. 나야 부하들을 이끌고 다른 곳으로 떠났겠지만 그걸로 모든 일은 끝이 났을 거다. 기무치가 죽는 일도 없었을 것이고 네가 떠나야 하는 일도 없었겠지. 터치 녀석도 지금처럼 세력을 잡지 못했을 것이고."

꼬치가 고개를 저었다.

"터치 녀석은 어떻게 되었든 형과 싸웠을 겁니다. 욕심이 많은 놈이니까요."

"터치가 세력을 잡은 것은 하커를 죽인 공이 인정되었기 때문이었다. 그 일이 없었다면 저 녀석은 아직도 대대장이나 하고 있을 거다."

"글쎄요……."

꼬치는 그렇게 생각되지 않았다. 터치의 성격이라면 어디를 가더라도 반드시 형들을 몰아내고 제가 왕위를 차지하려고 했을 것이다.

"어쨌든!"

푸치가 터치의 상념을 깨며 결론을 내렸다.

"더 이상 터치의 폭주를 묵과할 수는 없다. 터치를 막는 것은 나 혼자를 위한 일이 아니다. 이제 전 부족의 평화를 위해서 꼭 막아야 하는 숙제가 되었다. 깊이 생각해 보고 결정해 주길 바란다."

"예, 들개족만이 아니라 이 땅에 살고 있는 모든 종족을 위해서라도 터치가 고대 도시를 차지하는 일은 막아야겠죠."

푸치와 꼬치 부자의 얘기는 끝없이 계속되었다. 그러나 어떤 결론을 내기에는 아직 너무나 막연하기 짝이 없었다. 이들에게는 힘도, 정보도 너무나 약하기 때문이었다.

그때 밖에서 노크 소리가 들렸다.

"폐하, 기침하셨습니까?"

그 소리에 모두 깜짝 놀라서 몸이 경직되었다.

"엇!"

푸치는 급히 바닥에 난 구멍을 뚜껑으로 덮고 힘겹게 침대 밑에서 빠져나왔다. 그는 즉시 침대 위로 몸을 눕히고 나서 대답했다.

"무슨 일이냐?"

"날이 밝았사옵니다. 차를 대령할까요?"

"잠깐만 기다려라."

푸치는 서둘러 침대 아래쪽을 살폈다. 아무 흔적이 없다는 것을 확인하고 난 후 이불까지 자연스런 모양으로 매만지고 나서야 들어오라고 허락을 했다.

차를 들고 들어오는 사람은 밀정으로부터 연락을 가져오는 시녀였다. 그녀도 푸치의 밀정 중 한 사람이었다.

"너무 오래 주무시는 것 같아서 그냥 차를 대령하게 했사옵니다."

웬만하면 푸치가 먼저 기침을 하기 전에는 차를 들여오지 않고 밖에서 기다리는데 오늘은 서둘러 차를 내온 것을 보니 무슨 전갈이 있는 모양이었다.

"이리 가져오너라."

"예."

그녀는 차와 주전자가 얹어진 쟁반을 들고 오며 푸치에게 눈짓으로 신호를 보냈다. 눈짓에 의하면 급한 전갈이었다.

"어서 이리로……."

역시 붉은빛의 주전자였다. 찻잔을 받아 들며 바라보니 밖에 있는 근위병들이 살며시 안을 들여다보고 있었다. 그들이 가만히 왕의 침실 문에 박혀 있던 헝겊을 빼내고 있는 모습이 보였다. 간밤에 구멍이 막혀서 안을 들여다보지 못했기 때문이다.

'나쁜 녀석들, 네놈들이 터치의 밀정이라는 것을 알고 있다.'

그러나 푸치는 아무 내색을 못했다. 그들뿐 아니라 자신의 근위병 거의 모두가 터치에 의해서 추천된 자들이었기 때문이다. 아무도 터치가 왕의 곁에 제 세력을 심어놓는 것을 막지 못했다. 그러기에는 터치의 힘이 너무 강했다.

"문을 잘 닫고 나가거라."

"예."

시녀는 뒤쪽에서 잘 보이지 않도록 몸으로 가리며 뚜껑에서 작은 쪽지를 꺼냈다. 그리고 차를 따르는 척하며 가만히 푸치의 손에 쪽지를 건네주었다. 그녀로서도 근위병들이 왕을 감시하고 있는 것을 염두에 두고 한 행동이었다.

"고맙다."

바닥에서는 꼬치와 나리가 가만히 위의 소리를 듣고 있었다.

"무슨 일이지?"

"쉿!"

나리는 급히 꼬치의 입을 막았다. 그리고 따라오라고 손짓을 했다. 소리가 나지 않도록 조심조심 한참 동안이나 기어가고 나서야 나리가 기는 것을 멈추었다. 그 다음 통로에 달려 있던 문까지 닫고 나서야 말을 시작했다. 역시 아주 낮은 음성이었다.

"벌써 날이 밝은 모양입니다."

"벌써? 아니… 들어온 지 얼마나 되었다고."

"얘기에 열중해 있어서 못 느끼셨겠지만 꽤 시간이 흘렀습니다."

"여기서는 말을 해도 되나?"

"이곳은 한참 아래로 내려온 지점입니다. 게다가 문까지 닫았으니 저쪽에서는 전혀 들리지 않을 겁니다."

"그런가? 그럼 이제 어떻게 하지?"

"다시 날이 어두워질 때까지 기다려야지요. 지금은 위험해서 못 나

갑니다."

"하루 종일 여기서 쭈그리고 있어야 한단 말인가?"

"예, 할 수 없습니다. 게다가 아직 폐하와 얘기도 끝내지 못한 상태가 아닙니까?"

"하긴… 뭔가 결론을 내야지."

"그래서 저는 늘 비상 식량을 가지고 다닙니다."

나리가 자루 안에서 말린 고기와 물 주머니를 꺼냈다. 그가 늘 커다란 자루를 짊어지고 다니는 이유를 알 것 같았다.

"용변은 어떻게 해결하나?"

"오른쪽 터널로 한참 기어서 나가다 보면 제가 늘 용변을 보는 곳이 있습니다. 하수구와 연결된 구멍이지요."

"그, 그랬군. 자넨 꽤 고생을 많이 하는군."

"제 임무인걸요."

"아무튼 고맙네. 이렇게 약자 편에 서서 도와주기도 힘든 일인데……."

나리가 낮게 깔린 목소리로 대답했다.

"단지 폐하에 대한 충성심만으로 이러는 것은 아닙니다."

"그럼?"

"저는 제 신념을 위해서 이런 일을 하는 겁니다."

꼬치의 얼굴에 짙은 의구심이 나타났다.

"신념?"

"예전에 하커 장군님께 가르침을 받으셨다고 했죠?"

"그랬지. 그분은 나의 스승이셨네. 아버님과는 전혀 다른 생각을 가진 분이었지만 난 아버지보다 그분을 따랐지."

"그분의 사상을 가진 사람들이 아직도 남아 있다는 것은 아십니까?"

"뭐? 아직 그 세력이 존재하고 있단 말인가?"

"예, 비밀리에 아직도 존재하고 있습니다."

"그렇다면 자네는?"

"예, 전 그 사상을 따르고 있는 후예 중 일원입니다."

"그 세력은 얼마나 되나?"

"글쎄요… 저도 잘 모르겠습니다. 워낙 비밀리에 연락하기 때문에 서로 얼굴도 잘 모르거든요."

"그럼 아버님도 그 세력에 가담하셨나?"

"아닙니다. 폐하는 아직 우리의 존재를 모르십니다. 폐하와 저희들은 다만 서로의 필요에 의해 결합한 것일 뿐입니다."

"그렇군. 그 얘기를 나에게 하는 이유는?"

나리가 가만히 꼬치의 눈을 들여다보더니 말을 이었다.

"그건… 저는 폐하는 믿지 않지만 꼬치님은 믿을 수 있기 때문입니다."

"나를 믿는다?"

"예, 처음에는 터치를 제거할 목적으로 폐하의 명령을 수행하기 시작했고 그 과정에서 꼬치님이 그 작업에 유용한 분이라고 생각했었습니다. 그러나 몇 번 꼬치님의 부족을 방문하면서 보고 들은 것, 그리고 하커 장군의 자식이자 인간족인 퍼쿵 일행을 직접 보게 되면서 확신을 가졌습니다. 꼬치님의 사상이 우리와 같다는 것을요."

"그래서 내게 얘기를 한다는 거군. 하지만 내가 배신을 하면 어쩔 셈인가?"

나리가 가만히 마른 고기를 내밀면서 히죽 웃었다.

"그래도 어쩔 수 없습니다. 어차피 저 혼자 죽고 마는 거니까요. 저는 우리 조직원의 얼굴을 하나도 모르거든요."

"후, 그랬군."

꼬치는 그가 내민 고기를 받아 들고 씹기 시작했다. 바싹 말라서 매우 단단했지만 그런 대로 맛이 있었다.

"잘 봤네. 난 하커 장군, 아니, 작은아버지의 사상을 전적으로 지지해. 아주 빠져버렸지. 그래서 지금 내 부족도 그렇게 운영하고 있고."

"잘 알고 있습니다. 저는 아직 인간족과 전쟁 이외의 교류를 경험해 보지 못했지만 꼬치님의 부족은 이미 몇 사람의 인간들과 동족처럼 지내고 있지 않습니까?"

"서로 싸울 필요가 없으니까."

"그렇죠."

두 사람은 천천히 식사를 마쳤다. 그리고 물까지 마시고 난 다음 꼬치가 물었다.

"이제 어떡해야 하나?"

"다시 밤이 될 때까지 기다려야 합니다. 그전에 연락을 취할 수는 없어요. 들킬 염려가 있으니까."

"그런가?"

"예."

"밤이 되었다는 것은 어떻게 알 수 있지? 아무것도 보이지 않는데……."

"이곳에 오래 있다 보면 자연히 알 수 있게 됩니다. 그런 걱정은 마시고 한숨 주무시죠."

"그러지."

두 사람은 아무렇게나 누워서 잠을 자기 시작했다. 어둡고 조용한 곳이어서 쉽게 잠이 찾아왔다.

바다 위에서 하루가 지나가고 저녁이 되자 또 빈 배가 돌아왔다. 복어는 여전히 잡힐 생각을 하지 않았고 일행들도 지쳐 가고 있었다.

배에서 내려 방어진으로 들어온 웅가가 지친 몸을 모피 위에 누이며 말했다.

"정말 힘들군. 복어를 잡을 수 있는 방법이 없을까?"

보보도 한숨을 쉬었다.

"휴……."

유코가 주저앉아 두 다리 사이에 얼굴을 묻고 있다가 갑자기 고개를 발딱 들었다.

"더 못 참겠어요. 그냥 정령에게 부탁해요. 네? 치요, 그렇게 해. 퍼쿵 오빠부터 살리고 봐야지. 응?"

그러나 치요는 고개를 저었다.

"조금만, 조금만 더 기다려 보자. 반드시 잡을 수 있을 거야."

유코가 눈을 흘기더니 휙 몸을 돌리며 소리쳤다.

"너무해, 치요! 넌 퍼쿵 오빠가 걱정도 안 되는 거야?"

"……."

치요는 대답하지 않은 채 침통한 표정만 짓고 있었다. 피코와 보보도 침울하게 허공만 바라보고 있었다. 자리코가 유코의 등을 토닥이며 달래고 있었다.

"유코, 그렇지 않아. 치요도 매일 퍼쿵 오빠를 돌보면서 온종일 매달려 있어. 행여나 온도에 변화가 있을까 봐 마법을 사용하면서 말야. 우리 모두 퍼쿵 오빠를 걱정하고 있단다. 조금만 천천히 생각하자. 응?"

유코가 고개를 숙이고 훌쩍이기 시작했다.

"흑흑… 흑……."

그날 밤 잠자리에 들었던 유코는 갑자기 소변이 급해서 잠을 깼다. 슬쩍 몸을 일으키니 모두 누워 있었고, 저만치 불가에 치요가 쪼그리고 앉아 있는 것이 보였다.

유코가 잠자리에서 빠져나와 슬며시 치요에게 다가갔다. 그러나 치요는 웅크린 채로 잠이 들어 있어서 유코를 알아보지 못했다.

유코는 잠시 치요가 떨어뜨린 책을 바라보다가 그것을 주워 들었다. 몇 장 뒤적여 보니 뭐라고 알 수 없는 말들이 잔뜩 쓰여 있었다.

"휴, 무슨 말인지 하나도 모르겠네."

유코는 책을 내려놓고 방어진을 빠져나가 조금 떨어진 근처 숲으로 올라갔다. 그곳에서 모두가 잠이 든 것을 다시 확인했다. 그리고 치마를 걷어 올리고 속옷을 내린 다음 쪼그려 앉았다.

쉬…….

소변을 보았다. 저녁을 먹으며 물을 많이 먹어서 양이 상당히 많았다.

'휴, 벌써 이틀이나 지났는데… 복어는 왜 잡히지 않는 거야?'

거의 마지막 힘을 주며 잠깐 몸을 부르르 떨던 유코는 바로 옆의 숲속에서 누군가 바라보고 있는 것을 발견했다.

"꺅!"

비명을 지른 유코가 얼른 치마를 내리고 가만히 상대를 살폈다. 방어진까지는 스무 발짝 남짓 떨어져 있었다. 반면 바라보고 있는 상대와의 거리는 세 발짝도 안 되었다. 훨씬 가까웠다.

유코는 슬쩍 속옷을 올리고 몸을 일으킨 다음 뒷걸음질치며 상대를 살폈다. 그리고 막 돌아서서 달리려는 순간 상대편이 부르는 소리가 들렸다.

"은주야!"

"어?"

순간적으로 발을 멈추고 뒤를 돌아보았다. 서서히 다가오는 상대는 두 사람이었다.

"당신들은……?"

"우리야. 모르겠니?"

그들은 전에 꿈에서 보았던 요시코와 부르노라는 사람이었다.

"당신들이 어떻게 여기에?"

유코가 몸을 도사리며 상대를 뚫어지게 바라봤다.

요시코라는 소녀가 대답했다.

"여기… 우리 집이야."

"우리 집?"

이상하게 낯설지 않은 두 사람이었다. 한밤중 숲 속에서 느닷없이 사람이 나타나 너무 놀라서 소름이 돋긴 했지만 그리 무섭지는 않았다. 무서워하기에는 상대의 표정과 목소리가 너무나 정답고 부드러웠다.

"여기서 살고 있다고요?"

"그래, 이리 와봐."

유코는 주저하면서도 서서히 그들이 안내하는 곳으로 발걸음을 옮겼다.

그들을 따라 숲 속으로 조금 걸어 들어가자 작은 공터가 나왔다. 그리고 그곳에 커다란 바위가 두 개 놓여 있었다.

유코가 물었다.

"여기서 살아요?"

"응."

"하지만 집이 어디 있어요?"

유코의 물음에 그들이 가리키는 곳은 바위였다.

"이 바위가 집이에요?"

유코는 고개를 갸웃거렸다. 바위는 상당히 컸다. 진짜 집채만했다. 하지만 들어가 몸을 숨길 만한 구멍도 없었고 주위에 움막이나 하다못해 짚단이나 가죽 같은 깔개도 없었다.

"어떻게 이런 곳에서 살아요?"

"후후, 아주 편안한 집이야."

바위 주위를 돌며 살피는 유코에게 부르노라는 소년이 물었다.

"무슨 고민이 있니? 표정이 좋지 않구나."

"예, 실은······."

유코는 문득 퍼쿵을 떠올리며 고개를 숙였다. 다시 눈물이 핑 돌기 시작했다.

"흑, 퍼쿵 오빠가 쓰러졌는데··· 살리려면 복어를 구해야 하는데 복어가 잡히지 않아요. 흑."

"저런······."

요시코가 숲 바깥 쪽을 바라보더니 고개를 돌리며 말했다.

"저 청년을 말하는구나? 거의 목숨이 끊어졌네. 꽁꽁 얼려놓았구나?"

요시코의 말에 유코가 깜짝 놀랐다.

"예? 어떻게 알아요, 보지도 않고? 우리 일행이 보이세요?"

유코는 방어진에 들어 있는 퍼쿵을 마치 본 것처럼 말하는 요시코의 말에 놀라고 있었다.

"우린 다 알 수 있어."

"후후, 우린 보지 못하는 것이 없지. 그래, 저 청년을 살리고 싶니?"

"예, 살려야 해요. 우린 오빠가 없으면 안 돼요."

"거의 다 죽은 것 같은데?"

유코가 무릎을 푹 꿇었다.

"엉엉, 아직 죽지 않았어요. 얼려놓았을 뿐이에요. 제발 도와주세요. 엉엉."

유코가 눈물, 콧물 흘려가며 울기 시작했다. 요시코와 부르노가 마주 보며 상의를 했다.

"어떻게 할까?"

"글쎄, 우리 능력 밖의 일인데……."

"복어만 구해주면 되지 않을까?"

그들의 대화를 듣던 유코의 눈이 크게 떠졌다. 그리고 벌떡 몸을 일으키며 매달렸다.

"정말요? 복어를 구해줄 수 있어요?"

"그거야 어렵지 않지. 하지만 복어만 있으면 살릴 수 있겠어?"

"예, 복어만 있으면 약을 만들 수 있대요. 제발 복어 좀 구해주세요. 언니, 오빠! 제발요!"

유코는 두 사람의 발밑에 엎드려 통곡을 하기 시작했다.

"엉엉엉엉!"

"……."

두 사람은 한참 말없이 바라보고 있었다. 그리고 잠시 후 유코가 고개를 들었을 때는 모두 사라지고 없었다.

"어? 언니! 오빠! 어디 갔어요? 도와주세요, 제발… 엉엉! 언니!"

그때였다. 누군가 유코의 어깨를 턱 짚었다.

"요시코 언니?"

유코가 고개를 휙 돌리며 소리쳤다.

"엇! 유코, 왜 그래? 나야! 정신 차려!"

"어? 치요?"

유코의 어깨를 짚고 있던 사람은 치요였다. 그리고 주위에는 유코와 치요 이외에는 아무도 없었다.

유코가 벌떡 일어나더니 주위를 막 뛰어다녔다. 바위 건너편에도 돌아가 보고 두 바위 사이도 들여다보았다. 그러나 방금 전까지 자신과 대화를 하던 요시코와 부르노는 흔적도 없이 사라지고 없었다.

유코가 눈물을 소매로 닦으며 다그쳤다.

"치요, 방금 여기 있던 사람들 못 봤어? 두 사람이 있었는데! 남자와 여자. 나이는 피코 정도 되고! 응?"

"아니, 난 아무도 못 봤어. 네가 울고 있는 소리가 나길래 와본 거야. 너 혼자 엎어져서 울고 있었어."

"아니야! 그렇지 않아. 분명히 요시코와 부르노라는 언니, 오빠가 있었단 말야! 잘 생각해 봐!"

치요는 가만히 몸을 일으키더니 머리를 저었다.

"진정해, 유코. 헛것을 본 모양이구나. 너 요즘 너무 무리했나 보다. 어서 돌아가서 좀 더 자. 이러다가 너마저 쓰러지겠어."

"그럴 리가 없는데… 이상하다. 분명히 복어를 구해준다고 했는데?"

유코는 여전히 훌쩍거리며 주위를 두리번거렸다. 그러나 곧 치요의 손에 이끌려 방어진으로 돌아가야 했다.

방어진 안에 들어온 유코가 여전히 주절거리는 것을 치요가 억지로 모피 속으로 밀어 넣었다.

유코는 여전히 중얼거리며 고개를 갸웃거리고 있었다.

"이상해. 정말 분명히 있었어. 내가 오줌, 아니, 볼일을 보고 있는 데……."

"알았어. 알았으니까 어서 자. 너 요즘 너무 과민했어. 아직 동이 트려면 많이 남았으니까 어서 더 자."

치요가 가죽 담요를 목까지 덮어주며 유코를 토닥거렸다.

유코가 마지못해 입을 다물며 담요 속으로 손을 집어넣자 치요가 가만히 유코의 이마에 손을 짚어 온도를 살펴보았다. 열이 있나 보는 모양이었다.

갑자기 유코가 담요를 확 까 내리며 물었다.

"치요, 너 지금 내가 미친 줄 아는 거지?"

"후후, 그렇지 않아. 열이 있는지 보는 거야."

"그 말이 그 말 아냐?"

유코가 얼굴이 새빨개져서 따졌지만 치요는 별 반응 없이 그저 웃기만 했다.

"아니라니까. 열이 있으면 간혹 헛것이 보이기도 하거든. 그래서 그런 거야. 넌 미치지 않았어."

"그, 그래? 알았어……."

유코는 혼란스러운 생각을 접으며 다시 담요를 뒤집어썼다. 그러나 왠지 치요의 표정이 마치 자신을 비정상으로 바라보는 것처럼 느껴지는 의문은 사라지지 않았다.

옆에서 계속 토닥거리며 유코를 재우던 치요는 그녀가 가볍게 코를 골기 시작하는 것을 확인하고 다시 모닥불로 돌아왔다.

치요는 생각에 잠겼다.

'음, 유코가 보았다는 두 사람… 전에 자리코가 말했던 사람이 틀림없는 것 같은데… 요시코와 부르노라고 했지?'

그리고 조금 전 유코를 데리고 나왔던 숲을 바라보았다.

'분명히 전에 유코가 그들의 꿈을 꾸었다고 한 적이 있었지? 왕을 아들이라고 했다는… 그렇다면 그들은 왕의 부모라는 말이 되는데…….'

치요는 마지막으로 잠든 유코를 돌아보았다.

'휴우, 뭐가 어떻게 된 건지…….'

치요는 고개를 젓고 다시 생각에 잠겼다.

그렇게 밤이 깊어갔다. 시간이 지남에 따라 별들이 이동했고 먼동이 훤하게 밝아왔다.

"어이, 모두들 일어나! 피코! 유코! 보보!"

치요가 잠들어 있는 아이들을 깨웠다. 그 소리에 피코가 가장 먼저 몸을 일으켰고 그 다음 웅가가 기지개를 켜며 일어났다. 자리코는 이미 일어나서 식사를 준비하고 있었다. 메뉴는 역시 구운 물고기였다.

웅가가 연거푸 하품을 하며 기지개를 켜댔다.

"하아암, 피곤하다. 벌써 날이 밝으려는 건가?"

"아직이요. 하지만 곧 밝을 거예요. 어서 배를 띄워야지요."

보보도 제 허리를 주물러 대며 몸을 일으켰다.

"오늘은 꼭 복어를 잡아야 할 텐데……."

유코는 정신이 들자 바로 간밤에 소변을 보던 숲을 바라보며 중얼거렸다.

"정말 이상해. 분명히 사람들이 있었는데……."

피코가 물었다.

"무슨 소리야?"

"응, 간밤에 저쪽 숲 속에서 사람들을 만났단 말이에요."

"사람들?"

"설마… 들개족은 아니겠지?"

보보와 응가도 무슨 소린가 하고 바라봤다. 치요는 유코가 하던 말에 대해서 다시 생각하고 있었다.

"요시코와 부르노라고 했어요."

보보가 물었다.

"또? 지난번에 꿈에서 봤다던 그 사람들?"

"응, 틀림없어."

"또 꿈을 꾼 거야?"

"아냐, 이번에는 꿈이 아니야. 정말 만났다구. 소변을 보러 저 숲에 들어갔다가 정말로 마주쳤어."

갑자기 응가가 고개를 들이대며 물었다.

"요시코와 부르노라구?"

"예, 분명히 그 사람들이었어요. 자리코 언니 정도 나이의……."

"너, 그 이름을 어떻게 알고 있느냐?"

응가는 매우 놀란 듯이 물었다.

"그들이 그렇게 말했으니까요. 왜요?"

"그분들은 우리의 시조인데?"

"맞아요. 마르코가 자기 아들이라고 했어요."

"마르코? 왕의 이름 아냐? 그렇다면 정말 우리의 시조를 만났다는 말이냐?"

피코가 대수롭지 않다는 듯이 말했다.

"꿈일 거예요. 지난번에 인간족의 성에서도 한번 그 꿈을 꾼 적이 있대요."

그러나 치요는 고개를 저었다.

"아니, 어쩌면 정말 만났을지도 몰라. 다른 사람도 아니고 유코니까."

"응?"

모두 치요를 바라봤다. 무슨 뜻이냐는 표정으로······.

치요는 모두의 시선에 대답은 하지 않고 다만 어깨를 한번 들썩 들어 올렸다.

웅가가 물었다.

"하지만 그분들은 아주 오래전에 돌아가셨는데? 지금의 왕이 내 나이 정도였을 때 일이었지. 확실히 기억하고 있어."

유코가 발딱 성을 내며 말했다.

"어제 만났다니까요! 정말이에요!"

웅가가 웃었다.

"하하, 죽은 사람을 만나다니, 그런 일은 있을 수 없어. 이름이 같은 다른 사람이겠지."

"그런지도 모르지만 만난 것은 사실이에요. 왜 안 믿죠, 모두들?"

유코가 성을 내자 다들 웃으며 손을 저었다.

웅가가 미안한 표정을 지으며 말했다.

"하하, 안 믿는다기보다는 다른 사람일 거라는 거지."

"어쨌든요!"

응가가 다시 웃었다.

"자리코 정도의 나이라면서?"

"예, 남자는 그 정도이고 여자는 피코 정도였어요."

"하하, 그러니까 다른 사람이라는 거야. 만약 살아 있다고 해도 그분들은 백 살이 훨씬 넘었는걸?"

갑자기 유코가 깜짝 놀라며 고개를 홱 돌렸다. 아까 말하던 숲 쪽을 향해서였다.

그 숲으로부터 다시금 요시코의 음성이 들려왔던 것이다.

"여기야! 이쪽으로 와!"

모두 왜 그러나 하고 바라봤다. 그러자 유코가 소리쳤다.

"거봐요, 지금도 날 부르잖아요."

"뭐? 아무 소리도 나지 않는데?"

모두들 아무 소리도 못 들은 것처럼 어리둥절해하고 있었다.

"뭐, 뭐야? 나만 들리나? 핫!"

자기가 한 말에 자기가 놀라면서 유코가 몸을 부르르 떨었다.

"이거 괜히 무서워지네?"

피코가 피식 웃으며 일어섰다.

"함께 가보자. 가서 확인해 보면 될 것 아냐?"

"그, 그래요. 함께 가줘요, 모두들."

피코가 검을 챙겨 들고 일어났다. 혹시 밖에서 무슨 짐승이나 들개 족을 만날 수도 있기 때문이었다. 보보도 제 검을 들고 따라 일어섰고 그 뒤로 응가와 치요도 따라나섰다.

"식사들하세요. 모두 어디 가요?"

자리코가 고기를 다 구워놓고 부르고 있었다. 웅가가 대답했다.

"잠깐만 기다리렴. 뭐 좀 확인해 보고 올 테니까."

자리코를 혼자 남겨둔 채 모두 유코를 따라 숲으로 들어갔다.

유코가 손가락질을 하며 설명을 시작했다.

"이 자리에서 제가 볼일을 봤거든요. 바로 여기요."

유코가 가리키는 자리에는 이미 물기는 전혀 남아 있지 않았지만 약간 색깔이 달라 보였고 지린내가 나는 것 같기도 했다.

그러자 코가 밝은 피코가 얼굴을 붉히며 말했다.

"그, 그런 것까지 설명할 필요는 없어. 여자가……."

피코의 말에 유코의 얼굴이 화들짝 달아올랐다.

"뭐, 뭐예요? 자기도 여자면서! 여자는 볼일도 안 보고 살아요?"

유코가 쏘아붙이자 피코가 얼른 말을 끊었다.

"아, 알았다, 알았어. 내가 잘못했다."

피코는 유코에게 약점을 잡힌지라 그다지 심한 말을 못했다. 언제 유코의 마음이 돌변해서 그 얘기를 꺼낼지 모르기 때문이었다.

옆에서 보보도 민망한 듯 고개를 돌렸다.

잠시 얼굴을 붉히던 유코가 바로 옆의 수풀을 가리켰다.

"그런데 저기에서 누가 쳐다보지 않았겠어요? 전에 보았던 요시코와 부르노라는 사람들이었어요."

그때 유코가 가리키는 옆의 숲 속을 살펴보던 웅가가 멈칫했다.

"가만, 이곳은……?"

"왜요?"

웅가가 뭔가를 생각해 낸 듯 무릎을 치며 중얼거렸다.

"맞다! 바로 여기야. 여기였어."

아이들이 놀라며 물었다.

"뭐가요?"

"뭐가 여기라는 거예요?"

응가는 흥분을 감추지 못했다.

"우리 시조를 묻은 무덤 말이야! 분명해. 저기 보이는 두 개의 바위가 그분들의 무덤이야. 그 아래에 묻혀 있어!"

"엑! 그, 그게 정말이에요?"

모두 놀라고 있었다. 그러나 제일 놀라는 것은 유코였다.

"꺄악!"

유코가 찢어지는 목소리로 비명을 질러댔다.

"히엑!"

"뭐, 뭐야! 소리 좀 지르지 마!"

다른 아이들은 유코의 비명에 더 놀라고 있었다.

치요가 물었다.

"또 왜 그러는데?"

유코가 훌쩍거리기 시작했다. 벌써 그녀의 눈에는 눈물이 그렁그렁했다.

"흑, 너무 무섭잖아. 저기가 그 사람들의 무덤이라면서?!"

"휴……."

보보가 목소리를 낮추며 유코를 달랬다.

"그렇다고 그렇게 소리를 지르면 어떡해? 여기가 들개족의 지역이라는 거 잊었어?"

"힝, 무서운 걸 어떡해."

치요가 낮은 음성으로 말했다.

"그렇다면 유코는 그분들의 혼령을 만났던 것이로구나."

어둠 속에서 조용히 말하는 치요의 음성에 유코가 다시 펄쩍 몸을 일으켰다.

그 순간 피코가 달려들어 입을 막았기 때문에 비명은 지르지 못했지만 유코는 부르르 몸을 떨어대며 진저리를 쳤다. 그냥 두었으면 또 비명을 질렀을 것이 분명했다.

피코가 유코의 입을 막은 채 사정했다.

"제발 조용히 좀 해라. 우리 여기 있다고 광고하는 것도 아니고 이건……."

그 말에 겨우 진정을 한 유코가 피코를 꽉 껴안았다.

"무, 무서우니까 그렇죠."

"뭐가 무서워? 그래서 그들이 뭐라고 했는데? 어서 얘기해 봐."

"복어를 구해주겠다고……."

"뭐?"

"그게 정말이야?"

모두가 놀랐고, 웅가는 믿을 수 없다는 듯이 고개를 갸웃거렸지만 치요는 달랐다.

"사실일지도 몰라."

"그럴까?"

"다른 사람도 아니고 유코에게 한 말이니까."

"어째서?"

"유코의 눈에는 정령 이외에 일반 잡귀신도 다 보인다고 했거든, 선생님들이."

유코가 물었다.

"정령술사 선생님들?"

"그래."

"그, 그럼 내가 본 사람들이 귀신이란 말야?"

"그런 셈이지……."

"아앙, 나 어떡해! 무서워!"

유코가 또 소리를 질러대자 피코가 서둘러 유코의 입을 막았다.

그때 커다란 바위 무덤의 주위를 살피던 웅가가 눈이 휘둥그레지더니 마구 손짓을 해댔다.

"이리 와봐, 모두들!"

"왜요?"

웅가는 바닥에서 무엇을 주워 들었다. 무척 흥분한 표정이었다.

"이걸 봐!"

"그건!"

"복어다!"

모두 눈이 휘둥그레졌다. 웅가가 들고 있는 것은 팔뚝만한 크기의 복어였다. 웅가가 들고 있는 것뿐만 아니라 땅바닥에도 세 마리의 복어가 더 놓여 있었다. 금방 잡아놓은 듯 아직도 펄떡거리며 몸부림치고 있었다.

"방금 잡은 것 같네요."

"방금 잡아온 거야. 멀쩡히 살아 있잖아!"

"이야! 어떻게 된 거지? 정말 그분들이 복어를 구해주었나 봐."

모두 기뻐서 펄쩍펄쩍 뛰었다. 보보가 얼른 달려가 자루를 가져와서 복어들을 담았다. 모두 네 마리였다. 아주 싱싱하게 살아 있었다.

그들은 서둘러 방어진으로 돌아갔다. 치요가 급히 마법을 일으켜 한 마리를 제외한 나머지 세 마리를 산 채로 급속 냉동시킨 다음 퍼쿵의 옆에 함께 보관해 두었다.

자리코가 궁금한 듯 바라보며 물었다.

"원장님, 이게 뭐예요?"

"복어란다."

"어머~ 정말이에요? 이게 복어예요?"

"그래, 정말 복어야."

"어떻게 잡았어요? 복어가 숲에도 살고 있어요?"

숲으로 들어간 일행이 복어를 가져온 것을 보고 바다에 대해서 전혀 모르는 자리코가 엉뚱한 질문을 했다.

모두가 크게 웃어댔다.

"하하하, 물고기가 어떻게 숲에 사니?"

자리코는 얼굴이 빨개져서 말을 더듬었다.

"왜, 왜요? 저 숲에서 가져왔잖아요?"

웅가는 고개를 저으며 중얼거렸다.

"나도 어떻게 된 건지 모르겠다. 정말 믿을 수 없는 일이야……."

"어떻게 된 거예요? 나도 알고 싶어! 얘기 좀 해줘, 모두들……."

자리코가 자꾸 궁금해하며 물어오자 치요가 대답했다.

"응, 누가 구해줬어. 유코랑 잘 아는 사람이."

"유코랑?"

"응."

자리코가 유코를 빤히 바라봤다. 유코는 아직도 겁이 나는 표정으로 입을 꼭 다물고 피코의 팔에 매달려 있었다.

"유코가 아는 사람이 있어? 이곳에?"

유코는 눈을 왕방울만하게 뜬 채 여전히 대답을 못했다. 혼령, 아니, 귀신을 만났다는 사실을 인정한다는 것 자체가 무서운 모양이었다.

"……."

피코가 슬며시 팔을 빼며 말했다.

"야, 좀 놔라. 무겁다."

"아우~"

"저기 가서 자리코한테 붙어 있어 좀……. 네가 그러니까 우리 엄청 친한 것 같잖아?"

"히잉, 너무해요. 난 무서운데……."

유코가 중얼거리면서 얼른 자리코에게 달려가 그녀의 품에 안겼다.

"왜 그러니, 유코?"

"몰라. 언니, 나 좀 안아줘요."

"너 아는 사람이 복어를 구해줬다면서?"

"몰라요. 몰라, 몰라, 몰라!"

유코는 귀를 막고 '몰라'를 연발하며 도리질했다. 귀신 얘기를 하거나 듣는 것이 모두 싫기 때문이었다.

그러는 동안에 웅가는 보보를 시켜서 큼직한 물통에 바닷물을 담아오게 했다. 아직 입을 뻐끔거리는 복어를 그 안에 넣어놓고 모닥불로 돌아왔다.

"우선 식사부터 하자. 이제는 낚시를 하지 않아도 되니 여유가 좀 있지? 식사를 하고 바로 독을 뽑아서 해독제를 만들어보자. 너희들이 도와줘야 해."

보보가 눈을 반짝반짝 빛내며 큰소리로 대답했다.

"예, 걱정 마세요. 뭐든지 시키세요. 조수가 이렇게 많으니 걱정없을 거예요."

웅가가 환하게 미소 지었다. 오래간만에 모두의 표정이 활짝 펴져 있었다. 아직 해독제를 만든 것도 아니었고 가능성도 희박했지만 그래도 복어를 구했다는 것만으로도 엄청난 진전이었다.

모두 자리에 앉아 자리코가 이미 준비해 놓은 구운 물고기를 먹기 시작했다. 웅가는 식사를 하며 이것저것 생각에 잠겼다. 독을 이용해 해독제를 만드는 방법에 대해서 과거에 만들어보았던 경험을 끄집어내고 있었다.

잠시 후 식사가 끝나자 웅가가 말했다.

"보보와 자리코는 나를 좀 도와주렴. 조수가 필요하니까."

두 사람에게만 도움을 요청하자 유코가 오른손을 번쩍 들며 나섰다.

"저도 도울 수 있어요. 저한테도 일을 시켜주세요."

그러자 웅가가 유코를 바라보며 미소를 지었다.

"오, 유코도? 하지만 조수는 두 사람이면 충분한걸?"

"그래도요! 저도 뭔가 돕고 싶단 말이에요!"

옆에서 바라보던 피코가 한마디 했다.

"아저씨, 그만두는 게 좋을 거예요. 방해나 안 되면 다행일 테니까."

유코가 피코를 쏘아봤다.

"피코, 그게 무슨 뜻이에요? 방해가 되다니?"

"도움이 별로 안 될 거라는 말이야."

"말 다 했어요?"

"화내지 마. 지금 하는 일이 무슨 장난은 아니잖아? 퍼쿵의 생명이 걸린 일이라고. 그래서 그러는 거야. 넌 실수를 많이 하잖아?"

피코의 말에 유코의 눈에 눈물이 그렁그렁 고였다.

"그, 그러니까 나도 돕고 싶다는 거 아니에요. 퍼쿵 오빠를 살리고 싶어서……."

유코가 울음을 터뜨리자 피코는 입을 다물었다. 다른 사람들은 아무도 말을 하지 않고 두 사람을 바라보기만 했다. 잠깐 동안 무거운 적막이 흘렀고 들리는 것은 유코의 흐느끼는 소리뿐이었다.

자리코가 가만히 유코에게 다가가서 떨고 있는 어깨를 감싸 안았다. 그리고 피코에게 안타까운 눈빛을 보냈다.

그때 어느샌가 소리없이 다가온 치요가 유코의 손을 가만히 잡으며 말했다.

"유코도 할 수 있는 일이 있을 거야. 그렇죠, 아저씨? 유코에게도 뭔가 일을 시켜주세요."

치요의 말에 의해 적막이 깨지자 모두 꿈에서 깨어난 듯 주위를 둘러보았다. 그리고 웅가가 입을 열었다.

"험, 그래. 유코가 해야 할 일도 많아. 유코뿐 아니라 피코와 치요도 마찬가지고……. 자, 유코야, 이리 오렴."

웅가가 팔을 벌리자 유코가 자리코에게 이끌려서 웅가에게 걸어갔다. 웅가가 유코의 손을 잡으며 자상한 표정으로 말했다.

"내가 보보와 자리코에게만 조수를 부탁한 것은 다른 이유에서가 아니란다. 자리코는 오랫동안 나를 도와 간호사 일을 해왔기 때문에 약에 대해서 잘 알고, 또 보보는 복어뿐 아니라 의학에 대해서 일반적으로 잘 알고 있는 것 같았기 때문이야."

유코가 눈물을 닦으며 웅가를 올려다보자 웅가가 말을 이었다.

"꼭 내 옆에서 심부름을 하는 것만이 도와주는 게 아니란다. 잘 생각해 보렴. 치요는 방어진을 만들어 모두를 보호하고 퍼쿵의 온도가 올라가지 않도록 지속적으로 마법을 사용해서 그의 생명을 유지시키고 있잖니? 그리고 피코는 우리가 해약을 만들 동안 사냥을 해서 먹을 것을 공급해 줄 테고 또 들짐승이나 들개족이 나타나면 싸워주겠지?"

유코는 무슨 말인가 하여 촉촉이 젖은 눈으로 다음 말을 기다리고 있었다. 웅가의 말이 이어졌다.

"그리고 유코는 우릴 이 먼 곳까지 데리고 와주었잖아? 게다가 복어는 누가 구해주었지? 유코가 구해준 것이나 마찬가지잖아? 유코가 아니었으면 우린 오늘도 배를 타고 바다에 나가서 언제까지 헤매고 다닐지 모를 일이었지. 안 그래?"

그제야 유코가 눈물을 멈추고 고개를 끄덕였다. 비로소 얼굴에 약간 미소가 비치고 있었다.

웅가는 유코를 마주 보고 웃으며 말했다.

"아, 이렇게 하자. 자리코가 나를 도와 약을 만드는 동안 우리 유코는 식사를 책임지는 거야. 모두가 맛있는 음식을 먹을 수 있도록 유코가 주방장이 되는 거야. 어때?"

웅가의 말에 유코는 활짝 웃으며 밝은 목소리로 소리쳤다.

"예, 알았어요! 저한테 맡겨두세요!"

유코는 신이 나서 곧바로 자리코의 앞치마를 두르더니 물통을 들고 뛰어나갔다. 콧노래까지 흥얼거리면서 방금 아침을 먹었다는 것도 잊어버린 모양이었다. 그 뒤로 우레가 쫄랑쫄랑 따라 뛰어갔다.

피코가 한숨을 쉬자 치요는 살짝 미소를 지었다.

자리코가 피코에게 말했다.

"피코, 아까 너무 심했다. 유코 상처받았을 거야."

"미안, 모두들 미안해요. 아, 잠깐 흥분했었나 봐. 퍼쿵의 목숨이 걸린 일이라서……."

응가가 피코의 어깨를 두드렸다.

"네 맘 이해한다. 이제 지난 일이니 잊어버리도록 해. 앞으로 조심하면 되지 뭘."

"예."

응가는 이제 평평한 나무판 위에 복어를 올려놓고 알집과 내장이 터지지 않도록 조심해 가면서 배를 가르고 있었다.

그 옆에서 보보와 자리코가 응가의 심부름을 하기 위해 대기해 있었고, 치요도 가만히 숨을 죽인 채 응가의 작업을 바라보고 있었다.

옆에 서 있던 피코가 허리에 검을 두르더니 활을 집어 들었다.

"오랜만에 사냥이나 해볼까? 물고기 구워 먹는 것도 지겨워졌어."

치요가 물었다.

"혼자 괜찮겠어?"

"물론. 모두들 기대하라고. 오늘 점심은 오래간만에 들짐승의 고기를 먹게 될 거야."

치요와 보보와 자리코가 웃으며 손을 흔들어주었고 응가는 고개를 푹 숙인 채 칼질을 계속하느라 대답하지 않았다. 그의 이마에 땀이 송골송골 돋아나고 있었다. 무척 조심스러운 표정이었다.

치요가 물었다.

"힘드신가 봐요?"

"조심해야 하거든. 내장이나 알집을 건드리면 독이 터져서 새어 나오니까."

"예."

응가는 조심스레 내장과 알집을 꺼내어 자리코가 갖다 대는 접시에 따로 분리해 놓았다. 그리고 작업이 끝나자 칼을 내려놓았다.

자리코가 물었다.

"원장님, 나머지 부분은 어떡하죠?"

보보가 말했다.

"버려야 하지 않을까요?"

그러자 응가가 고개를 저었다.

"아니, 그냥 둬. 먹을 거야."

자리코가 화들짝 놀랐다.

"머, 먹어요? 독이 있잖아요?"

치요도 손을 내저으며 말렸다.

"그만두세요. 그러다가 괜히 큰일 나시려고……."

세 아이가 펄쩍 뛰는 것을 보고 응가가 껄껄거리며 웃었다.

"괜찮아. 독이 있는 부분은 다 제거했어. 자, 보렴."

응가가 복어의 살덩어리를 물에 씻으며 설명을 시작했다.

"복어의 독은 난소, 알, 간, 피부, 내장의 순서로 많이 들어 있어. 그 부분은 저기 접시에 따로 분리해 놓았고 여기 있는 부위는 순 살코기만 남았지. 복어의 독은 물에 쉽게 녹아 씻겨지게 되거든. 이걸 이렇게 깨끗한 물에 여러 번에 거쳐 씻어내는 거야. 한 번, 두 번, 세 번……. 이렇게 피를 완전히 제거하는 거지."

치요가 신기한 듯이 물었다.

"그러면 먹을 수 있어요?"

"글쎄, 너처럼 어린아이는 좀 곤란할 수도 있겠지?"

보보가 고개를 끄덕였다.

"그래, 치요. 먹지 않는 것이 좋겠어. 내가 알기로 복어는 피에도 독 성분이 다량 있다는데…….."

응가가 고개를 끄덕였다.

"맞아, 피에도 독이 좀 있지. 그러니 치요는 먹지 않는 게 좋겠구나. 어때, 보보? 맛을 한번 보겠냐?"

"아, 아뇨. 됐어요, 저도."

보보는 겁이 나는지 몸을 뒤로 빼며 사양했다.

응가는 후후, 하고 한번 웃더니 자리코에게 복어의 살덩어리를 주며 소금물에 삶으라고 지시했고, 자리코는 그것을 받아 들고 지시대로 삶 기 시작했다.

복어의 살코기가 삶아지는 동안 응가는 알집과 간에서 독을 분리해 내기 시작했다. 그리고 준비해 온 시약을 사용해서 여러 가지 반응을 보며 실험에 몰두했다.

응가의 실험은 끝없이 계속되고 있었다. 해독제를 만들기가 쉽지 않 은 듯 점점 표정이 심각해지는 것을 볼 수 있었다. 치요와 보보는 그 모습을 소리 죽여 바라보았다.

그사이에 피코가 먹음 직한 고라니 한 마리를 어깨에 들쳐 메고 돌 아왔고 유코도 피코가 가죽을 벗겨준 고기를 토막 내어 굽기 시작했다. 하지만 응가는 여전히 심각한 표정으로 실험을 계속하고 있었다.

응가는 고라니 고기 대신 삶은 복어 고기를 먹었다. 아주 맛이 좋다 는 말에 피코와 자리코, 유코도 조금씩 얻어먹고는 정말 맛이 좋다고 유혹했지만 보보와 치요는 끝내 먹지 않았다.

그렇게 저녁이 되고 다음날 아침이 되었을 때 응가가 허리를 펴며 미소를 지었다.

"됐다! 완성이야!"

"정말 해독제가 만들어졌어요?"

"와아!"

모두 환호성을 질렀다. 그 조금의 해독제를 만들기 위해서 이미 네 마리의 복어가 다 해체되었고 살코기만 물에 담겨져 있었다.

그들은 서둘러서 꽁꽁 얼어 있는 퍼쿵을 강가로 데려갔다. 피코와 유코, 치요가 경계를 서는 가운데 웅가와 보보, 자리코는 퍼쿵을 물에 집어넣고 서서히 조심조심 녹이기 시작했다.

보보가 말했다.

"천천히 해야 합니다. 급히 녹이면 충격을 받아서 죽고 마니까요."

웅가와 자리코는 걱정스런 표정으로 보보의 말에 따라서 물로 퍼쿵을 씻어냈다. 냉동에 관해서는 처음 접해보기 때문이었다. 보보도 걱정이 되기는 마찬가지였다. 물고기 실험에 성공은 했지만 목숨이 위태로운 환자인 퍼쿵이 냉동에 견딜지는 의문이었기 때문이다.

"치요!"

보보가 치요를 불렀다.

"무슨 일이야?"

"퍼쿵 형이 곧 깨어날 거야. 혹시 모르니까 그 생명의 불인가 뭔가 하는 거 있지? 그걸 좀 준비해 줘. 너무 위독한 환자니까 깨어나자마자 죽을지도 몰라."

"알았어."

치요는 급히 마법을 운용해서 생명의 기운을 불러 모으기 시작했다. 우레는 자동으로 치요의 머리 위에 올라서 있었다. 서당 개 삼 년이면 풍월을 읊는다고, 이미 우레와 치요는 척 하면 착이었다. 우레에 의해서 치요의 마력은 몇 배로 증폭되기 시작했다.

잠시 후 표면의 얼음이 녹자 그의 옷을 모두 벗겨내고 알몸을 주무르기 시작했다. 퍼쿵의 알몸은 단단한 근육으로 마치 조각상 같았다. 그 모습에 보보와 자리코는 무슨 생각이 났는지 마치 약속이나 한 것처럼 동시에 얼굴을 마주 보았다. 자리코가 피식 웃자 보보는 얼굴이 빨개져서 고개를 푹 숙였다.

두 사람은 전에 인간족의 성에서 잠든 척하는 보보의 알몸을 자리코가 주무르던 기억을 떠올렸던 것이다. 자리코는 이미 보보를 포기한 상태였기 때문에 아무 사심 없이 웃음을 터뜨린 것이고 보보는 당시의 부끄럽던 기억이 떠올라 외면해 버린 것이었다.

응가가 물었다.

"왜 웃느냐, 자리코?"

"아, 아무것도 아니에요. 푸훗."

응가와 자리코와 보보는 손에 동상이 걸릴 지경이었다. 영하 사십 도의 얼음덩이를 한 시간이 넘게 주무르고 있었으니 당연한 결과였다. 하지만 아무도 불평을 하지 않았다.

두 시간이 되어갈 무렵 퍼쿵이 꿈틀 움직이기 시작했다.

"깨어난다. 살아 있어!"

응가가 소리를 질렀다. 정말 살아난 것을 보고 거의 경악을 금치 못하는 표정이었다. 퍼쿵이 살아난 것에 대한 기쁨도 있었지만 새로운 의학 기술에 대한 성취감이 응가를 들뜨게 하고 있었던 것이다.

보보도 안도의 숨을 내쉬었다. 자리코는 기쁨에 눈물을 철철 흘리며 쉬지 않고 퍼쿵의 몸을 주물러 대고 있었다.

퍼쿵은 몸이 녹아갈수록 점점 더 많이 꿈틀대고 있었고 얼굴에 나타나는 고통의 표정도 더해갔다. 숨이 고르지 않았고 가끔씩 호흡이 끊어진 듯 한동안 멈추어 있기도 했다. 치요가 서둘러 퍼쿵에게 생명의 불을 주입하자 조금 안정이 되었다가 또 나빠지기를 반복했다.

보보가 말했다.

"자, 이제 완전히 녹았으니 방어진 안으로 옮겨요."

힘센 피코가 달려오자 모두 달려들어 퍼쿵을 방어진 안의 모닥불 곁으로 옮겼다. 자리코가 수건으로 퍼쿵의 몸의 물기를 닦는 사이에 웅가는 자신의 가방을 열어 몇 가지 도구를 꺼냈다. 웅가가 꺼내 든 것은 금속으로 만들어진 물건이었는데 그 모습이 주사기와 거의 흡사했다.

보보가 놀라며 물었다.

"어? 그거 주사기 아니에요?"

웅가도 놀라며 보보를 바라봤다.

"어라? 자네는 이 물건을 본 일이 있나?"

"예, 전에 좀……."

그러자 유코도 말했다.

"나도 주사기 아는데……."

웅가가 고개를 갸우뚱했다.

"그럴… 리가? 너희들, 어디서 이걸 보았지? 이건 내가 얼마 전에 새로 발명한 물건인데… 아직 사람에게는 한 번도 사용한 적이 없단 말이야. 동물 실험할 때만 써 온 것이야. 아직 안전성에 확신이 없어서 말이지."

보보도 어이가 없다는 듯이 고개를 갸우뚱했다.

"그, 그래요?"

자리코도 고개를 끄덕였다.

"맞아, 보보. 저것 원장님이 발명하신 거야. 그리고 아직 사람에게는 사용하신 적이 없어."

응가가 다시 약과 주사기에 눈을 돌리고 말했다.

"어쨌든… 내가 판단하기에 퍼쿵은 상당히 위급한 상태니까 좀 위험 부담이 있어도 이것을 사용해야 할 것 같다. 약의 효력을 전해주는 데는 먹는 것보다 이게 훨씬 빠르고 강력하니까."

치요가 불안한 듯 물었다.

"괜찮을까요? 안전성에 확신을 못하신다면서……."

응가가 고개를 끄덕였다.

"응, 괜찮을 거야. 동물 실험에서는 실패해 본 적이 없어. 그리고 약의 분량이 너무 적어서 먹이는 방법으로는 확실히 효과를 주지 못할 거야. 역시 이 방법이 좋겠어."

그렇게 말하며 자신이 만든 약을 주사기로 뽑아냈다.

모든 사람들이 응가와 주사기에 시선을 주며 침묵했다. 금빛 주사기와 바늘이 아침 햇살을 받아 번쩍 빛을 발했다.

보보가 유코를 돌아보며 생각했다.

'역시 이상해. 주사기를 모르는 사람들이라니……. 하지만 그것보다 더 이상한 것은 유코야. 저런 사람들을 보고 아무 생각도 없다니…….'

응가는 퍼쿵의 팔뚝에 노끈을 감아서 조이더니 정맥을 찾기 시작했다. 뭐, 찾을 것도 없이 퍼쿵의 팔은 온통 근육덩이여서 굵은 혈관이 울툭불툭 튀어나와 있었다.

응가가 심호흡을 하더니 조심스레 퍼쿵의 피부에 주삿바늘을 꽂아넣었다. 굵직한 바늘은 피부를 뚫고 들어가 정맥을 밀어내며 계속 전

진했다.

그 모습에 유코와 우레는 끔찍하다는 듯이 고개를 돌렸다. 웅가가 만든 그 주사기는 실린더와 피스톤이 금으로 되어 있었고, 역시 금으로 만들어진 바늘은 굵기가 뜨개질바늘만큼이나 굵었기 때문에 퍼쿵의 정맥은 두 배가 넘게 튀어나와 보였다.

보보가 부르르 떨었다. 그 역시 소름이 끼치는 것은 어쩔 수 없었다.

'저 주사기는 혈관이 가는 나 같은 사람에게는 절대로 쓸 수 없겠구나. 혈관이 터져 버리겠다.'

웅가는 천천히 자신이 만든 약을 밀어 넣었다. 그의 이마에 땀이 송골송골 맺혀 있었다. 주사를 놓는 것은 그리 힘든 작업이 아니었지만 사람에게 사용하기는 처음이었고, 또 자신이 복어의 독을 정제하여 만들어낸 해독제에 대해서도 완벽하게 자신이 없었기 때문에 도박을 하는 심정이 아닐 수 없었다.

웅가는 기도했다.

'제발… 이 젊은이를 살려주십시오, 신이여!'

주사약이 들어가는 그 잠깐의 시간이 끝없이 길게만 느껴졌다. 웅가는 바늘을 뽑아내며 깨끗한 헝겊으로 아기 콧구멍만큼이나 크게 뚫린 퍼쿵의 주사 자국을 눌러 지혈했다. 곧 헝겊은 빨간 퍼쿵의 피로 물들었고, 웅가는 자리코에게 지혈을 계속하게 하고는 한걸음 물러나서 앉았다.

피코가 다가서며 물었다.

"다 된 거예요?"

"내가 할 수 있는 치료는 다 했다."

피코의 음성은 조바심이 가득했다.

"어떨 것 같아요?"

"글쎄……."

보보가 피코의 팔을 잡아당겼다. 피코가 돌아보자 보보가 눈짓으로 얘기했다.

'기다려 보자.'

'…….'

피코는 불안한 얼굴로 입을 다물고 보보 옆에 앉았다. 치요는 생명의 불을 계속 일으키느라 마법을 사용하고 있었고, 자리코는 퍼쿵의 팔을 누른 채 지혈을 하고 있었다. 유코는 우레를 꼭 안은 채 불안한 눈으로 퍼쿵을 지켜보고 있었다.

그렇게 한 시간이 지나도록 아무도 말을 하지 않았다. 이제 모두가 잠든 듯이 조용히 숨을 쉬고 있는 퍼쿵의 주위에 빙 둘러앉아서 살펴볼 뿐이었다.

그때였다.

"으음……."

퍼쿵이 신음 소리를 냈다.

"어?"

"깨어났다!"

모두 용수철처럼 튀어 일어나며 퍼쿵에게 달려갔다.

"퍼쿵! 정신이 들어?"

"퍼쿵!"

"형!"

"오빠!"

퍼쿵이 가만히 눈을 떴다. 이제 고통스러워 보이지는 않았다.

"모두들… 고마워. 고생 많았다."

퍼쿵이 입을 열었다. 미소와 함께… 마치 그동안 자신을 살리기 위해 일행이 했던 고생을 모두 알고 있다는 듯이 말했다.

"와아아아!!"

"오빠!!"

"살아났다! 살아났어!"

"만세!!"

"엉엉엉! 혀엉!!"

모두가 미친 듯이 소리를 질러대며 길길이 뛰었다. 그들의 모습을 조용히 바라보는 퍼쿵의 주위에서 웅가와 모든 아이들이 얼싸안고 기뻐하면서 아침 해를 맞고 있었다.

제2장 **나리**

터치는 직접 원정을 떠날 병사들을 점검하기 위해 나와 있었다. 그의 앞에는 각기 다른 방향으로 출발할 네 개의 분대가 준비를 마친 상태로 정렬해 있었다.

"준비는 완벽하게 했겠지?"

"옛!"

각 분대를 지휘할 분대장들이 정자세를 취하며 대답했다. 터치는 흐뭇한 미소를 지으며 말했다.

"너희들은 아주 중요한 임무를 수행하기 위해서 떠난다는 것을 잊지 마라. 너희들의 손에 우리 들개족의 미래가 달려 있다는 것을 명심하도록!"

"옛!"

"이미 한 분대가 인간족을 감시하고 있다. 그리고 그들로부터 인간족의 원정대가 곧 출발할 거라는 정보가 들어와 있다. 앞으로 너희들은 각기 인간족의 원정대를 미행해서 그들보다 먼저 고대 도시를 점령해야 한다.”

터치의 말에 들개족 병사들의 표정이 비장해지고 있었다.

“지난번 전쟁 때 인간들이 사용한 무기는 고대 도시의 것이 아니라는 것이 정보원을 통해 밝혀졌다. 따라서 인간족들은 아직 고대 도시를 찾지 못한 것이 분명하다. 반드시 너희가 먼저 고대 도시를 찾아내야 한다. 알겠나?”

“예, 알겠습니다!”

병사들의 씩씩한 대답을 듣고 터치가 다시 미소를 지었다.

“좋아, 그럼 출발하도록!”

“옛! 전체 차렷!”

병사들은 일사불란하게 움직였다.

“경례!”

경례를 마친 병사들은 새벽 공기를 맞으며 병사를 나섰다. 동녘 하늘이 훤하게 밝아오기 시작했고, 그 아래에 끝없이 펼쳐진 갈대밭 속으로 사십여 명의 들개족 병사들이 사라져 갔다. 나무로 얼기설기 만들어놓은 성문에 서서 그들의 뒷모습을 바라보는 터치의 입가에 흐뭇한 미소가 떠올랐다.

터치의 원정대보다 네댓 시간쯤 전, 어둠에 싸인 갈대 숲을 가르고 바쁜 걸음을 옮기는 두 사나이가 있었다. 키보다 더 큰 갈대 숲 속을 거의 뛰듯이 달리며 해안을 따라 이동하는 두 사나이는 바로 꼬치와 나리였다.

꼬치가 하늘을 보며 말했다.

"서둘러야겠는걸."

나리는 여전히 커다란 자루를 등에 짊어진 채 바삐 걸으며 대답했다.

"그리 걱정하지 마십시오. 지름길을 아니까 우리가 먼저 도착할 수 있을 겁니다."

꼬치의 표정에는 불안함이 나타나고 있었다.

"분명히 그중 두 분대는 우리 마을 근처를 지나갈 거야. 그들이 우리 마을을 지난다면 우리는 발견될 수밖에 없어."

"마을이 원정대에게 발각된다면 반드시 싸워서 전멸시켜야 합니다. 그렇지 않으면 차후에 터치의 군대가 꼬치님 마을을 쑥대밭으로 만들 겁니다."

"그렇겠지."

"미리 정보를 알게 된 것이 천만다행입니다."

"그래, 결과적으로 내가 고향에 돌아온 것은 정말 다행이었어. 그렇지 않았더라면 정말 큰일 날 뻔했어."

꼬치는 속으로 가슴을 쓸어 내리며 간밤에 아버지에게 들은 정보를 생각했다.

칠흑 같은 어둠 속에서 잠들어 있던 꼬치는 누군가 흔드는 것을 깨닫고 눈을 떴다. 하지만 여전히 빛 하나 없는 컴컴하고 좁은 공간이라서 얼마나 잠을 잤는지조차도 알 수 없었다.

어둠 속에서 나리가 말했다.

"어서 움직이시죠. 곧 해가 질 겁니다. 폐하께 가봐야 합니다."

"어, 그, 그래. 내가 얼마나 잔 건가?"

"하루 종일 잠만 주무셨습니다."

"이런, 그렇게 오랫동안 잠을 자고 있었단 말인가?"

"이곳에 처음 들어오는 사람에게는 흔한 일입니다. 밤낮은커녕 시간이 얼마나 흘렀는지를 짐작하기도 어려운 곳이니까요."

한참이 지나자 어렴풋이 나리의 얼굴 윤곽이 보이기 시작했다.

"자네는 이곳에 익숙한 것 같군."

"저는 성인이 된 후로는 밖에서 생활한 것보다 굴 속과 산속에서 보낸 시간이 더 많습니다. 당연히 이런 환경에 익숙하죠."

"가족은 없나?"

"전 원래 날 때부터 가족이 없는 고아였습니다."

"저런, 미안하네."

"괜찮습니다. 그보다 서두르십시오. 폐하를 만나러 가실 시간입니다."

"그러지."

그들은 정해진 시간에 왕을 만났고, 왕이 밀정으로부터 얻은 정보를 들었다.

꼬치가 놀라서 물었다.

"내일 아침이라구요?"

"그래, 내일 아침 원정대가 각기 다른 길을 경유해서 인간족의 성 주위에 있는 네 군데의 다른 종족의 거점으로 출발한다고 한다."

꼬치가 불안한 표정으로 물었다.

"그들이 가는 길을 알 수 있을까요?"

"대략은 알 수 있어. 여기 적혀 있지. 한번 보겠느냐?"

"예. 주십시오, 아버님."

꼬치가 급히 쪽지를 받아 들었으나 종이가 작고 너무 꼬깃꼬깃해서 글자를 분간하기 어려웠다. 그러자 나리가 자루에서 뭔가 부시럭거리더니 바로 불을 피워서 작은 양초에 붙였다. 아주 작은 불이었으나 칠흑 같은 어둠에 익숙해져 있던 눈에는 주위가 대낮같이 환하게 느껴졌다.

왕은 출입문 쪽을 바라보며 마룻바닥에 있는 손바닥만한 구멍을 뚜껑을 덮어 가렸고, 그 안에서 꼬치는 자세히 지도와 쪽지를 읽었다.

잠시 후 꼬치가 신음하듯 중얼거렸다.

"이, 이런……. 여기 적힌 대로라면 그중 한 분대는 우리 마을 앞을 지나가게 되어 있어."

나리가 말했다.

"그뿐 아니군요. 다른 한 분대는 강을 따라서 퍼쿵 일행이 있는 동굴 입구 앞으로 지나가도록 되어 있습니다."

"그렇군."

"어느 쪽으로 지나가더라도 동굴을 조사하려 한다면 꼬치님의 부족은 들키게 됩니다."

꼬치가 양초의 불을 끄더니 뚜껑을 살며시 열고 푸치를 불렀다.

"아버님."

"그래, 읽어보았느냐?"

"예."

푸치는 꼬치의 음성이 떨리는 것을 보고 의아한 듯이 물었다.

"무슨 일이 있느냐? 목소리가 좋지 않구나."

"여기서 머무를 시간이 없는 것 같군요. 이대로 내일 출발하면 며칠

후에는 두 분대가 제가 만들어놓은 마을의 양쪽을 지나가게 되어 있습니다. 그전에 제가 먼저 가서 무슨 조치라도 취하지 않으면 안 될 것 같습니다."

"오, 그런가?"

"예, 제 마을이 터치에게 발각된다면 앞으로 고대 도시의 발굴이고 뭐고 아무것도 할 수 없게 될 겁니다."

"그럼 서둘러야겠구나."

"예, 저는 먼저 떠나야겠습니다."

"언제 또 연락을 줄 테냐?"

"앞으로는 나리와 제 마을의 젊은이를 보내서 연락을 드리겠습니다. 고대 도시에 대한 자세한 사항은 차후에 의논 드리도록 하지요."

"그래, 알겠다. 우선 터치의 원정대가 출발하기 전에 먼저 가보도록 해라."

"예, 그럼……. 몸 건강히 계십시오."

"그래."

왕과 짧은 작별 인사를 한 두 사람은 짙은 어둠 속으로 사라졌다.

그렇게 꼬치는 새벽 길을 떠나게 되었다. 나리와 함께 왔던 지름길을 되돌아가는 중이었다.

갈대 숲을 따라서 어둠에 몸을 숨겨가며 바닷가를 따라 걷던 중이었다. 그대로 조금만 더 가면 강 하류와 만나는 지점이었다.

갑자기 나리가 몸을 낮추며 꼬치의 팔을 잡아당겼다.

"쉿!"

"……?"

꼬치는 엉겁결에 몸을 낮추고 나리가 바라보는 곳으로 시선을 돌렸다. 그리고 혹시나 상대가 자신들의 얼굴을 알아보지 못하도록 재빨리 두건을 뒤집어썼다.

'저것은?'

그들로부터 이십여 미터 앞의 물가에 보이는 것은 사람이었다. 거리가 먼 데다가 옷가지를 잔뜩 뒤집어쓰고 있어서 어느 종족인지 잘 구분이 가지 않았으나 덩치가 작은 것을 봐서는 어린아이 같았다.

나리가 귓속말을 했다.

"어린아이 같군요. 인간족의……."

"인간족? 이 근처에 인간족이 남아 있었나?"

"조금 남아 있습니다. 종족이라고 말할 수도 없는 소수의 인간족들이 모여서 거의 들짐승 같은 생활을 하고 있죠."

"용케도 살아남아 있었군."

"그냥 살려두었던 거죠. 더 이상 적이 될 수가 없으니까요."

꼬치가 고개를 끄덕이자 나리가 몸을 일으켰다.

"지체할 시간이 없으니 그냥 가도록 하죠. 이 지역에서 인간들은 들개족에게 덤벼들지 않으니까요. 무조건 도망을 가버립니다."

"그러지."

그들이 풀숲을 헤치고 걷기 시작하자 그 소리에 물에서 무엇을 씻던 인간이 화들짝 놀라며 돌아보았다.

"까앗!"

자지러지게 비명을 지른 것은 여자였다.

그 소리에 나리와 꼬치도 당황했다. 혹시 들개족의 병사가 그 비명을 듣고 달려오지나 않을까 하는 걱정이 되었기 때문이다. 그래서 꼬치가 서둘러 손을 내저으며 말했다.

"아, 걱정하지 마세요. 우리는 그냥 지나가는 사람일 뿐입니다. 절대로 해치지 않아요."

나리도 꼬치의 손을 끌며 말했다.

"아가씨, 아무 걱정 말고 볼일 보세요. 우린 그냥 갈게요. 제발 소리 좀 지르지 말구요."

그 말에 여자는 더 이상 소리 지르지 않았다. 몸을 잔뜩 웅크린 채 바닷물 속으로 허리까지 잠기도록 도망쳐 들어가서는 꼬치와 나리를 뚫어지게 응시하고 있었다.

그러나 그들은 몇 발자국 더 걸어가지 못했다. 어디선가 순식간에 또 다른 인간이 뛰어나와 앞을 가로막았기 때문이었다. 길고 날카로운 검을 똑바로 겨눈 채 말이다.

꼬치가 놀라며 순간적으로 칼을 빼 들었다. 그리고 소리쳤다.

"엇! 이, 이러지 말게. 우린 아무 짓도 하지 않았어. 우리는 그냥 지나가는 길이라고!"

상대는 아무런 말도 하지 않았다. 그들은 서로 두건과 목도리를 뒤집어쓰고 있어서 상대방의 정체를 알아보지 못하고 있었다.

"……."

"자, 칼을 치우라고. 난 자네와 싸우고 싶은 생각 없어. 자, 보라고. 나도 칼을 다시 넣을 테니까. 알겠지?"

꼬치는 서서히 칼을 내려 칼집에 집어넣었다. 그러자 상대 인간이 든 검끝도 조금 내려가는 것 같았다.

그때였다.

"어? 꼬치 오빠 아냐?"

"너, 너는?"

검을 내린 인간이 목도리를 풀며 얼굴을 드러냈다. 꼬치와 나리의 표정이 금방 환하게 바뀌며 달려왔다.

"피코, 네가 여기에는 웬일이냐? 어떻게 여기에 있어?"

"오빠, 오빠였군. 하마터면 베어버릴 뻔했잖아? 하하하!"

피코가 웃음으로 좀 전의 상황을 넘기며 검을 집어넣었다. 그리고 곧 어디선가 치요와 보보도 나타났다. 물에 반이나 잠겨 벌벌 떨고 있던 자리코도 조심스레 걸어나왔다.

"모두 다 있네? 퍼쿵은? 퍼쿵은 어디에 있어?"

"그게……."

아이들이 얼굴을 마주 보았다. 방어진 안에 퍼쿵이 누워 있었지만 그들의 눈에는 보이지 않았기 때문이다. 될 수 있는 한 마법을 사용하는 것을 알리지 않기로 했기 때문에 좀 당황한 것이었다. 그러자 피코가 말을 끊고 나섰다.

"좀 문제가 있어서 어디에 가 있어. 그런데 오빠 볼일은 다 본 거야?"

"응, 저… 일이 급하게 됐어. 곧 날이 밝으면 터치의 원정대가 인간족의 성으로 출발하게 되어 있거든. 그중 두 분대가 너희와 우리의 동굴 앞을 지나가게 될 것 같아서 내가 먼저 조치를 취하려고 돌아가는 중이었어."

"터치의 원정대가?"

"응, 그들에게 마을이 발견되면 큰일이지 않냐."

피코가 심각한 표정으로 고개를 끄덕였다.

"그렇겠지. 아마 아무도 살려두려 하지 않을 테니까."

"그러게 말이다. 그런데 너희들은 어쩐 일이냐? 이곳은 들개족의 지역이라 위험할 텐데?"

피코가 머리를 긁적였다. 그리곤 잠시 고민하다가 입을 열었다.

"실은… 퍼쿵이 독을 먹고 쓰러져서 해독제를 구하려고 여기까지 오게 됐어."

"퍼쿵이?"

"응."

피코가 간략하게 자초지종을 설명하는 동안 옆에서 속닥거리던 보보와 치요가 산비탈에 있는 방어진으로 달려가더니 진의 한 귀퉁이에 있는 돌을 살짝 들어냈다. 그러자 방어진의 효력이 급히 사라지면서 퍼쿵과 응가의 모습이 나타났다. 우레와 함께 모닥불 옆에서 자고 있는 유코의 모습도 보였다. 유코는 낮 동안 사람들의 식사를 준비한다며 내내 요란을 떨고 뛰어다니더니 저녁 식사가 끝나자마자 곯아떨어져 버렸다.

치요가 말했다.

"됐어. 이제 보일 거야. 마법을 사용한다는 것을 숨기려면 할 수 없지."

보보가 물었다.

"위험하지는 않을까? 들개족이라도 나타나면……."

"일단은 피코가 있으니까… 여기 이 돌만 다시 제자리에 놓고 주문을 외면 다시 방어진의 효력이 나타나니까 그리 위험하진 않을 거야."

"그래? 좋아, 그럼 넌 여기 남아 있어라. 내가 가서 사람들을 불러올게. 방어진을 다시 살릴 수 있는 사람은 너뿐이잖아?"

"알았어. 가서 모두 데리고 와."

"그래."

보보가 달려나가자 자고 있던 응가가 일어나며 물었다.

"무슨 일이냐? 누가 왔어?"

치요가 대답했다.

"예, 전에 말했던 들개족 아저씨 있죠?"

"동굴 너머에 살고 있다는 들개족 말이냐?"

"예, 그 아저씨를 만났어요."

급히 몸을 일으키는 응가에게 치요가 말했다.

"걱정하지 않아도 괜찮아요. 좋은 사람이거든요."

"그래도 직접 들개족과 마주친다고 생각하니 솔직히 좀 떨리는구나."

"하하, 저도 처음에는 무척 걱정했는데 인간족들보다 오히려 나아요. 장담해요."

"그러냐?"

일어선 응가가 퍼쿵에게 모포를 잘 덮어주고 돌아섰다. 퍼쿵은 잠이 들어 있었다. 전혀 고통스러워 보이지 않았고 편안한 얼굴로 숨도 고르게 쉬고 있었다.

치요가 잠든 퍼쿵을 들여다보며 물었다.

"좀 어때요?"

"글쎄다. 점점 더 좋아지긴 하는데 아직도 몸을 움직이지 못하는구나."

"나을 수 있겠죠?"

"유감스럽게도 뭐라고 장담할 수가 없다. 이제 목숨은 걱정하지 않아도 될 것 같은데……."

웅가의 표정은 그리 밝지 않았고, 그의 말을 들은 치요도 한숨을 내쉬었다.

그때 갈대 숲을 헤치며 피코와 보보, 자리코가 보였고, 그 뒤로 따라오는 두 명의 들개족 사내가 보였다.

웅가는 몸을 일으키더니 다가오는 들개족을 마주 보았다.

꼬치가 먼저 손을 내밀며 인사를 했다.

"안녕하십니까? 저는 '꼬치'라고 합니다. 만나서 반갑습니다."

웅가도 손을 내밀어 마주 잡았다.

"안녕하시오? 저는 '웅가'입니다. 말씀은 많이 들었습니다. 들은 대로 좋은 분 같군요."

뒤에 섰던 나리는 말없이 고개를 까딱하고 목례를 했다. 자리코는 흠뻑 젖은 채 나리의 망토를 뒤집어쓰고 있었다. 벌벌 떨고 있는 자리코를 나리가 모닥불 곁으로 데려다 주었다. 그는 자리코를 불가에 앉히고 나서 꼬치의 곁으로 돌아갔다. 자리코는 자상하게 자신을 대해주는 나리의 뒷모습을 물끄러미 바라보았다. 이제 그리 무섭다는 생각은 들지 않았다.

그사이에 웅가와 꼬치가 퍼쿵의 상태에 대해서 얘기하고 있었다.

"그래, 의식은 돌아왔습니까?"

"예, 좀 전까지 저와 얘기를 나누다가 잠이 들었습니다. 한데… 아직 몸을 움직이지 못하는군요."

"큰일이네요. 퍼쿵이 일어나야 하는데……."

피코가 껴들었다.

"꼬치 오빠, 이러고 있을 시간이 없지 않아? 터치의 원정대보다 먼저 마을에 돌아가야 할 텐데?"

"그렇긴 하지만… 퍼쿵이 저러고 있으니 걱정이 되어서…….

"오빠가 있다고 해서 뾰족한 방법도 없잖아? 우선 오빠는 마을로 돌아가. 퍼쿵은 우리가 어떻게 해볼 테니."

"음……."

얘기를 듣고 있던 나리가 말했다.

"이렇게 하면 어떨까요?"

모두의 시선이 나리에게 모아졌다.

"꼬치님 혼자서 마을로 돌아가실 수 있겠습니까? 길은 알고 계시죠?"

"물론 알고 있지. 그런데 자네는 어떻게 할 텐가?"

나리가 심각한 표정으로 말했다.

"퍼쿵의 약은 제가 구해보겠습니다. 제가 이 근처에 사는 어족을 좀 아는데 그들이라면 복어 독에 대한 특효약이 있을 겁니다."

모두 솔깃해서 표정이 환해졌다.

보보가 물었다.

"정말 그런 게 있어요?"

나리가 고개를 끄덕였다.

"멀지 않은 곳에 물속에 사는 '어족'이라는 종족이 있어. 그들은 바다에 관해서라면 모르는 게 없어. 그러니 분명히 무슨 방법이 있을 거야."

피코가 나리의 손을 잡으며 소리쳤다.

"부탁해요, 나리! 꼭 좀 구해주세요. 퍼쿵을 살릴 수만 있다면 뭐든지 다 해줄게요."

나리가 당황한 표정을 지으며 말했다.

"아, 알았어요. 하지만 반드시 확신할 수는 없어요. 너무 그렇게 기대를 하면……."

"어쨌든 노력은 해봐야죠."

치요와 보보, 웅가도 나리에게 매달렸다.

"부탁하네. 힘을 써주게."

"아저씨, 부탁이에요. 예?"

"이제 살았다. 퍼쿵은 살은 거야!"

나리는 제 몸에 매달리는 네 사람을 둘러보며 쩔쩔매고 있었다. 잠시 계속되는 소란에 유코와 우레가 깨어났다.

"어? 뭐야?"

"비비비?"

보보가 유코에게 달려가 소리쳤다.

"유코, 어서 일어나! 퍼쿵 형을 살릴 수 있게 되었어!"

"뭐? 퍼쿵 오빠는 이미 살아나지 않았어?"

"살아났지만 아직 몸을 움직이지 못하잖아."

"그럼 완전히 되살릴 수 있는 거야?"

"그래, 나리 아저씨가 특효약을 구해준대."

"정말?"

모두 난리법석이었고, 정작 나리만이 곤란한 표정을 짓고 있었다. 그럴 수밖에 없는 것이, 나리 자신도 확신이 있는 것은 아니었던 것이다.

웅가가 나리의 표정을 가만히 보더니 아이들을 진정시켰다.

"얘들아, 좀 진정해. 너무 그렇게 떠들면 안 된다. 이 청년에게 부담을 너무 주는 것 같구나."

나리가 땀을 닦으며 대답했다.

"좀… 부담이 되긴 하는군요. 어쨌든 해보죠. 그보다…….'

나리가 꼬치를 바라봤다.

"혼자 지름길을 찾을 수 있겠어요?"

꼬치가 고개를 끄덕였다.

"찾아봐야지."

그때 유코가 나섰다.

"집에 돌아가는 거라면 제게 맡기세요. 제가 금방 보내 드릴게요."

모두 유코를 바라봤다. 그러자 유코가 잠깐 머리를 긁적이더니 말을
얼버무렸다.

"우리 때문에 꼬치 아저씨와 부족을 위험에 빠뜨릴 수는 없잖아? 그
거라도 도와줘야 할 것 같은데……. 그냥 내 생각에는…….'

그러자 치요도 고개를 끄덕였다.

"그래, 나도 그게 좋을 것 같아. 그 정도는 보답을 해야지."

다른 아이들과 웅가도 고개를 끄덕이며 동조했다. 꼬치와 나리만이
무슨 말인가 어리둥절해하며 서 있을 뿐이었다.

유코가 물었다.

"여기까지 오는 데 얼마나 걸리셨어요?"

"글쎄다. 올 때는 꼬박 오 일이 걸렸는데…….'

그러자 유코가 빙그레 웃으며 말했다.

"내일 점심때에는 동굴에 도착하게 해드릴게요."

그 말에 꼬치가 너털웃음을 웃었다.

"뭐라고? 그건 말도 안 돼. 하하하!"

"호호, 내기하실래요?"

"하하! 그래, 무슨 내기를 할까?"

유코는 자신있는 표정으로 뭘 달라고 할까 고민하고 있었다. 그때 피코가 말했다.

"시간없어, 유코. 장난하지 말고 어서 오빠를 보내줘."

"치, 알았어요. 좋아요, 아저씨. 다음에 한턱 내요."

"그래, 내일 점심때까지 도착하게 해주면 말이지?"

"예."

유코가 말했다.

"그럼 어서 배에 오르세요."

그러자 나리가 급히 말했다.

"배로 가야 하는 거야? 어족을 찾아가려면 우리도 배를 사용해야 하는데……."

피코가 말했다.

"우리는 내일 날이 밝는 대로 뗏목을 만들어 사용하기로 하고 우선 꼬치 오빠부터 보내주는 게 어떨까요? 곧 날이 밝으면 터치의 원정대가 지나가서 배도 들키게 될 텐데."

웅가도 피코의 의견에 동조했다.

"그래, 그게 좋겠다."

한 시간가량 지난 후 꼬치는 배에 올랐고 유코는 마음속으로 바람의 정령을 소환했다.

"정령아, 저 배를 우리가 떠난 동굴로 데려다 주렴. 내일 점심때까지는 도착할 수 있겠지?"

『물론이죠. 꽉 잡으라고 하세요.』

"고마워."

『별말씀을…….』

유코가 꼬치에게 몸을 배에 단단히 묶으라고 말하자 꼬치는 뭐 하는 건지 모르겠다는 표정으로 몸을 묶었다. 그리고 그가 손을 밧줄에서 떼자마자 몰아치는 광풍과 함께 배는 활에서 쏘아진 화살처럼 튕겨져 나가 강을 거슬러 올라가기 시작했다.

"으아아악!!"

어둠 속에 꼬치의 비명 소리가 멀어지고 있었다.

"저, 저럴 수가……!"

나리도 입을 떡 벌리고 배가 순식간에 시야에서 사라져 버린 방향을 바라보고 있었다.

나리가 믿을 수 없다는 표정으로 물었다.

"저, 저게 대체 어떻게 된 겁니까?"

"글쎄요……."

인간들은 아무도 그에 대한 대답을 해주지 않았다. 그저 고개를 갸웃거리거나 다른 곳을 바라보거나 할 뿐이었다. 결국 아무 대답도 듣지 못한 나리가 고개를 갸웃거리며 모닥불로 돌아왔다. 그곳에는 어느새 마른 옷으로 갈아입은 자리코가 나리의 망토를 말리고 있었다.

나리는 방어진을 복구시키고 있는 치요를 바라보며 불가에 앉았다. 나리로서는 이들이 하는 낯선 행동을 이해하기가 힘들었다. 치요는 주위에 둥그렇게 쌓아놓은 돌덩이에서 깃털을 걷어내고 있었다.

자리코가 망토를 건네주며 말했다.

"아까는 고마웠어요. 얼어 죽는 줄 알았지 뭐예요."

자리코는 빙그레 미소를 지었다. 이제 전혀 무섭지 않은 모양이었다.

"아, 아닙니다. 우리 때문에 무척 놀라셨죠?"

"예, 좀……. 이젠 괜찮아요. 망토는 다 말려놓았어요."

"고맙습니다."

들개족과 인간족이었지만 처녀 총각 단둘만이 모닥불가에 앉아 있으려니 뭔가 어색한 것이 잠시 침묵이 흘렀다. 그 어색한 침묵을 깬 것은 자리코였다.

"저어……."

"예?"

"저기요……."

자리코는 얼굴이 빨개져서는 말을 못했다. 그러자 나리가 웃으며 말을 유도했다.

"어려워하지 말고 말씀하세요."

그제야 용기를 얻은 듯 자리코가 입을 열었다.

"퍼쿵 오빠를 살려주실 수 있는 거죠?"

"아, 그거요?"

"꼭 살려주셔야 해요."

"확신할 수는 없지만 최선을 다하겠습니다."

"부탁해요."

"예."

잠시 후 나리가 말했다.

"저도… 좀 물어볼 것이 있는데……."

"예? 뭔데요?"

"아까 배가 출발할 때 말입니다. 어떻게 그렇게 빨리 갈 수 있는 겁니까?"

"그, 그건……."

자리코는 잠깐 말을 더듬더니 고개를 돌렸다.

"저, 저도 잘 모르거든요. 어떻게 배가 빨리 움직이는 것인지……."

나리가 약간 서운한 표정을 지으며 일어섰다.

"아무도 제게 말을 해주지 않는군요. 저를 믿을 수 없다는 건가요?"

그러자 자리코가 엉겁결에 일어서는 나리의 손을 잡아 도로 앉혔다.

"아, 아니에요, 그런 게……."

손이 잡힌 나리가 도로 앉으며 눈을 들여다보았다.

"무슨 비밀이라도 있나요?"

자리코는 조심스레 일행이 있는 곳을 바라보더니 입을 열었다.

"거짓말하는 게 아니에요. 저도 잘 모른답니다. 그래서 말씀드릴 수 없는 거예요."

그러자 나리가 화난 음성으로 말했다.

"좋습니다. 제가 퍼쿵을 돕기 위해 남았는데 저를 믿지 못한다면 저도 도울 수 없습니다."

자리코는 쩔쩔매며 사정했다.

"저기요… 그러지 마세요. 정말 저희는 도움이 필요해요. 제발 화내지 마시고… 저, 저기요."

"나리라고 부르십시오."

"예, 나리."

그때 뒤에서 치요의 음성이 들렸다.

"그게 그렇게 궁금해요?"

"어?"

조그만 꼬마가 근엄한 표정으로 묻자 나리는 황당한 표정이 되었다.

"뭐, 별것도 아니에요. 그냥 마술이라고 생각하면 돼요."

"마술?"

치요는 나리 옆에 앉으며 손을 내밀었다.

"이것 받아두세요."

"……?"

치요가 내민 것은 작은 나뭇가지였다.

엉겁결에 그것을 받아 든 나리가 물었다.

"이게 뭐지?"

"그 나뭇가지 절대로 잃어버리면 안 돼요. 남에게 주어서도 안 되고요."

"이게 뭔데?"

"마술을 부리는 나뭇가지예요. 그게 없으면 우리가 앉아 있는 이 원 안쪽을 볼 수 없게 돼요."

"그… 게 무슨 뜻이지?"

나리는 전혀 무슨 말인지 이해할 수가 없었다. 그러자 치요가 방어진에 대해서 간단하게 설명했다. 마족이니 뭐니는 아직 설명하기가 좀 불안했는지 생략했다.

"아저씨에게 자세히 설명해 주지 않는 것은 믿지 않아서가 아니라 설명해도 못 알아들을 것이기 때문이에요. 그러니 너무 서운해하지 마세요."

그리고 나리에게 다시 당부했다.

"부탁이에요. 우리는 퍼쿵이 없으면 안 돼요. 꼭 해약을 구해주세요. 대신 아저씨가 원하는 것 뭐든지 힘 닿는 데까지 도와드릴게요."

그렇게 말한 치요는 제가 있던 자리로 돌아가 버렸다.

치요의 말에 나리는 할 말을 잃고 말았다. 그래서 더 이상 자리코에게 이것저것 묻지 않았다. 그저 멍하니 불을 보고 앉아 있는데 누군가 어깨를 쳤다. 고개를 돌려보니 유코였다.

"아저씨!"

"어? 왜?"

"이것 좀 먹어보세요."

유코가 내민 것은 방금 구운 따끈한 고기였다.

"고맙다."

"헤헤, 제가 구운 거예요. 맛있죠?"

"그래."

나리가 고기를 한입 베어 물었다.

"저……."

"왜?"

유코가 나리의 눈을 그윽하게 들여다보더니 말했다.

"꼭 퍼쿵 오빠를 살려주셔야 해요."

"그, 그래. 최선을 다하마."

유코가 나리의 눈을 더욱 집요하게 들여다보았다.

"꼭이요!"

"그, 그래……."

"고마워요! 호호호!"

나리의 대답에 유코가 신이 나서 모닥불 건너편 제자리로 돌아갔다.

그녀의 뒷모습을 바라보는 나리의 마음속에 부담감이 생기기 시작했다. 반드시 해독약이 있다는 보장도 없는데 모두들 너무 기대를 거는 탓이었다.

시간이 조금 흐르자 자리코가 졸기 시작했다. 나리는 가만히 자신의 망토를 벗어 다시 자리코의 어깨에 덮어주었다. 그러자 살짝 눈을 뜬 자리코는 이제 나리에 대한 경계심이 아주 없어졌는지 아예 자리에 누워서 잠이 들어버렸다.

나리는 그 옆에 앉아서 들개족 마을 쪽을 바라보고 있었다. 피곤하긴 했지만 몇 시간 후 해가 뜨면 터치의 원정대가 근처 어딘가를 지나갈 거라는 생각에 긴장이 되어 잠을 잘 수 없었다.

그러다가 잠깐 졸았던 모양으로 고개를 끄덕한 나리가 눈을 뜨다 말고 깜짝 놀라서 물러나 앉았다.

바로 눈앞에서 웬 얼굴이 물끄러미 쳐다보고 있었기 때문이다. 그 얼굴은 보보였다.

"헉! 뭐, 뭐야, 갑자기?"

보보가 조용히 입을 열었다.

"아까부터 앉아 있었는데요. 잠이 들어서 깨우지 못했어요."

나리는 놀란 가슴을 진정시켰다.

"무슨… 일이야?"

"저……."

"괜찮아, 말해 봐."

잠시 머뭇거리던 보보가 간곡한 어조로 말했다.

"우리 퍼쿵 형을 꼭 살려주세요."

보보의 말에 나리는 가슴이 답답해지는 것을 느꼈다.

'헉, 또 그 얘기!'

보보는 얼굴을 바싹 들이대며 재촉했다.

"꼭 살려주서야 해요."

"아, 알았어. 최선을 다한다니까. 하지만 나도 확신할 수는 없어. 어족에게 찾아가서 도움을 청할 뿐, 그들이 확실히 고칠 수 있는지는 알 수 없으니까."

나리의 말에 보보가 고개를 푹 숙였다. 실망의 빛이 역력했다.

"그, 그래요?"

보보는 아무 말 없이 돌아서서 잠자리로 걸어갔다. 그 어깨가 축 처져서 곧 무너져 내릴 것 같았다. 보는 나리의 마음도 그에 따라 무거워져 갔다.

보보가 눕고 잠시 그 모습을 바라보던 나리는 가만히 일어나서 조금 떨어진 숲으로 걸어갔다. 소변을 보기 위해서였다.

'휴, 너무 부담이 되는군. 이러다가 어족이 해독제를 구해주지 못하면 아주 큰일 날 것 같은데?'

나리가 하늘을 보고 한숨을 쉬며 생각했다. 앞으로 뻗어 나가는 소변 줄기가 마음의 무게를 조금 덜어주는 듯 시원하게 뻗어 나갔다.

"이봐요, 나리?"

"악!"

갑자기 등 뒤에서 들려온 목소리에 소변을 보던 나리가 소스라치게 놀라며 몸을 돌렸다.

식은땀을 흘리며 바라본 얼굴은 피코였다.

"어, 언제 왔어요?"

"지금요."

"소리 좀 내고 다녀요. 간 떨어질 뻔했잖아요?"

"그보다… 그건 집어넣고 얘기하시죠."

약간 시선을 돌린 피코의 손가락이 가리키는 곳은 나리의 사타구니였다. 나리는 너무 놀라서 아직도 소변을 보던 그 자세로 돌아서 있었던 것이다.

"헉! 이, 이런……!"

얼른 바지를 올렸으나 너무 급히 올리는 바람에 채 마치지 못한 소변이 바지에 묻기까지 했다.

'이런 창피가……. 도대체 이 사람들은 나를 말려 죽이려고 작정을 했나?'

약간 화가 나기 시작한 나리가 얼굴을 붉히며 손에 묻은 소변을 바지에 슥슥 닦았다. 그리고 물었다.

"뭐죠? 할 말이라도 있나요?"

그러자 피코가 머리를 긁적이며 입을 열었다.

"예, 저……."

"아, 됐어요. 퍼쿵을 꼭 구해달라고 말하려는 거죠?"

"어? 어떻게 알았어요?"

"어떻게고 뭐고 알았으니까 제발 그만 좀 해요. 뭡니까? 소변 보는데까지 따라와서."

"뗏목은 내가 만들어줄 테니 꼭 퍼쿵을 살려주세요."

"알았다니까요!"

나리는 놀라고 화난 가슴을 쓸어 내리며 모닥불로 돌아와 몸을 눕혔다. 그리고 잠시라도 눈을 붙이려는데 누군가 모피 같은 따뜻한 것을 덮어주는 느낌이 들었다.

가만히 눈을 떠보니 웅가였다.

"어? 아저씨?"

"그냥 자면 감기에 걸린다네."

"고맙습니다."

"고맙긴, 오히려 내가 부탁을 해야 할 판인데."

"부탁요?"

"해독제 말인데……."

"헉!"

그 뒤로 웅가가 뭐라고 계속 말을 했으나 나리는 하나도 듣지 않고 눈을 감아버렸다. 대꾸도 하지 않았다. 더 이상 대꾸를 하면 또 다른 사람이 와서 말을 시킬 것 같았기 때문이었다.

그래서 나리는 잠이 들은 척 코를 골다가 진짜로 잠이 들어버렸다. 나리는 잠이 들어서도 퍼쿵을 구해달라고 매달리는 그의 일가족에게 둘러싸여 밤이 새도록 쫓기는 악몽에 시달렸다.

"일어나요. 일어나세요."

"으, 으응?"

늦은 새벽에 선잠이 든 데다가 계속 악몽에 시달리던 나리는 누군가 흔드는 기척을 느끼고 잠이 깼다.

"벌써 아침이 되었나? 아, 피곤해."

흔들고 있는 것은 보보였다.

"아직 새벽이에요. 그런데 좀 일어나 봐야 할 것 같아요."

나리는 무거운 눈을 비비며 몸을 일으켰다. 그리고 주위를 둘러보니 모두 일어나서 무엇인가를 바라보고 있었다.

'응? 무슨 일이지?'

모두가 바라보는 쪽으로 고개를 돌리니 아직도 어두컴컴한 밤인데 희뿌연 안개를 가르며 한 무리의 사람들이 걸어오는 것이 보였다.

"엇!"

벌떡 몸을 일으킨 나리가 외마디 소리를 질렀다. 그리고 자신의 자루를 찾아 들고 뒷걸음질쳤다.

다가오고 있는 무리는 바로 터치의 원정대 중 한 개 분대였던 것이다.

"모두 피해요! 저들과 맞닥뜨리면 안 돼!"

소리친 나리가 숲으로 달려가려는 순간 피코가 그의 팔을 잡아 세웠다.

"진정해요!"

나리는 가만히 서 있는 퍼쿵 일행과 서서히 다가오는 들개족 원정대를 번갈아 보며 당황하더니 자신의 자루 속에서 한 자루의 단검을 꺼내 들었다.

"느, 늦었어."

그러자 치요가 나리의 앞을 가로막고 나서며 차분한 목소리로 말했다.

"괜찮아요. 저들은 우리를 볼 수 없어요."

"뭐? 그건 또 무슨……? 어서 모닥불부터 꺼야 해!"

치요는 주머니에서 조그만 나뭇가지를 하나 꺼내 들었다. 그리고 나리의 눈앞에 내밀면서 말했다.

"어제 내가 준 것 가지고 있어요?"

"그건… 여기 주머니 안에 넣어두었어."

"그게 마술을 부리는 나뭇가지라고 했던 말 기억해요?"

"……?"

별로 대수롭지 않게 들었던 나리는 기억이 나지 않았다. 뿐만 아니라 아직도 이 꼬마가 무슨 말을 하고 있는지 알아듣지 못하고 있었다. 그래서 당황해 단검을 들고 이제는 이미 지척까지 다가선 들개족 원정대를 바라보며 뒷걸음질쳤다.

그 순간이었다.

"어?"

치요가 미소를 지으며 말했다.

"원 안에 가만히 있어요. 나가면 들키니까."

나리는 어안이 벙벙해서 주위를 둘러보았다. 바로 자신들이 서 있는 원 주위를 병사들이 두런두런 얘기를 하며 그냥 지나쳐 가고 있기 때문이었다. 모닥불까지 환하게 지펴져 있는데도 전혀 보지 못하는 것 같았다.

"이, 이럴 수가……."

"이제 알겠어요? 우리가 왜 가만히 있어야 하는지?"

나리는 치요를 보고 물었다.

"이게 어떻게 된 일이지? 도대체……."

"후후, 말했잖아요? 마술을 부리는 나뭇가지라고."

그 옆에 서 있는 웅가도 감탄을 했다.

"정말 신기한 일이다. 네 말대로 저들이 우리를 전혀 보지 못하는구나."

잠시 후 또 한 무리의 원정대가 원 주위를 스쳐 지나갔다. 그렇게 네 무리의 원정대가 다 지나고 나자 피코가 물었다.

"나리, 터치의 원정대가 얼마나 되는지 알아요?"

"지금 네 분대가 지나갔으니까 더 이상은 오지 않을 겁니다. 어제 폐하께 듣기로는 사 개 분대가 출발한다고 했거든요."

"그럼 다 지나간 모양이군요."

"그럴 겁니다."

그러자 피코가 검을 허리에 찬 채 도끼를 들고 밖으로 나가며 말했다.

"난 뗏목 만들 나무를 구해올게."

그 뒤로 보보도 검과 활을 챙겨 들고 따라 일어났다.

"나도 같이 가!"

보보가 급히 따라 나서자 유코가 쭈뼛쭈뼛 물었다.

"저, 저기… 또… 둘이서… 나무 하러 가는 거야?"

"엇?"

"헉!"

순간 피코와 보보가 얼어붙은 듯이 동작을 멈추며 유코를 바라봤다. 두 사람은 얼굴로 피가 확 몰리는 것 같았다.

그런데 얼굴을 붉힌 것은 유코도 마찬가지였다.

"그, 그건……."

잠시 동안 세 사람은 말을 못하고 얼굴만 벌겋게 물들인 채 마주 보고 있었다.

그러다가 유코가 쑥스러운 듯 배시시 웃으며 고개를 돌렸다.

"헤헤, 난 그저… 그냥… 궁금해서……. 어서 다녀와. 헤헤."

유코가 혼자 몸을 배배 꼬며 돌아서자 피코와 보보는 민망한 표정이 되어 고개를 푹 숙인 채 서로 한참 떨어져서 숲으로 들어가 버렸다.

다행스럽게도 다른 사람들은 그들 세 사람이 얼굴을 붉힌 것을 보지 못한 것 같았다. 너무 어두운 새벽이어서 정말 다행이 아닐 수 없었다.

한참 시간이 지나 둘만 남게 되자 피코가 말했다.

"휴~ 심장 멎는 줄 알았다."

"나, 나도… 간 떨어질 뻔했어."

"눈치 챘을까, 모두들?"

"아니, 모르는 것 같아."

"다행이네."

서로 쭈뼛거리며 얘기하던 피코와 보보는 일행으로부터 멀리 떨어진 것을 확인하고는 가만히 손을 잡고 걸었다.

잠시 후 피코가 나무를 찍는 소리가 숲 전체를 울리기 시작했다.

그 뒤 유코는 치요와 함께 땔감을 주우러 나갔고, 자리코는 식사를 준비했다. 응가는 퍼쿵이 누워 있는 곳으로 걸어갔다.

모두가 그렇게 각자 할 일을 위해 나가고 나자 혼자 남은 나리는 할 일이 없어서 주위를 두리번거리다가 응가에게 걸어갔다.

퍼쿵은 이미 깨어 있었다.

"흠, 일어났나, 퍼쿵?"

"예……."

퍼쿵은 가만히 누워 있었지만 이미 눈을 뜨고 있었다.

창백한 안색으로 살짝 고개를 돌려 다가온 응가를 바라본 퍼쿵이 말했다.

"다시금 감사드립니다. 저를 살려주셔서……."

"뭐, 나 혼자 한 일이 아니야. 자네의 동생들은 뛰어난 능력을 가진 사람들이더군. 한 사람도 평범한 아이가 없어."

"하하, 그렇지 않습니다. 모두 평범한 아이들입니다."

퍼쿵은 몸을 제대로 움직이지도 못하는 상태였지만 여유있는 미소를 짓고 있었다.

"저를 위해서 이렇게 먼 길까지 수고를 아끼지 않으시다니… 어떻게 은혜를 갚아야 할지 모르겠습니다."

응가가 말했다.

"자네 동생들의 도움이 없었다면 불가능한 일이었네. 모두들 자네를 구해야 한다고 얼마나 뛰어다니던지… 감동적이었네."

그 말에 나리도 한마디 했다.

"정말 그렇더군요. 어제 밤새도록 모두가 어찌나 졸라대던지 제대로 잠을 못 잤습니다."

"나리… 씨군요. 여긴 어떻게?"

응가가 설명했다.

"내 능력으로는 자네를 여기까지밖에 회복시키지 못했지만 이제 이 젊은이가 자네를 완전히 회복시켜 줄 걸세."

그 말에 퍼쿵이 미소를 지었다.

"아, 그렇습니까? 잘 부탁합니다."

나리는 또다시 엄청난 부담감이 느껴졌지만 퍼쿵의 고요한 미소를 보고 한숨을 내쉬더니 그의 손을 꼭 잡으며 말했다.

"휴, 최선을 다해보겠습니다."

"고맙습니다."

뒤에서 자리코가 부르는 소리가 들렸다.

"모두 오세요. 식사 준비 다 됐어요!"

때마침 숲 쪽에서 피코와 보보가 기다란 통나무를 질질 끌고 오는 중이었다.

그들이 방어진으로 들어오자 유코가 또 벌게진 얼굴로 두 사람의 눈치를 슬슬 보았고, 피코와 보보는 그 시선을 외면하며 멀찌감치 떨어져 앉았다.

식사 메뉴는 전날 피코가 잡아온 커다란 도마뱀 구이였다. 모두 둘러앉아 식사를 하는 동안 자리코는 부드러운 죽을 만들어 퍼쿵에게 가더니 숟가락으로 조금씩 떠먹여 주었다. 퍼쿵은 잘 받아 먹지 못할 정도로 쇠약해져 있었다. 그러자 얼른 식사를 마친 유코가 수건을 가지고 쫓아가서 퍼쿵의 입가에 미처 넘어가지 못하고 흘러나온 죽을 닦아주기 시작했다.

피코는 이미 한 무더기의 통나무를 잘라서 방어진 주위에 쌓아놓은 채였고 모두의 얘기가 퍼쿵을 고치는 방법에 대해 집중되어 있었다.

그런 그들의 모습을 가만히 둘러보던 나리가 생각에 잠겼다.

'가족이란 이런 것인가 보군. 서로를 너무나 아끼고 있는 것이 느껴져……'

인간족 포로인 엄마에 의해 혼혈아로 태어나 갓난아기일 적에 버려져 평생을 고아로 살아온 나리에게는 그 모습이 너무나 부러워 질투가날 정도였다. 나리는 제 부모가 누군지, 죽었는지 살았는지도 모르고 있었다.

한참을 말없이 바라보던 나리가 물었다.

"여기… 모인 사람들은 모두 형제인가요?"

그러자 웅가가 말했다.

"아니, 모두 따로따로 태어난 사람들이네. 아, 저기 퍼쿵과 피코는 친남매라고 들었지."

"예, 그런데 마치 모두들 친형제들처럼 보이는군요."

부러운 듯이 바라보는 나리의 눈빛을 보고 웅가가 물었다.

"자네는 가족이 없나?"

"저는 날 때부터 버림받은 고아입니다."

약간 슬퍼 보이는 나리의 표정에 모두 말을 멈추고 그를 바라보았다.

잠시 후 치요가 말했다.

"저도 엄마 아빠가 다 돌아가셨어요. 형제는 없구요. 그리고 보보와 유코는 아예 기억도 다 잃어버린 고아예요. 꼬치 아저씨에게 들어서 아시겠지만 퍼쿵과 피코도 어릴 적에 부모님이 다 돌아가셨구요."

치요의 말을 받아서 보보가 입을 열었다

"그리고 자리코도 어릴 때 부모님을 잃은 고아지요. 여기 웅가 아저씨가 데려다 키워주셨어요."

그러자 웅가가 웃으며 말했다.

"이 나이에 그런 얘기를 하긴 좀 안 어울리지만 내 부모님도 다 돌아가셨으니 나도 고아일세. 아니, 고아저씨라고 해야 하나? 허허허."

웅가의 말에 모두 웃음을 터뜨렸다. 저만치 떨어져 있던 퍼쿵, 자리코, 유코까지 웃음을 터뜨렸다.

유코가 말했다.

"아하하, 고아저씨가 뭐예요? 고어른이지."

"허허허, 그런가?"

한참을 웃고 난 뒤 피코가 나리를 바라보며 입을 열었다.

"나리… 씨, 그런 것이 무슨 상관이에요? 우린 모두 친형제처럼 지내고 있어요. 당신도 우리와 가족이 될 수 있어요."

그 말에 나리가 머리를 긁적이며 얼굴을 붉혔다.

"아, 저, 저는 들개족이잖아요."

그 말에 피코가 웃어댔다.

"나도 들개족 혼혈이에요. 그런 것은 아무 관계없어요."

치요도 말했다.

"맞아요. 나도 인간족이 아니에요."

나리가 놀랐다는 표정으로 피코와 치요를 번갈아 보았다.

"인간족처럼 생겼는데?"

보보가 말했다.

"중요한 것은 마음이 아닐까요? 여기 이 괴물도 우리와 한가족인걸요?"

보보가 가리키는 괴물은 바로 우레였다.

"뻽? 삐비비비?"

말은 알아듣지 못하지만 눈치가 구단인 우레가 미심쩍은 눈으로 보보를 올려다보더니 치요를 툭툭 치며 중얼거렸다.

'쟤 뭐라는 거야? 내 욕 하는 거 아냐?'

하고 묻는 중인 것 같았다.

보보가 얼른 손을 내저으며 얼버무렸다.

"하하, 우레! 나쁜 뜻이 아니라 너도 우리와 한가족이라는 말을 한 거야. 하하, 오해하지 마! 알지? 가! 족!"

"비비비……."

우레는 팔짱을 낀 채 여전히 의심스런 눈으로 보보를 바라보며 중얼거렸다.

부끄러워하는 나리에게 피코가 시원스럽게 손을 내밀며 말했다.

"그럼 여러 말 할 것 없이 나리 씨도 우리 가족이 돼요. 그럼 되잖아요?"

"저, 정말 그래도 되겠어요?"

치요가 대뜸 반말로 말했다.

"좋아, 그렇게 하자. 나리 아저씨도 우리 가족으로 받아주지 뭐."

모두 박수를 치며 환영했다.

"좋아, 난 찬성이야."

"나도!"

유코가 소리쳤다.

"나리 오빠, 한말씀 해요! 이럴 때는 뭔가 소감을 말해야 하는 거 아니에요?"

"그, 그런… 가?"

나리는 얼굴이 새빨개져서 어쩔 줄을 몰랐다.

치요가 나리의 손을 잡아 피코의 손과 마주 잡게 하고는 말했다.

"우린 형제끼리 존댓말을 하지 않아."

그리고 잠시 유코와 보보를 돌아보더니 다시 말을 이었다.

"뭐, 본인이 쓰고 싶다면 어쩔 수 없지만… 보아하니 나리는 나이가 꽤 되는 것 같은데… 몇 살이야?"

나리는 치요의 반말에 좀 황당했지만 얼떨결에 대답했다.

"스, 스물넷……."

보보가 말했다.

"퍼쿵 형보다 한 살 아래네? 좋아, 그럼 형으로 인정해 주지. 하하!"

유코가 소리쳤다.

"나리 오빠, 오빠라고 불러도 되죠?"

"으, 으응……."

피코가 나리의 손을 힘있게 쥐며 말했다.

"어려워하지 마. 우린 다 이렇게 만난 사람들이야."

퍼쿵이 누운 채 미소를 띠며 말했다.

"그래요, 나리 씨. 우리도 말 틉시다. 나이도 비슷한데."

"그, 그러죠."

웅가가 물었다.

"그런데 자넨 들개족치고는 키가 작은 편이군. 우리 인간족 정도밖에 되지 않잖아?"

나리는 보통 성인 들개족들과는 사뭇 차이가 났다. 체격도 왜소하고 키는 피코보다도 한 뼘이나 작았다. 170센티미터가 채 못 되는 정도였다.

나리가 고개를 숙이며 대답했다.

"그, 그건… 어릴 때 너무 못 먹고 자랐기 때문에… 미처 키가 크지 못했습니다."

나리의 말에 모두 잠시 입을 다물고 가엾은 표정을 지었다. 잠깐의 침묵이 있은 후 웅가가 말했다.

"그게 무슨 상관인가? 나도 키가 작지만 사람 구실 하는 데는 아무런 문제가 없었네. 오히려 열심히 공부해서 의사가 되어 많은 사람을 구했지."

자리코가 다가오더니 나리에게 미소를 지었다.

"맞아요. 아무 상관 없어요, 그런 건……. 그래도 나리 씨는 마음씨가 따뜻한 사람인 것 같아요."

모두가 따뜻하게 맞아주자 나리는 눈물이 핑 돌았다.

"고맙습니다, 모두들……. 전 이런 따스한 대접은 난생처음 받아보았습니다."

나리는 진심으로 감동을 받은 것 같아 보였다. 눈가가 촉촉이 젖어드는 것을 보면 틀림없었다.

피코가 나리의 어깨를 치며 말했다.

"그렇다고 울 것까지는 없잖아? 기운 내. 어서 서두르자구. 어서 퍼쿵의 약을 구하러 가야지."

"그, 그래. 우선 뗏목을 만들자."

나리가 얼른 소매로 눈물을 훔치더니 통나무 더미로 향했다.

그 뒤로 다른 사람들도 나무 넝쿨과 도끼를 들고 따라나섰다.

제3장 어족

급하게 만든 작은 뗏목 위에는 나리와 피코, 그리고 웅가와 보보, 유코가 탔고 한가운데에는 퍼쿵이 누운 채 단단히 묶여 있었다. 자리코와 치요, 우레는 뗏목이 너무 작아서 미처 타지 못하고 방어진에 남았다.

바다에 나온 지 서너 시간이 지나자 이미 날은 환하게 샜는데 바다에 낀 안개가 무척 짙어서 한 치 앞도 내다보기가 힘들었다. 얼마나 심한지 마치 이슬비가 오는 것처럼 느껴졌다.

나리는 짙은 안개를 손으로 휘휘 저었다.

"오늘은 날씨가 무척 맑을 것 같군."

유코가 눈을 가늘게 뜨고 주위를 살폈다.

"날이 맑다고요? 이슬비가 내리고 있는데요?"

보보가 말했다.

"이건 이슬비가 아니라 안개야."

"안개? 웬 안개가 이렇게 짙어? 비 오는 줄 알았잖아!"

응가가 말했다.

"새벽 안개가 짙으면 날이 맑은 법이지."

"왜요?"

"그건 나도 몰라. 그냥 늘 그래 왔으니까……."

보보가 물었다.

"나리 형, 방향은 제대로 잡고 있는 거야?"

"응, 아마도……."

"아마도?"

"안개 때문에 잘 분간이 되지 않지만 아마 맞을 거야."

"얼마나 더 가야 하는데?"

"그리 멀지는 않아. 조금 더 가면 큼지막한 바위섬이 있는데 그곳에 어족들이 많이 살고 있어."

응가가 물었다.

"그 어족이라는 사람들과 아는 사이인가?"

"에, 우리 들개족은 물을 별로 좋아하지 않아서 깊은 바다로는 잘 나오지 않거든요. 그래서 비밀스런 임무를 주로 맡아 해온 저는 반대로 물길을 많이 이용해 왔죠. 그러다가 만나게 되었어요. 그 바위섬이 바로 제 비밀 아지트거든요."

모두 고개를 끄덕이며 나리가 가리키는 방향을 자세히 바라봤지만 여전히 짙은 안개 때문에 아무것도 보이지 않았다.

보보가 불안한 듯이 물었다.

"혹시 우리를 공격하거나 그러지는 않겠지?"

"괜찮을 거야. 그리 호전적인 사람들이 아니야. 상대가 먼저 공격하지 않으면 그들도 싸우려 하지 않아."

"그, 그래도 혹시 우릴 먹이로 오해할지도 모르잖아?"

"하하, 그들도 사람이야. 짐승들하고는 다르다고."

갑자기 피코가 한곳을 가리켰다.

"저쪽! 저쪽에서 물결 부서지는 소리가 들려!"

모두 피코가 가리키는 쪽을 바라보았다. 자세히 귀를 기울여 보니 과연 바람 소리와는 다른 무엇인가 파열되는 소리가 들리고 있었다.

철썩! 철썩! 쏴아아……!

"그렇군. 거의 다 온 모양이야."

웅가가 배를 모는 피코에게 당부했다.

"피코, 조심하게. 바위에 부딪치면 뗏목이 부서져 버릴 테니까."

"걱정 마세요. 이래 봬도 물질엔 이골이 났답니다."

보보가 맞장구쳤다.

"맞아요. 우리 피코는 거의 물개라니까요."

보보의 말에 웅가가 장난기 어린 표정을 지었다.

"우리 피코? 우리… 라고?"

"엣?!"

"헛!!"

갑자기 피코와 보보가 얼굴이 빨개졌다. 깜짝 놀란 그들이 멍해 있는 사이에 웅가가 의미있어 보이는 미소를 띠며 다시 물었다.

"어쩐지… 그 말에서 어떤 의미 같은 게 느껴지는군. 혹시 자네 둘이 사귀고 있나?"

보보가 얼른 손을 내저으며 변명을 했다.

"아, 아니요! 우린 그저 한가족이기 때문에 그런 말을 한 거예요!"

피코는 얼굴이 벌게져서는 고개를 돌리고 삿대를 휘저으며 장애물을 찾는 시늉을 하고 있었다.

그러자 웅가가 빙긋이 웃으며 말했다.

"호오, 왜들 그러지? 난 그저 농담으로 한 말인데? 자네들이 너무 당황하니까 더 이상하게 보이지 않나?"

"억! 그, 그런……."

두 사람은 아무 말도 못했고 더욱 얼굴색이 진하게 물들어가고 있었다.

퍼쿵의 옆에 바싹 붙어 있던 유코가 피식 웃었다. 웬일인지 아무 말도 하지 않고 웃기만 했다. 보보와 피코는 그런 유코의 모습이 더 불안하고 의심스러웠다

나리가 웃음을 터뜨렸다.

"하핫! 글쎄요……. 왜들 그럴까요? 내가 보기에는 잘 어울릴 것도 같은데요."

"그러게 말일세. 좀 남녀가 바뀐 것 같기는 하지만 말이야. 하하!"

피코가 버럭 소리를 질렀다. 물론 얼굴이 벌게서 눈은 엉뚱한 곳을 보고 말이다.

"무슨 말들을 하는 거야? 지금 그런 농담할 때예요?!"

그때 조용히 누워 있던 퍼쿵이 한마디 던졌다.

"후후! 피코, 언제부터 그리되었냐? 오빠한테 말도 안 하고."

퍼쿵의 말에 피코와 보보의 낯빛은 아예 빨갛다 못해 흙빛이 되었다.

"퍼쿵! 퍼쿵까지 왜 그래?"

"혀, 형!"

"후후, 괜찮아. 요즘 우리 피코가 왠지 모르게 자꾸만 예뻐진다 생각했더니 다 이유가 있었구나. 하하하!"

"와하하하!"

"걸걸걸!"

퍼쿵이 계속 놀리고 응가와 나리가 웃음을 터뜨리자 피코와 보보는 고개를 푹 숙인 채 아무 대꾸도 하지 못했다.

민망해서 어쩔 줄 모르는 두 사람에게 나리와 응가가 한마디씩 해댔다.

"어이, 두 사람 축하해. 잘 어울리는 한 쌍이야."

"벌써 결혼은 했겠지? 아참, 자네들은 자유혼을 따르지 않는다고 했으니 아직 첫날밤은 치르지 않았겠군. 그럼 주례는 내가 서주지. 하하하!"

모두의 놀림에 피코와 보보는 아예 사색이 되어 고개를 푹 숙인 채 어쩔 줄 몰라 했다.

그러나 피코는 왠지 모르게 약간 흥분이 되는 것이 아주 나쁜 기분은 아니었다. 아니, 조금 기쁜 것 같기도 했다.

'크, 보보 녀석, 말실수를 하는 바람에… 창피하게……. 그런데 나도 참 이상해졌군. 왜 자꾸 기분이 좋아지지?'

보보 역시 불쾌하거나 그런 것은 아니었지만 우선은 너무 창피했다. 게다가 빙긋이 웃고 있는 유코의 미소가 부담스러웠고 앞으로 혹시 이 말이 알려지면 자리코가 받을 충격 때문에 걱정이 눈앞을 가리고 있었다.

'한동안 잠잠하다 했더니 이제 또 놀림감이 되겠군.'

한참을 웃고 난 웅가가 한마디 덧붙였다.

"그럼, 보보 군, 앞으로는 퍼쿵에게 형이라 부르지 말고 처남이라 부르는 게 어떨까?"

그 말에 퍼쿵이 웃음을 터뜨렸다.

"하하하, 처남이요? 거 듣기 괜찮은데요?"

이제 보보와 피코의 고개는 거의 바닥에 닿을 듯이 숙여져 있었다.

"크으……."

"……."

두 사람이 창피해서 어쩔 줄 모르는 가운데 어느새 유코가 살며시 다가와서는 보보의 어깨를 툭 쳤다.

깜짝 놀라 고개를 드는 보보에게 유코가 귓속말을 했다.

"내게 누나라 부르는 것 잊지 않았겠지, 양다리?"

"그, 그런……."

"내 입을 막으려면 그렇게 하는 게 좋을 거야. 안 그러면 알지? 호호호!"

"하, 하지만……."

"하지만? 누구에게 얘기해 줄까? 자리코 언니? 아님 피코? 응? 어때, 아직도 누나라 부를 생각이 안 드나, 양다리?"

유코가 짓궂게 웃어대자 보보는 포기한 표정이 되어 대답했다.

"아, 아니에요, 누나……."

"아하하하! 그래, 좋아. 듣기 좋구만, 동생. 깔깔깔!"

옆에서 피코가 어이없는 얼굴로 유코를 바라보았지만 그녀도 아무 말 하지 못했다. 뭐라고 편을 들었다가는 곧 이어 쏟아져 나올 유코의 말이 무서웠기 때문이다.

피코와 보보는 며칠 전 뽀뽀를 하다가 들킨 이후로 유코에게 큰소리를 낼 수가 없었다. 유코가 모른 척해 주고는 있었지만 그래도 부담이 되기는 마찬가지였다.

피코가 유코를 바라보며 생각했다.

'제발… 잊어버려 줬으면 좋겠는데…….'

그렇게 웃고 즐기는 사이에 서서히 검푸른색의 바위산이 모습을 드러내기 시작했다.

피코는 통나무 삿대를 잡은 채 온 정신을 손의 감각에 쏟아가며 장애물을 피해 뗏목을 접근시키고 있었다. 그리고 나리도 장대를 하나 들고서 피코를 도와 뗏목을 조절하기 시작했다. 암초가 많아서 잠깐 실수라도 하면 뗏목이 바위에 부딪쳐 부서질지도 몰랐다.

다른 사람들도 얼굴에서 웃음을 거두고 몸을 숙인 채 뗏목에 매달려 있었다.

모두가 그렇게 긴장한 가운데 뗏목은 서서히 섬에 접근하여 안전하게 상륙했다.

피코가 말했다.

"됐어. 이제 안전할 거야."

나리가 놀랐다는 듯이 피코를 바라봤다.

"정말 잘하는데?"

"나리야말로 보통이 아니면서 뭘."

"하하, 나는 여기가 아지트라니까. 섬 안쪽에 내 움막도 있는걸."

응가가 말했다.

"그럼 이 섬은 아주 익숙하겠구먼."

"예, 하지만 여기서 폭풍우를 만나 죽을 뻔한 적도 몇 번 있었어요."

보보가 말했다.

"서두르죠. 어서 약을 구해서 돌아가야 하니까. 기다리는 사람들도 생각해야죠."

"그러지."

피코가 들것에 퍼쿵을 올리고 머리 쪽을 들었다. 그리고 뒤는 보보와 나리가 한쪽씩 들고 섬에 발을 내디뎠다.

피코는 아무 거리낌 없이 들것의 앞쪽을 들고 걸었지만 뒤에 있는 두 사람은 가벼운 다리 쪽이고 두 명인데도 불구하고 휘청거리며 덜덜 떨고 있었다.

"헉! 어, 엄청나게 무겁다!"

"좀 천천히 가줘, 피코!"

보보가 물었다.

"어족이 항상 이 섬에 있어?"

"원래 이 섬은 어족의 땅이야. 내가 들어와서 잠깐씩 머물고 있는 것도 그들이 허락해 주었기 때문이지."

"그랬군. 어찌 보면 우린 침입자인 셈이군."

"하지만 어족은 자신들에게 해를 끼치지 않으면 그다지 상관하지 않으니까 걱정하지 마."

"착한 종족이네."

"응. 예전에 너무 힘들고 외로울 때는 이 섬에 와서 어족들이랑 몇 달씩 살기도 했었어."

그때 보보의 바로 뒤쪽 물에서 누군가 고개를 불쑥 내밀었다.

"엇!"

깜짝 놀란 보보가 옆으로 피하다가 발을 헛디뎌 넘어졌다. 그래도 퍼쿵을 실은 들것은 놓치지 않으려고 애를 써서 꼭 잡은 채였기 때문에 뒤집히지는 않았다.

피코가 소리쳤다.

"조심해! 다치지 않았어?"

"으, 응, 괜찮아. 퍼쿵 형, 미안해요. 발을 헛디뎌서……. 다치지 않았어요?"

"응, 괜찮다. 넌 다치지 않았니?"

"예."

일단 보보와 퍼쿵이 다치지 않은 것을 확인한 피코가 주위를 둘러보았으나 아무것도 이상한 것은 없었다.

"갑자기 왜 그런 거야?"

"응, 저기서 뭔가 튀어나왔거든."

보보가 가리키는 곳은 바다였다.

"뭐가?"

"사람 같았는데… 금방 사라졌네?"

"어족인가?"

나리가 고개를 끄덕였다.

"어족들일 거야. 잠깐 내려놓을까?"

들것을 내려놓은 나리가 두 손을 입가로 모으더니 소리쳤다.

"나와요, 모두들! 접니다, 나리!"

잠시 적막이 흘렀다. 들리는 것은 파도 소리와 바람 소리뿐이었다.

피코가 물었다.

"보보, 잘못 본 거 아냐?"

"아냐, 분명히 누군가 고개를 내밀었어."

잠시 후 보보의 말이 사실이었음이 증명되었다. 그들이 바라보고 있는 바다에서 몇 개의 얼굴이 고개를 내밀었던 것이다.

나리가 손을 흔들었다.

"잘 있었어요?"

그들이 조심스러운 눈으로 주위 사람들을 살펴보며 물었다.

"나리, 오래간만이군."

"그래요. 잘 지냈어요?"

"응, 그런데 이 사람들은 누구야?"

"미안해요. 당신들 허락도 없이 사람들을 데리고 와서. 하지만 이분들은 좋은 사람들이니까 걱정하지 않아도 돼요."

"인간족이잖아?"

"나쁜 사람들이 아니에요."

웅가가 나서며 인사를 했다.

"안녕들하시오? 우린 인간족입니다. 너무 급한 일이 있어서 실례를 무릅쓰고 이렇게 찾아왔습니다."

어족들은 굉장히 조심성이 많은 종족인 듯 아직도 경계하는 얼굴로 물에서 나오지 않고 고개만 살짝 내밀고 있었다. 여차하면 물속으로 달아나 버릴 것 같은 표정들을 짓고 있었다.

그들이 유심히 바라보는 것은 피코와 보보의 허리에 매달려 있는 긴 검이었다. 아무래도 그 무기 때문에 겁을 먹고 있는 것 같았다.

그러자 보보가 허리에서 검을 풀며 말했다.

"아, 이거요? 이건 그냥… 폼으로 차고 다니는 거예요. 전 잘 다룰 줄도 몰라요."

그러자 피코도 서둘러 허리에 찬 장검을 풀며 웃는 얼굴을 지었다.

지금 퍼쿵의 목숨이 왔다 갔다 하는 판에 자신이 가장 아끼는 애검이고 뭐고는 따질 겨를이 없었다.

피코가 자신과 보보의 검을 들고 뗏목으로 달려가 그 위에 놓아두더니 네 개나 되는 단검도 모두 내려놓고서 말했다.

"여기 전부 뗏목에 놔두고 가겠습니다. 그러니 아무 걱정 하지 마세요."

피코가 일행이 있는 바위 위로 돌아갔다. 두 사람의 몸에서 검이 사라지고 나서야 어족이라는 사람들은 살며시 몸을 일으키며 물 밖으로 걸어나왔다.

그들은 분명 사람과 비슷한 얼굴을 하고 있었지만 몸은 상당히 달라 보였다. 오랜 세월 물에서 살아서 그런지 몸 전체가 유선형을 이루고 있었고 팔에 비해 다리도 상당히 짧았다. 옷은 전혀 입지 않고 있었는데 몸에 털이 하나도 없었다. 그리고 피부의 색깔도 굉장히 어둡고 짙었다. 물속에서 눈에 잘 띄지 않도록 진화한 모양이었다.

보보가 침을 꿀꺽 삼키며 생각했다.

'저, 저런……. 정말 사람이 맞나? 꼭 물개처럼 생겼잖아?

유코도 고개를 돌리며 중얼거렸다.

"옷이라도 좀 입지. 내가 다 민망하네."

얼굴도 서 있을 때 정면을 향한 게 아니라 사람으로 치면 하늘을 향하도록 두꺼운 목 위에 얹혀 있는 느낌이었다.

그들은 짧은 다리로 어기적거리며 걸어나왔는데 낯선 인간족들을 정면으로 바라보기 위해서 약간 허리를 구부려야 했다. 가만히 살펴보니 물속에서 생활하기에 적합한 모습이었다.

보보는 그들의 모습을 자세히 살펴보았다.

'정말 엎드려서 수영을 하기에는 편한 몸이겠구나.'

그들 중 우두머리로 보이는 나이 지긋한 사람이 물었다.

"무슨 일로 우리를 찾아오셨소?"

나리가 나서서 소개를 했다.

"이분들은 인간족입니다. 급한 환자가 있어서 혹시 고칠 방법을 찾을 수 있을까 해서 데려왔어요."

"환자? 어떻게 다쳤는데?"

"복어의 독에 중독되었어요. 당신들은 복어에 대해서 잘 아니까 해독할 방법도 알고 있을 것 같아서요."

"음, 복어라……."

나이 든 어족이 손으로 턱을 쓰다듬으며 생각에 잠기는 것 같았다. 그 뒤로 열댓 명의 어족이 속속 걸어나오며 겁먹은 얼굴로 사람들을 바라봤다. 그들은 남자나 여자나 하나같이 알몸으로 나오면서도 전혀 부끄러워하지 않았다.

자세히 바라보니 손과 발에는 물갈퀴가 있었고 그런 넓적한 손으로 아주 원시적인 도구를 쥐고 있는 것이 보였다. 뭐, 도구랄 것도 없이 기다란 막대기나 뾰족한 돌멩이 같은 것들이었고 어떤 사람은 방금 잡은 듯 살아 있는 물고기를 쥐고 있었다.

내심 인어의 아름다운 모습을 상상했던 보보는 좀 실망스러운 느낌이었다.

'에이, 완전히 원시 종족이잖아? 이런 사람들이 무슨 해독제를 만들 수 있겠어? 아무래도 헛걸음한 것 같은데…….'

그 생각은 유코도 마찬가지였다. 그녀가 나리에게 속삭였다.

"오빠, 내가 보기에 이 사람들은 약 같은 건 가지고 있지 않을 것 같은데요?"

나리가 고개를 저었다.

"저래 보여도 꽤 발달한 문명이 있어. 단지 옷을 입지 않고 불을 사용하지 않을 뿐이지."

한 어족이 물었다.

"복어를 먹고도 어떻게 아직 살아 있지? 복어를 먹으면 금방 죽고 마는데?"

보보가 설명했다.

"죽을 뻔했는데 여기 이분이 복어를 잡아서 그 독을 가지고 약을 만들었어요. 그걸 가지고 목숨을 건진 거예요. 그런데 생명은 건졌지만 일어나지를 못해서요. 무슨 방법이 없을까요?"

피코도 손을 모으며 부탁했다.

"제발 부탁합니다. 은혜는 꼭 갚을게요. 도와주십시오."

일행을 둘러싼 어족들은 여전히 경계를 하면서도 서서히 다가오기 시작했다.

나리가 말했다.

"안심하세요. 나쁜 사람들이 아니에요."

어지간히 겁이 많은 종족인 모양이었다. 피코나 웅가, 보보가 움직일 때마다 움찔움찔 놀라는 것을 보면 틀림없었다.

그때 한 젊은 어족이 말했다.

"이 사람들은 지난 며칠 동안 배를 타고 물고기를 잡던 사람들이군요."

"맞아, 나도 봤어."

여기저기서 아는 체를 하는 어족들이 나왔다.

웅가가 말했다.

"맞습니다. 우린 복어를 낚기 위해서 지난 사흘간 낚시를 했습니다."

나이 많은 어족이 물었다.

"그래, 복어의 독으로 약을 만들었단 말입니까?"

"예, 어떻게 만들기는 했는데 좀 부족한 것이 있었던 모양입니다. 보시다시피 환자가 목숨은 건졌지만 움직이지를 못합니다."

웅가가 들것에 실려 있는 퍼쿵을 가리키자 어족들이 그 주위에 모여들더니 퍼쿵을 살펴보기 시작했다. 서서히 경계심이 사라지는 모양이었다.

어족들은 퍼쿵을 손가락으로 살살 찔러보거나 조심스레 만져 보며 웅성거렸다.

"되게 크다."

"살아 있는 인간을 만져 보는 건 처음이야."

"나도."

한참을 그렇게 살펴보다가 또 자기들끼리 한동안 수군거리더니 그 중에서 가장 나이가 많은 어족이 웅가에게 돌아왔다. 그리고 훨씬 부드러워진 음성으로 말했다.

"우선 우리 마을로 가십시다. 가서 차분히 얘기해 봅시다."

피코와 일행들은 너무 기뻐서 표정이 확 펴졌다. 어족들이 받아들이기로 한 모양이었다.

"예, 정말 고맙습니다."

일행은 다시 퍼쿵을 들고 어족들의 뒤를 따라갔다. 걸음이 그리 빠르지 않은 어족을 따라 바위와 조개껍데기뿐인 바위산을 한참 돌아갔다. 그러자 신기하게도 바위섬 한가운데 다시 호수처럼 물이 고인 넓은 공간이 나왔다.

그 호수 주위의 바위산에 몇 개의 구멍이 뚫려 있는 것이 보였고 한 구석 해가 잘 드는 북쪽 기슭에 조그만 움막이 있었다. 아마 그 움막이 나리의 집인 모양이었다.

아나나 다를까, 나리가 그 움막을 가리키며 말했다.

"저기가 내 집이야. 멋있지?"

나리의 표정이 하도 자랑스러워서 피코와 보보는 곧 맞장구쳐 주지 않을 수가 없었다.

"어, 응."

"그, 그러네."

어족들이 말했다.

"이곳에서 그나마 건조한 곳이라고는 나리의 집밖에 없으니 그곳으로 갑시다. 다른 곳은 너무 습기가 많아 당신들에게는 적당하지 않을 거요."

"예."

그들은 어족의 안내에 따라 퍼쿵을 나리의 움막 안에 뉘었다. 그리고 그 앞에 어족들 몇 명과 퍼쿵 쪽 일행이 마주 앉았다.

잠시 후 밖에서 웅성거리는 소리가 들리더니 유난히 체격이 큰 중년의 어족이 여러 사람을 거느리고 나타났다. 그는 다른 사람들이 막대기 지팡이를 들고 있는 것과는 달리 강철로 만들어진 가늘고 긴 창을 들고 있었다. 무척 아끼는 물건인 듯 손때가 반질반질 묻어 있었다.

나리가 일어나 인사를 하더니 양쪽을 소개했다.

"안녕하세요? 이분들은 인간족입니다. 급한 환자가 있어서 도움을

받을 수 있을까 해서 찾아왔습니다. 인사들하세요. 이분이 어족의 족
장입니다.”

응가와 피코, 보보가 일어나 정중하게 인사를 했다.

“만나뵙게 되어서 영광입니다. 실례가 되는 줄 알면서도 부득이 이
곳으로 왔습니다. 너무 급한 환자가 있어서요.”

족장이 고개를 끄덕이며 말했다.

“괜찮소. 나리와 함께 왔으니…….”

족장의 표정은 좀 거북한 감이 있었다. 다른 어족들과 마찬가지로
상당히 경계하는 것 같았다.

나리가 설명했다.

“실은… 어족들은 인간족을 그다지 좋아하지 않습니다. 예전에 인
간족이 이 지역에 살 때 피해를 많이 줬었다고 하더군요.”

나리의 말에 인간들은 무슨 말인가 하는 표정을 지었다.

보보가 물었다.

“피해라고요? 무슨……?”

족장이 대답했다.

“과거에 인간들은 배를 타고 떼로 몰려와서 고기를 엄청나게 잡아갔
소. 그물이라는 도구를 사용해서 말이오.”

응가가 알겠다는 듯이 고개를 끄덕였다.

족장의 설명은 거기서 그치지 않았다.

“인간족의 성에서는 썩은 물이 끝없이 바다로 흘러나왔소. 게다가
더러운 쓰레기도 바다에 버렸소. 그들 때문에 물이 많이 더러워졌었
지. 심지어 그것을 항의하는 우리 어족을 죽이거나 잡아먹기까지 했
소.”

모두 깜짝 놀랐다. 보보가 소리쳤다.

"예? 자, 잡아먹었어요?"

족장은 기억하기 싫다는 듯이 눈살을 찌푸렸다.

"그렇소. 잔인하게도……."

그제야 피코와 보보는 어족들이 왜 그렇게 자신들을 무서워하는지 알 것 같았다.

응가가 생각했다.

'그랬었군. 얼핏 봐도 서른 명이 안 되는 이 어족이 당시 이천 명이 훨씬 넘었던 인간족을 상대로 싸움할 수는 없었을 것이고, 게다가 이들은 모습이 거의 짐승에 가까우니까 인간족이 사람으로 여기지 않고 사냥을 했을 수도 있지.'

피코가 중얼거렸다.

"끔찍하군요. 사람이 사람을 잡아먹다니……."

나리가 말했다.

"당시에는 그런 일이 종종 있었던 모양이야. 인간족들이 어족을 사람으로 여기지 않았다니까."

보보가 물었다.

"들개족과는 그런 일이 없었나 보죠?"

"들개족은 물고기를 거의 잡지 않는 데다가 사냥도 대량으로 하지 않고 그때그때 필요한 만큼만 하거든. 저장도 하지 않고……. 그리고 쓰레기도 별로 나오지 않는 생활을 하니까 물이 오염될 일이 없지."

"하지만 들개족이 어족과 싸운 일은 없어?"

"하하, 말했잖아? 들개족은 물을 별로 좋아하지 않아. 그 큰 부족에 변변한 배가 하나도 없는 것을 보면 모르겠어? 고작해야 조그마한 뗏목이 몇 개 있을 뿐이야."

보보가 고개를 끄덕였다. 나리의 말이 이해가 가기 시작했다.

"그랬군요."

웅가가 고개를 숙여 정중하게 사과했다.

"정말 미안합니다. 그런 일이 있던 줄도 모르고……."

어족의 족장은 시큰둥한 표정으로 손을 저었다.

"괜찮소. 벌써 옛날 일이오. 우리는 다만 앞으로 다시 그런 일이 일어나지 않기를 바랄 뿐이오."

나리가 두 사람 사이에 나섰다.

"족장님, 이분들은 그때 그 인간족이 아닙니다. 따로 떨어져서 생활하는 다른 사람들이에요."

"아, 그런가? 뭐, 어차피 다 똑같은 인간족이지 뭘……. 아무튼 그 얘기는 그만 하고, 환자가 있다고 했소?"

"예, 저기."

그들은 모두 퍼쿵에게 다가가 살펴보기 시작했다. 살피는 도중 웅가가 어떻게 독을 먹게 되었는지와 복어를 잡아 그 독을 이용해 약을 만들어 먹인 것까지 자세히 설명을 했다. 족장은 나이 많은 어족들과 함께 퍼쿵을 이리저리 굴리며 눈을 까보거나 피부와 혀의 색을 살펴보는 등 한참 시간을 보냈다.

그중 한 사람이 물었다.

"당신이 이 청년을 치료한 모양이지요?"

"예, 그렇습니다."

"복어 독에서 해독제를 뽑아내다니 대단한 기술을 가지고 있군요."

"과찬이십니다. 그래도 완전히 살려낼 수 없었는걸요."

그러자 어족 의사인 듯한 사람이 말했다.

"아닙니다. 저 정도만 해도 대단하지요. 실은 우리도 복어의 독에서 해독제를 만들어보려고 했는데 아직 성공하지 못했답니다."

"저, 저런……."

어족들의 말에 퍼쿵 일행은 물론 나리도 실망을 금치 못했다.

나리가 물었다.

"정말 방법이 없습니까? 저 사람을 살릴 방법이……?"

"목숨을 건진 것만도 다행일세."

한동안 침묵이 흘렀다. 아무도 말을 하지 못했다.

그때 한 사람이 입을 열었다. 가장 나이가 많아 보이는 노인이었다.

"전혀 방법이 없는 것은 아니네만……."

모두의 시선이 그 노인에게 향했다.

보보가 소리쳤다.

"방법이 있군요?!"

노인이 기억을 더듬으며 말했다.

"아주 오래전의 일이야. 한 의사에 의해 복어를 잡아 나누어 먹은 어린아이들 중 한 아이가 살아난 적이 있었지."

모두가 그 노인의 입만 바라보고 있었다.

"모든 동물은 복어를 먹으면 즉사하고 마는데 단 한 종류의 물고기는 복어를 마음대로 잡아먹고 살지. 이름도 알려지지 않은 희귀한 고기야. 난 그 고기를 '복어귀신'이라고 부른다네."

"복어귀신이요?"

"그래, 적당히 부를 이름이 없어서 그렇게 부르고 있지."

"그런데요? 그걸 잡아먹으면 되나요?"

"아니, 먹어서는 살릴 수 없어. 당시 그는 그 복어귀신의 피를 뽑아서 아이들의 몸에 집어넣었지. 거의 숨이 넘어가느라 온몸이 뒤틀리는 아이들의 몸에 다른 피를 집어넣기란 쉽지 않았어."

응기는 깜짝 놀랐다.

'사람 몸에 다른 피를 넣는다? 먹지 않고 액체를 주입하는 방법은 주사밖에 없는데……?'

놀라는 것은 인간족뿐만 아니었다. 어족들도 마찬가지였다.

"아니, 사람의 몸에 물고기의 피를 넣었단 말입니까?"

"그렇다네. 어차피 곧 죽게 될 아이들이어서 다른 방법이 전혀 없었지."

"그 복어귀신이라는 물고기는 어떻게 구하셨습니까?"

"운이 좋았지. 그 아이들이 복어를 잡았을 때 복어귀신도 함께 잡았으니까."

"그래서요?"

"다른 아이들은 시간이 너무 늦어서 죽었지만 한 아이는 멀쩡히 되살아났지. 몸도 아무 이상 없이 원상태로 돌아왔고."

어족들이 중구난방(衆口難防)으로 물었다.

"그 의사가 누굽니까?"

"정말입니까? 도대체 그게 누굽니까?"

"복어귀신이란 고기는 어떤 겁니까?"

노인은 가만히 고개를 들더니 대답했다.

"아주 오래전의 일이야. 그 의사는 이미 이 세상 사람이 아니라네."

그 말에 어족들은 모두 실망한 표정이 되었다. 딱히 인간족 퍼쿵이 걱정되어서가 아니라 복어 독의 해독제에 대한 진위를 가릴 수 없게 된 것에 대한 실망이었다. 그러나 퍼쿵 일행은 달랐다.

보보가 낙심한 표정으로 곰곰이 생각하다가 노인에게 물었다.

"다시 살아난 아이는 누굽니까? 그 사람이라면 해답을 알 수 있을지도 모르겠군요."

그러자 노인이 가만히 미소 지었다.

"그 아이가 바로 날세."

모두가 놀란 표정을 짓고 노인을 바라봤지만 보보는 그럴 줄 알았다는 듯이 고개를 끄덕였다.

"역시 할아버지셨군요."

보보는 그 노인 앞에 무릎을 꿇었다. 그리고 사정했다.

"제발 그 방법을 자세히 알려주십시오."

피코와 유코도 거의 동시에 약속이나 한 듯 노인에게 달려가 매달렸다.

피코가 말했다.

"제발 퍼쿵을 살려주세요. 살려만 주신다면 제가 할 수 있는 일은 뭐든지 다 해드릴게요."

유코도 눈물을 글썽이며 그의 팔을 붙들고 매달렸다. 이들로서는 이제 이 노인 이외에 다른 방법이 없었다. 다른 어족들이 모두 아무런 방법을 제시하지 못하고 있기 때문이었다.

그 노인이 말했다.

"우선 그 물고기를 잡아와야 하네. 복어귀신 말이야."

피코가 물었다.

"도대체 어떻게 생긴 물고기입니까? 어디에 살고 있죠?"

"자네들은 잡을 수 없어. 그 물고기는 낚시로 잡을 수 있는 물고기가 아니네. 게다가 그 물고기는 많지 않거든. 우연히 발견하기도 힘들지."

다른 어족들도 물었다.

"어떻게 생긴 물고기입니까?"

노인이 들고 있던 막대기로 바닥에 그림을 그리기 시작했다.

"이렇게 생긴 물고기야. 자네들도 본 적이 있을 거야."

노인이 그린 물고기는 물고기라기보다는 마치 뭍에 사는 도마뱀처럼 생긴 모양이었다. 머리부터 꼬리까지 기다란 뱀처럼 생겼고 지느러미 대신 네 개의 다리가 달려 있었다.

몇 사람이 말했다.

"이것 본 적이 있는 물고긴데?"

"나도 봤어. 이건 물고기가 아니야. 뭍으로 기어올라 가는 것을 본적이 있어."

보보가 물었다.

"크기가 어느 정도 입니까?"

"크기는 다양하네. 어린것은 요만 하지만 다 크면 엄청나게 크지. 커다란 상어만 하니까."

"그렇게 큰 것을 어떻게 잡았어요? 이건 육식동물인 것 같던데……"

"당시 우리가 잡았던 것은 새끼였다네."

잠시 고개를 갸웃거리던 보보가 물었다.

"죄송한데… 좀 더 자세히 그려주실 수 없나요?"

"그렸잖나. 이렇게 생겼다니까."

보보가 손가락으로 바닥에 그림을 그리며 어떤 모양을 만들었다. 노인이 의외라는 듯 보보를 바라봤다.

"맞아. 본 적이 있나?"

보보가 대답했다.

"이건 악어 같은데?"

보보가 바닥에 그린 것은 악어였다. 유코가 말했다.

"악어? 그건 나도 아는 동물인데……?"

웅가와 피코가 물었다.

"악어란 뭐지?"

"악어는 물고기가 아니에요. 파충류라고요. 그러니까 땅 위에서도 살죠. 그런데 어찌 된 일이지? 악어는 대개 강에만 사는데? 그것도 열대 지방에서만."

모두가 보보를 바라봤고, 다시 질문이 쏟아졌다.

"악어? 그게 뭐지?"

"파충류라는 게 뭔가?"

"복어귀신의 이름이 악어인가?"

보보가 생각했다.

'참, 그렇게 설명하면 못 알아듣겠지. 뭐라고 설명을 하나?'

잠시 후 입을 열었다.

"악어는 물고기가 아니라 용에 더 가까운 짐승이에요. 주로 물속에서 살지만 숨은 공기로 쉰다고요. 그러니 물고기가 아니죠. 더운 지방의 강에 살기 때문에 이 근처에는 없을 텐데요?"

노인이 고개를 끄덕였다.

"맞아, 잘 알고 있군. 이 근처에서는 웬만해서 보기 힘들어. 내가 어릴 적에는 훨씬 더 남쪽에서 살았거든. 하지만 아주 가끔 여기까지 오기도 한다네.”

보보가 갸웃거리며 중얼거렸다.

“그래요? 이상하군. 하긴 워낙 이상한 짐승들만 있기는 하지만… 용도 있는 세상이니까. 악어가 진화라도 한 건가?”

피코가 실망한 표정으로 말했다.

“이제 어쩌지? 다른 방법은 없는 것 같은데.”

유코가 가만히 피코와 보보를 불렀다. 그들이 다가가자 유코는 비장한 표정을 지으며 속삭였다.

“어쩔 수 없어, 이제는. 다른 방법이 없으니 내가 한번 나서는 수밖에. 더 이상은 말리지 마, 모두들.”

“네가? 그러면 안 된다고 했는데…….”

“하지만 다른 방법이 없잖아? 있으면 얘기해 봐.”

“…….”

피코와 보보는 아무 대답을 못했고, 잠시 그들의 대답을 기다리던 유코가 퍼쿵에게 쪼르르 달려갔다.

“오빠, 퍼쿵 오빠!”

퍼쿵이 눈을 떴다. 가만히 누워서 모두의 대화를 다 듣고 있었던 것이다.

유코가 가만히 바라보는 퍼쿵의 눈을 응시했다.

“오빠, 한 번만 사용할게요. 딱 한 번요. 오빠를 고칠 수 있는 유일한 방법이에요.”

“…….”

퍼쿵은 고개를 저었다.

"안 돼, 유코. 네가 생명을 죽여서는……."

그러자 유코가 한마디 던지고는 돌아서서 일행에게 돌아왔다.

"오빠가 말리셔도 소용없어요. 저는 할 거예요."

어족들과 나리, 웅가는 멀찌감치 떨어져 아무 말 없이 생각에 잠겨 있었다.

유코가 피코에게 말했다.

"난 다만 악어를 이쪽으로 오도록만 할 거야. 그렇게만 할게. 내가 죽이려는 것은 아니야. 그런 다음은 다른 사람들이 하면 되잖아? 어때?"

보보가 고개를 끄덕였다.

"그래, 그렇게라도 해보자. 그 방법밖에 없으니까. 피코, 잡을 수 있 겠어?"

"해봐야지."

"조심해야 해. 악어는 아주 위험한 동물이야. 힘도 세고 포악해."

"걱정 마. 육식 용도 잡았었잖아?"

보보가 고개를 저었다.

"그때와는 달라. 땅 위에서가 아니라 물속에서 잡아야 하니까. 게다 가 퍼쿵, 치요도 없이 혼자 잡아야 해."

피코가 말했다.

"괜찮아. 뭐, 어족들이 도와주겠지."

피코가 나리에게 가더니 말했다.

"나리, 만약 그 복어귀신인지 악어인지가 나타나면 사냥하는 것을 도와줄 수 있는지 물어봐 줘."

나리가 어족들에게 가더니 뭐라고 의논을 하기 시작했다. 잠시 후 그가 돌아와서 말했다.

"도와주겠대."

"고마운 사람들이군."

"착한 사람들이야."

"좀 위험할지 모르는데도 도와준다니……."

나리가 웃으며 덧붙였다.

"하하, 대신 피만 빼고 고기는 달래."

그 말에 피코도 피식 웃었다.

"후훗, 물론 그렇게 하지."

그때 누군가 소리쳤다.

"저, 저게 뭐지?"

"뭐야, 회오리바람인가?"

사람들이 아우성치며 바라보는 곳은 마을의 호수 한가운데였다. 그 가운데 커다란 물보라가 회오리 돌며 나타난 것이다. 그리고 그 가운데 무엇인가 괴성을 지르며 빙빙 돌아가고 있었다.

노인과 보보가 동시에 소리쳤다.

"복어귀신이다!"

"악어다!"

보보가 유코를 바라봤다. 그새 유코의 정령들이 남쪽 바다로부터 그 짐승을 데려온 모양이었다. 그런데 자세히 보니 역시 완벽한 악어는 아니었다. 등에 지느러미가 돋아나 있었고 긴 꼬리 역시 악어와는 달리 세로로 넓적하게 벌어진 모습이었다. 그 외의 나머지는 거의 악어와 같았다.

보보가 생각했다.

'역시 어딘가 좀 이상한 짐승이긴 하군. 진화라도 한 게 틀림없어.'

유코는 사람들이 접근하는 동안 악어를 빙빙 돌리며 힘을 빼고 있었다.

다 자라지 않은 중간 크기의 악어 한 마리가 회오리 속에 갇혀 있었다. 갑작스런 그 소동에 어족들이 깜짝 놀라 허둥대고 있었고, 족장이 급히 창을 들고 물로 뛰어들어 가자 다른 젊은이들도 모두 기다란 막대기나 돌, 꼬챙이, 그리고 밧줄 등을 들고 따라 들어갔다.

움막에 남은 노인들과 퍼쿵 일행도 그 모습에 정신을 빼앗기고 있었다.

피코가 물로 달려들려는 찰나 유코가 그녀를 불렀다.

"피코!"

"응?"

유코가 품 안에 손을 쑥 집어넣더니 숨겨져 있던 단검을 꺼내 피코에게 주었다.

피코는 그것을 받아 들고 급히 물속으로 뛰어들었다.

"고맙다."

유코가 소리쳤다.

"조심해요!"

"걱정 마!"

풍덩!

피코는 금세 어족들의 주위까지 헤엄쳐 갔다. 사람들이 회오리 때문에 접근하지 못하자 유코가 중얼거렸고, 회오리는 모습을 감췄다.

한참을 돌다가 떨어져 잠시 정신이 없던 악어가 주위에 몰려든 어족과 피코를 느끼고 경계하기 시작했다.

악어가 무슨 생각을 하는지는 알 수 없었지만 싸울 생각이 없는지, 아니면 위험을 느꼈는지 급히 앞다리를 뒤로 접으며 잠수를 시작했다. 그 찰나 피코가 달려들며 악어의 등에 단검을 박아 넣었다.

그녀는 용맹하게 악어의 등에 올라타 단검을 박아 넣었지만 악어가 엄청난 속도로 몸을 회전시키기 시작하자 더 이상 공격을 못하고 매달려 있기에만 정신이 없었다.

어족의 족장이 피코에게 소리쳤다.

"손을 놔, 바보야! 너 때문에 우리가 공격을 못하잖아!"

그 말에 피코가 손을 놓자 악어의 회전에 의하여 멀리 나가떨어졌다. 그와 동시에 어족들이 악어에게 달려들기 시작했다. 어기적거리며 걷던 어족들은 역시 물에 더 익숙한지 물속에서의 움직임이 악어 못지 않았다. 생긴 그대로 물개처럼 자유롭고 재빠르게 악어를 포위하고 공격하기 시작했다.

그들은 엄청나게 빨랐다. 맹렬한 기세로 몸부림치는 악어를 포위하고 밧줄을 던져 대자 악어는 점점 밧줄에 휘감기며 움직임을 봉쇄당하기 시작했다.

피코를 보고 수영의 천재라고 생각했던 보보도 어족의 움직임에는 감탄하며 입을 쩍 벌렸다. 피코는 그들의 움직임을 결코 따라잡지 못했다. 멀찌감치 떨어져서 어족들이 악어를 잡는 모습을 구경만 할 뿐이었다.

몸 길이가 삼 미터가 넘는 악어는 별로 오래 저항하지도 못하고 십여 명의 어족들에 의해서 꽁꽁 묶여서는 땅 위로 질질 끌려 올라왔다.

피코가 말했다.

"정말 대단하군요. 저 괴물을 그렇게 쉽게 잡다니……."

족장이 악어의 등에 박혀 있는 단검을 뽑더니 피코에게 내밀었다.

"헤엄도 잘 못 치면서 그렇게 무식하게 달려들면 어떡하나? 죽으려고 작정했나? 그건 그렇고, 칼이 무척 좋군."

족장은 단검을 돌려주려고 내밀면서 유심히 관찰했다.

피코가 말했다.

"가지세요. 저희들은 또 구할 수 있으니까요."

"정말 그래도 되겠나?"

족장은 무척 기쁜 표정이었다. 그들은 불을 전혀 사용하지 않기 때문에 철이나 칼을 만들 수 있을 리가 없었다. 족장의 창도 나리가 주었거나 어디서 주운 것이 분명했다.

거기까지 생각한 피코가 흔쾌히 대답했다.

"그럼요. 이렇게 도와주신 것만으로도 얼마나 고마운지 모릅니다."

"정말 내게 주는 건가?"

그렇게 묻는 족장의 표정이 환하게 웃고 있었다. 그는 기쁜 마음을 감추지 못하고 있었다.

"고맙네. 별로 도와준 것도 없는데……. 그건 그렇고, 이 칼은 나리가 가지고 있는 것보다 훨씬 좋아 보이는걸?"

나리가 미소 지으며 말했다.

"훨씬 좋은 겁니다. 인간족은 들개족보다 기술이 좋거든요."

"그래?"

응가가 노인에게 물었다.

"어르신, 그때의 기억을 자세히 말씀해 주십시오. 복어귀신이라는 동물이 저것이 맞습니까?"

노인이 고개를 끄덕였다.

"맞아, 확실해. 훨씬 작은 놈이었지만. 한데 그때 그분은 어떤 도구를 사용해서 피를 내 살 속에 집어넣었지."

웅가가 가방에서 자신이 만든 금 주사기를 꺼내 보여주었다.

"혹시 이렇게 생긴 도구가 아니었습니까?"

"글쎄, 워낙 오래 된 일이라 도구의 생김새까지는 잘 기억이 나지 않는구면."

꽁꽁 묶인 악어는 아직도 몸을 꿈틀거리며 빠져나가려고 몸부림치는 중이었고, 그 주위에서 어족들이 몰려들어 웅성거리며 구경하고 있었다.

보보가 손을 번쩍 들어서 웅가 노인의 말에 끼어들었다.

"저… 확인하고 싶은 것이 있는데요."

두 사람이 돌아보자 보보는 진지한 표정으로 의문을 제기했다.

"악어, 아니, 저 복어귀신이라는 것이 정말 복어의 독에 죽지 않는지 확인하고 싶어요."

보보의 말에 노인이 고개를 주억거리며 말했다.

"확실해. 나는 저놈이 복어를 삼키는 장면을 여러 번 보았거든."

그래도 보보는 고집을 부렸다. 악어가 복어를 먹어도 죽지 않는다는 말은 한 번도 들어본 적이 없기 때문이었다. 아니, 이 세상에 복어의 독을 먹고 죽지 않는 짐승이 있다는 말 자체가 이해가 안 됐다.

"삼키고 나서 나중에 죽었을 수도 있잖아요?"

노인이 말했다.

"그럼 어떻게 하면 될까? 복어를 잡아와서 먹어볼까?"

"그렇게라도 해보고 싶어요, 저는."

웅가가 고개를 저었다.

"그럴 필요 없다. 내게 복어의 독이 있으니까. 지난번에 약을 만들고 남은 것을 병에 넣어두었거든."

웅가가 가방에서 작은 병을 꺼냈다. 그 안에는 복어의 알이 들어 있었다.

"이것을 먹어보면 곧 알 수 있겠지."

노인이 좀 기분 상한 표정으로 말했다.

"내 말이 믿어지지 않는 모양이군."

보보가 변명했다.

"아, 아니, 그런 게 아니고요, 생명이 걸린 일이라서요⋯⋯. 이해해 주세요."

그러자 노인이 빙긋이 웃었다.

"괜찮아, 당연한 일이지 뭐. 나는 신경 쓰지 말게. 방법은 가르쳐 주었으니 난 이만 돌아가겠네."

"예, 감사합니다. 은혜는 꼭 갚겠습니다."

"그럴 필요 없어. 저 젊은이나 어서 살려 가지고 돌아가게나."

노인은 뒷짐을 지고 움막에서 걸어나갔다. 그리고 악어를 바라보며 혀를 쯧쯧 차더니 젊은이들에게 소리쳤다.

"잘 봐둬. 그게 복어귀신이야. 잘못해서 복어를 먹거든 그놈을 잡아서 피를 받으면 살 수 있다고!"

노인은 그대로 양지바른 곳으로 가더니 이제 안개가 걷혀서 쨍쨍 내리쬐는 겨울 햇살 아래에 몸을 뉘고 일광욕을 시작했다.

웅가는 어족에게서 물고기 한 마리를 얻어서는 그 입 안에 복어의 알집을 집어넣었다. 그리고 그 물고기를 기다란 막대기에 꿰어서는 통째로 악어의 입속으로 밀어 넣었다.

꽁꽁 묶인 채 흥분하여 몸부림치던 악어는 무엇인가 입 안으로 들어오자 으르렁거리면서 마구 깨물더니 꿀꺽 삼켜 버렸다.

퍼쿵 일행은 잠시 그 앞에 서서 악어를 지켜보았다.

반시간이 지나고 한 시간이 지나도 악어는 여전히 으르렁거리며 몸부림치고 있었다.

웅가가 말했다.

"이 정도 기다렸으면 증명이 되지 않았나?"

보보가 고개를 끄덕였다.

"그런 것 같아요."

웅가가 의아한 표정으로 물었다.

"보보, 아직도 뭔가 걱정이 있어 보이는데 무슨 문제라도 있나?"

"예, 실은… 다른 동물의 혈액을 사람에게 그냥 넣어도 될까 하는 걱정을 하고 있어요. 최소한 주입하려면 혈구는 제외하고 혈청만 집어넣어야 하는 것 아닌가요?"

웅가가 감탄을 했다.

"보보 자네는 볼수록 신기한 사람이군. 그런 것을 어떻게 알고 있지? 나도 수많은 동물을 죽이고 나서야 알게 된 사실인데……. 피를 그냥 넣으면 종이 다른 동물은 죽고 만다네. 최소한 건더기는 다 가라앉히고 맑은 액체만 넣어야 죽지 않지."

"그러니까요. 전 웅가 아저씨가 그걸 모를까 봐 걱정하고 있었던 거예요."

웅가가 크게 웃었다.

"하하하, 정말 대단하군. 자네 나에게 의술을 배우지 않겠나? 자네라면 정말 대단한 의사가 될 것 같구먼."

보보가 고개를 저었다.

"아니요, 전 관심없어요. 그런 끔찍한 직업 너무 싫어요. 매일 피 보고 살고 싶지 않아요."

유코가 킥킥 웃었다.

"관심없는 게 아니라 무서운 거겠지. 안 그래? 킥킥."

"어쨌든……."

일단 결론이 내려지자 그들은 서둘러 어족의 도움을 받아가며 악어를 잡았다. 악어의 동맥을 끊어낸 다음 배에서 가져온 커다란 용기에 피를 받았다.

받은 피를 그늘에 두고는 또 한참을 기다렸다. 시간이 지나자 혈구들이 가라앉기 시작했다. 웅가는 용기 위에 뜬 맑은 액체를 주사기로 뽑아냈다. 약간 노오란 그 액체를 깨끗한 병에 옮겨 담은 후 일부를 주사기에 채워서 퍼쿵에게 갔다.

웅가가 퍼쿵의 정맥에 그 혈청을 주입하는 동안 피코와 보보, 유코는 가슴을 졸이며 그 장면을 지켜보고 있었다. 퍼쿵은 아무런 고통을 느끼지 못하는 듯 무덤덤한 표정으로 천장만 바라보고 있었다.

악어의 혈청을 다 주입한 웅가가 퍼쿵에게 물었다.

"기분이 어떤가? 무슨 느낌이 있나?"

"아뇨, 아무 감각도 없습니다."

"그래? 좀 더 기다려 보세. 이상이 있으면 즉시 말을 하게."

웅가도 불안하기는 마찬가지였으나 애써 겉으로는 드러내지 않으려 노력하고 있었다. 환자가 겁을 먹으면 안 되기 때문이었다. 오히려 퍼쿵의 표정이 더 담담했다.

유코가 불안한 침묵을 깨고 말했다.

"오빠, 걱정 마세요. 오빠는 꼭 살아날 거예요."

"고맙다, 유코."

"제가 오빠의 대소변을 다 받아주었다는 거 잊으면 안 돼요?"

"으, 으응. 알겠다."

퍼쿵의 얼굴이 빨개지며 민망한 듯 대답했다. 퍼쿵이 정신이 든 뒤로 처음에는 자리코와 유코가 간호를 번갈아 했었는데 유코가 한사코 고집을 부려 퍼쿵의 간호를 독차지해 버렸던 것이다. 그녀의 결벽증에 가까운 성격에도 불구하고 퍼쿵의 뒷수발을 다 한 것은 모두를 놀라게 했었다.

유코는 그 일에 대해서 얘기하고 있었던 것이다.

"오빠의 은밀한 부위는 모두 제가 책임지고 관리했거든요. 아주 깨끗하게 싹싹 말이죠. 호호, 앞으로 제가 어른이 되면 오빠의 부인이 될 거니까 당연한 일 아니겠어요?"

"그, 그래. 휴우……."

퍼쿵은 얼굴이 빨개져 마지못해 대답을 하고는 한숨을 내쉬었다. 수줍은 성격에 그런 얘기를 들었으니 얼마나 민망해할지는 모두 짐작이 갔다.

유코가 퍼쿵에게 모피를 잘 덮어주며 말했다.

"한숨 자요, 여보. 아니, 자기……. 내가 옆에서 지켜줄게요. 호호호."

그러면서 유코가 그 옆에 누워서 퍼쿵의 배를 토닥거렸다.

그 모습을 바라보는 피코와 보보는 고개를 설레설레 저었다.

보보가 불만이 가득한 표정으로 유코를 바라봤다.

'나쁜 계집애, 민망한 짓은 제가 더 하면서 왜 나만 연애쟁이라고 놀리는 거야?

응가와 나리도 그 모습을 보고 놀라는 표정을 지었지만 뭐라고 하지는 않았다.

피코가 말했다.

"왜 보보와 나는 놀리고 유코에게는 아무 말도 하지 않죠? 모두들 너무 차별하는 것 아니에요?"

그러자 응가가 팔을 벌리며 말했다.

"누가 뭐라고 했나? 유코는 제 입으로 퍼쿵과 결혼할 거라고 떠들고 다니지 않나? 그러니 놀릴 거리가 없지. 놀리는 재미는 역시 놀림당하는 사람들이 당황하고 창피해서 어쩔 줄 모르는 데 있거든."

어느새 시간은 오후가 되었다. 나리의 움막 안에서 퍼쿵이 회복되기를 기다리며 일행들도 자리에 누웠다.

곧 유코의 숨소리가 새근새근 들리기 시작했다. 정작 잠들라던 퍼쿵은 얼굴이 벌게진 채 눈을 말똥말똥 뜨고 있고 그 옆에서 자장자장 토닥이던 유코가 먼저 잠이 든 것이었다. 덩치 큰 퍼쿵에게 한 손을 얹고 잠든 유코의 모습은 마치 커다란 대접에 숟가락을 한 개 꽂아놓은 것처럼 보였다.

그 모습을 바라보던 사람들이 소리없이 웃음을 터뜨리자 퍼쿵의 얼굴은 더 빨개져 갔다.

제4장 **때로는 외로울 필요가 있다**

오후가 되자 햇살이 따가웠다. 방어진 안 모닥불 옆에 가만히 앉아서 바다를 바라보던 자리코가 치요에게 눈길을 돌렸다. 치요는 모피를 덮고 잠이 들어 있었다. 얼굴에는 전에 보보가 만들어준 모자를 덮어 쓰고 있었다.

자리코가 생각했다.

'저 애는 해에 오래 노출되면 안 된다고 했지?'

자리코가 가만히 일어나더니 남아 있는 장작 몇 개를 들고 가서 치요의 주위에 서로 기대어 세웠다. 그리고 그 위에 모피를 덮어 간이 천막을 만들어 해를 가려주었다.

한참을 그렇게 작업을 하고 나니 배가 고팠다.

'아, 배고파. 벌써 해가 서쪽으로 기울었네. 퍼쿵 오빠는 어떻게 되었을까? 같이 따라갈 걸 그랬나?

그녀는 전날 피코가 잡아놓았던 도마뱀에서 살을 조금 잘라내어 막대기에 꽂았다.

고기를 구우며 하늘의 해를 보니 이미 정오가 지나 서쪽으로 넘어가고 있었다.

'사람들이 없으니까 무척 쓸쓸하네. 할 일도 없고……'

잠시 떨어져 있을 뿐인데도 새삼 외롭다는 느낌이 들었다.

'오늘 중으로 돌아오면 좋겠다. 치요가 있긴 하지만 좀 무섭기도 하고……'

어려서 부모를 잃고 외롭게 살아오긴 했지만 성격이 밝은 자리코는 늘 친구들이 많았다. 여자 친구뿐 아니라 유난히 예쁘게 생긴 덕에 남자들에게도 인기가 퍽 좋았던 그녀였기에 갑작스레 주위에서 사람들이 사라지자 그 외로움을 더 크게 느끼고 있는지도 몰랐다.

하지만 정작 퍼쿵 일행과 더 오래 살아온 치요가 가족이 다 없어졌는데도 아무런 내색도 하지 않고 잘 자고 있는 것을 보면 자리코가 유난히 외로움을 타는 성격인지도 몰랐다.

가만히 고기를 한입 떼어 물었다. 그러면서 자고 있는 치요와 우레를 바라봤다. 치요야 밤을 샜다고 치지만 간밤에 푹 잔 우레마저도 열심히 뒹굴면서 곯아떨어져 있는 것을 보니 무심하다는 생각마저 들었다.

'나만 외로운가 봐. 저 애들은 남자들이라서 그런가?'

혼자 남아서 바다를 바라보고 있자니 별 생각이 다 들었다. 돌이켜 보면 지난 몇 달은 이것저것 생각할 여유도 없었다.

처음 성에서 떠나던 그때는 오빠를 잃었다는 슬픔과 쫓겨난다는 무서움에 정신이 하나도 없었다. 그리고 그런 생각이 다 정리되기도 전에 종횡무진, 좌충우돌하는 퍼쿵 일행과 합류하여 울고, 웃고, 떠들고, 뛰어다니며 살다 보니 혼자 사색에 잠길 틈이 없었다. 아니, 틈이 없었 다기보다는 잊고 지냈다는 것이 옳았다.

그만큼 자리코는 지난 넉 달간 즐거운 나날을 보내왔다. 일주일 전 퍼쿵이 쓰러지기 전까지 이 일행에게는 웃음이 떠날 날이 없었던 것이 다. 그러다가 퍼쿵이 쓰러진 후로는 모두 그를 걱정하고 그의 생명을 구하기 위해서 뛰어다니느라 또 정신이 없었다.

'휴~ 그러고 보니 지난 넉 달 동안은 정말 바쁘게 살았구나. 퍼쿵 오빠와 보보, 치요, 피코, 유코, 우레… 모두들 정말 좋은 사람들이야.'

그들과 지낸 시간을 가만히 돌이켜 보자니 절로 입가에 미소가 지어 졌다.

'후후, 정말 재미있는 시간이었어.'

처음에는 이들의 낯설고 요란한 행동에 놀란 적도 있었지만 시간이 지날수록 모두의 따뜻한 마음을 알 수 있었고 점차 스스로도 그들에게 동화되어 갔다.

모두를 보호하고 감싸주는 푸근한 아버지 같은 퍼쿵과 어리지만 점 잖고 속 깊은 선생님 같은 치요, 날카롭고 다혈질이나 속정이 많은 피 코와 장난기 가득하고 심술궂지만 의외로 가장 착하고 여린 유코, 또 천방지축에다가 진짜 대책없는 밝힘증 환자지만 귀엽고 천진난만한 우 레, 그리고 마지막으로 한때는 사랑했으나 지금은 포기한, 순수하고 똑 똑한 겁쟁이 보보.

모두가 너무 고맙고 사랑스러운 가족이었다.

가을과 함께 시작된 이들과의 인연… 그리고 지금은 겨울도 지나고 봄을 맞이하려 하고 있다.

'한겨울 동안 죽은 듯하던 나무에서 새로 돋아나는 새 이파리처럼 퍼쿵 오빠도 건강하게 다시 돌아와 주면 얼마나 좋을까…….'

퍼쿵을 생각하자 눈물이 핑 돌았다.

'흑, 내 잘못이야. 내가 소금을 받아와서 퍼쿵 오빠가 그렇게 되었어. 못된 부르크 대신, 나만 죽이면 되지 왜 그런 짓을……. 모두를 다 죽이려고 했어. 정말 좋은 사람들인데…….'

생각이 부르크 대신에게까지 미치자 밉다는 생각에 몸이 바르르 떨려왔다. 여태까지 이십 년을 살아오면서 누구를 진정으로 미워해 본 적이 없는 자리코였다. 그런데 지금은 부르크 대신이 너무나 밉다는 생각이 들었다.

'내가 남자였다면 그 사람 가만 놔두지 않았을 텐데……. 죽도록 때려줬을 거야.'

자리코는 자신이 부르크를 어쩌지 못하는 것을 여자인 탓으로 돌리고 말았다. 게다가 자신들을 죽이려 했던 상대에게 기껏 생각해 냈다는 복수가 겨우 '때려준다' 였다.

그녀는 어려서부터 항상 그렇게 자신이 이루지 못하는 일에 대해서는 여자인 탓으로 돌리곤 했다. 이번에도 그랬다. 고아인 그녀는 어려서부터 누가 괴롭히기라도 하면 항상 오빠인 자라목이 나서서 혼내주고 막아주곤 했기 때문에 힘센 남자에 대해서 동경을 가지고 있었다.

'게다가 우리 오빠가 죽었다고… 거짓말까지……. 나쁜 사람!'

생각이 거기까지 미치자 이번에는 오빠가 미치도록 보고 싶었다. 떠날 때 죽은 줄 알고 오빠를 찾을 생각도 하지 않았던 자신이 바보 같았다는 생각이 들었다.

'난 참 멍청해. 그 사람 말만 믿고 오빠 시체를 찾을 생각도 하지 않

았다니…….'

자리코는 너무 순진해서 자신이 오빠의 시체를 확인할 생각도 하지 않았다는 것에 대해서 후회했다. 만일 당시에 자리코가 기를 쓰고 오빠를 찾으려고 했더라도 부르크 대신이 그렇게 놔두지 않았을 거라는 생각은 하지 못하고 있는 것이다.

'오빠는 내가 마을에 다녀갔다는 것도 모르고 있겠지?

갑자기 그녀가 벌떡 일어서더니 짐을 쌓아둔 곳으로 뛰어갔다. 그리고 이것저것 마구 뒤지기 시작했다.

한참을 그렇게 뒤적거리다가 꺼내 든 것은 작은 종이 한 장과 펜이었다.

'편지를 써야겠어. 어차피 퍼쿵 오빠가 나으면 원장님은 성으로 돌아가실 테니까 원장님 편에 편지를 보내야지.'

자리코는 먹을 열심히 갈기 시작했다. 먹물이 완성되자 펜으로 찍어서 조심스럽게 편지를 썼다. 중얼중얼 입속으로 쓸 말을 외워가면서, 종이가 찢어지지 않도록 조심해 가면서 한 자 한 자 글씨를 써 나갔다.

"오빠, 그동안 잘 지냈어? …그리고 오빠에게 말도 없이 성을 떠난 것 정말 미안해. …사실 오빠가 죽은 줄 알았기 때문에……. 흑!"

자리코의 눈에서 눈물이 뚝 떨어졌다. 글을 쓰다 보니 너무나 그립고 슬픈 생각이 든 때문이었다. 종이에 눈물이 떨어지자 먹물로 쓴 글씨가 툭 번졌다. 얼른 손으로 눈물을 닦은 다음 얼굴을 감싸고 또 한참을 흐느꼈다.

"흐흑!"

그렇게 눈물을 닦아가면서 한참을 쓴 다음에야 편지가 완성되었다. 벌써 해가 수평선에 닿을 듯이 기울어져 있었다.

자리코는 종이를 손에 들고 잠시 흔들어 잘 말렸다. 그런 다음 허리를 펴고 자신이 쓴 편지를 읽어보았다.

오빠, 그동안 잘 지냈어?

나 자리코야. 이제야 소식을 전해서 미안해.

그리고 오빠에게 말도 없이 성을 떠난 것 정말 미안해.

많이 걱정했지?

사실 오빠가 죽은 줄 알았기 때문에 아무 말도 못하고 떠나오게 된 거야.

내가 카르티 장군님을 만났을 때 물어보기만 했어도 이렇게 말없이 떠나오지는 않았을 텐데…….

그때 나는 보보랑 있었던 일 때문에 마을에서 배신자로 몰려 더 이상 거기서 지낼 수가 없었어.

나 보보랑 결혼하지 못했어. 보보는 좋아하는 사람이 있어서……. 그래서 헤어졌어.

이 사람들은 자유혼을 인정하지 않는대. 어쨌든 그건 이제 상관없고…….

난 아주 잘 지내고 있으니까 아무 걱정 하지 말아.

건강은 어때? 지난번 전쟁 때 다쳤다고 들었는데…….

어디서 들었거든. 자세한 것은 나중에 만나면 얘기해 줄게.

오빠, 보고 싶어. 정말 많이 보고 싶어.

나 여기서 아주 행복하게 살고 있으니까 아무 걱정 하지 마.

그럼 이만 줄일게.

다시 만날 때까지 건강해야 해.

안녕.

자리코.

뭔가 더 쓰고 싶은 말이 있는 것도 같았지만 그만두기로 했다. 너무 자세한 얘기를 썼다가 혹시 나쁜 사람들이라도 보게 되면 안 좋을 것 같았기 때문이다. 그래서 웅가가 여기에 와 있다는 얘기도 쓰지 않았고 퍼쿵이 쓰러진 얘기며 부르크 대신이 독을 준 얘기도 하지 않았다.

게다가 종이가 꽉 차서 더 쓸 수도 없었다. 종이는 아주 귀했기 때문에 함부로 더 쓰기도 미안했던 터라 그 정도만으로도 되었다고 생각하는 자리코였다.

마지막으로 편지를 검토한 자리코는 흐뭇한 미소를 지으며 종이를 잘 접어서 배낭 속에 잘 넣어두었다.

잠시 편지를 썼을 뿐인데도 마치 오빠를 직접 만난 것처럼 기분이 좋아졌다.

"어머, 벌써 해가 졌네?"

문득 고개를 들어보니 이미 서쪽 수평선 아래로 해가 떨어진 후였다. 주위가 어두컴컴해지고 수평선 주위만이 새빨간 저녁노을로 물들어 있었다.

"오늘 돌아오지 않으려나?"

잠깐 멍하니 바다를 바라보던 자리코가 이내 고개를 돌리고 식사 준비를 하기 위해 몸을 일으켰다. 조금 더 있다가 치요와 우레가 일어나면 바로 먹을 수 있도록 준비하기 위해서였다.

방어진 밖에는 피코가 해놓은 장작이 집채만큼 쌓여 있었다. 그리고 방어진 안에 있는 모닥불은 거의 다 타고 숯과 재만 겨우 남아 있었다. 꺼져 가는 모닥불을 살리려면 밖에 쌓여 있는 나무를 가져와야 했다.

자리코는 잠시 주위를 살폈다. 바로 지척이라 해도 혼자 나가서 장작을 주워오려고 생각하니 갑자기 겁이 났다.

'숲에서 짐승이라도 튀어나오면 어쩌지? 음, 치요를 깨울까?'

자리코는 가만히 선 채 고민에 빠졌다. 치요가 일어나려면 아직 한두 시간은 더 있어야 했다.

'곤하게 자는 애를 깨우고 싶지는 않은데…… 있다가 깨어나면 저녁을 준비할까?'

잠시 고민하던 자리코가 이내 고개를 저었다.

'아니, 아니야. 깨우지 말자. 바로 일어나서 음식을 먹을 수 있으면 얼마나 기분이 좋은데…….'

자리코는 타다 남은 기다란 장작개비를 하나 집어 들었다. 막대기 끝 부분에 불이 붙은 채로 한줄기 연기를 피워 올리고 있었다. 불이 붙어 있어서 짐승들이 접근하지 않을 것 같아 조금 자신이 생기는 것 같았다.

그녀는 결심한 듯 장작을 쥔 손에 힘을 주었다. 그리고 달리기 출발선에 선 아이처럼 몸을 숙이고 장작 더미를 노려봤다.

'그래, 시간이 지나 더 어두워지기 전에 장작을 가져오자!'

장작은 그녀가 서 있는 곳에서 십 미터도 채 떨어지지 않은 곳에 쌓여 있었지만 누군가 그녀의 목적을 모르는 사람이 본다면 무척 멀리 가려는 줄 알 것 같은 표정과 자세였다.

그 자세 그대로 잠시 망설이던 자리코는 눈을 질끈 감고 방어진을 나서서 장작 더미로 뛰어가더니 몇 개의 나무토막을 집어 가슴에 안아 들고는 재빨리 방어진 안으로 돌아왔다.

"헉헉, 됐다! 성공이야. 뭐, 별것도 아니네. 헤헤."

숨이 가쁜지 헉헉거리며 혼잣말로 중얼거린 자리코는 빙그레 웃었다. 스스로 생각해도 대견스러운 모양이었다.

그러나 그녀의 품 안에는 고작 너댓 개의 나무토막이 안겨져 있을 뿐이었다. 그것으로 저녁을 하고 밤을 새우기에는 턱도 없었다. 훨씬 많은 양이 필요했다.

'가족의 중요함이 정말 절실하게 느껴진다…….'

자리코가 다시 걱정스러운 표정을 짓고는 몇 개 안 되는 품 안의 장작을 세어봤다.

그러고 보니 가족들이 있을 때는 아무 생각 하지 않아도 항상 땔감이 풍부했었다. 그리고 저 앞 방어진 밖에 놓여 있는 물건을 가지러 갈 때도 이렇게 무섭지 않았었다. 아니, 실은 무섭고 어쩌고에 대해서 생각해 본 적도 없었다.

그녀가 다시 자는 우레와 치요를 돌아보았다.

'그래, 우레는 어젯밤에도 잤고 낮에도 내내 잤으니까 깨워도 될 거야. 어차피 오늘 밤에도 또 잘 테니까.'

자리코는 뒹굴며 자고 있는 우레에게 걸어갔다. 그리고 깨우려고 손을 뻗다가 흠칫 놀라며 동작을 멈추었다.

'아냐! 이 아이는 믿을 수 없어, 무슨 짓을 할지……. 피코나 유코도 없는데…….'

그녀가 손을 멈춘 이유는 우레라는 녀석이 유코와 치요의 말밖에는 그 외 누구의 말도 듣지 않기 때문이었다.

피코야 저보다 훨씬 힘이 세고 빠르니까 우레가 어쩌지 못하는 것일 뿐 사실 피코의 말에도 우레는 항상 콧방귀만 뀌는 것이다. 마음 착한 퍼쿵과 보보는 말할 것도 없었다.

게다가 정작 자리코 본인은 그야말로 우레의 밥이었다.

'만일… 지금 이 아이를 깨우면……?

자리코가 생각에 잠겼다.

처음 만나던 날 자리코의 팬티를 벗겨간 것으로부터 시작해서 그 뒤로도 기회만 되면 자리코에게 덤벼들어 놀라게 하는 우레였다.

언젠가 한번은 이런 일도 있었다. 자리코가 퍼쿵 일행과 합류한 지 닷새 정도 되던 때였다.

그날은 인간족의 성을 떠난 후 처음 거주지를 정한 날이었다. 배를 타고 며칠을 살피며 돌아다닌 끝에 좋은 목을 발견한 일행은 그 주위를 살펴 안전하다는 것을 확인한 후 배를 상륙시켰다. 뒤로 놓인 야산은 다른 곳과는 달리 경사가 심하지 않고 각종 유실수가 많이 자라나 있었다. 그리고 배를 대기에도 적당하도록 강물도 물살이 빠르지 않게 잔잔히 흐르는 곳이었다.

그 정도면 사냥을 하기에도 나쁘지 않았고 물고기를 잡는 위치로도 괜찮아 보였다. 그리고 무엇보다도 움막을 짓기 좋은 평평한 땅이 있었다.

일행은 퍼쿵과 피코를 위시해 움막을 짓기 시작했다. 퍼쿵은 금세 기둥으로 쓸 만큼 곧고 기다란 통나무를 잔뜩 만들어왔다. 퍼쿵과 피코와 보보가 집 짓는 일을 맡았고 자리코와 유코는 잔심부름을 했다. 치요는 우레와 함께 주위를 날아다니며 위험한 짐승이 없나, 또 어디에 무엇이 있나 등을 정찰하며 경계를 맡았다.

하루 종일 중노동에 시달린 일행은 밤이 깊어질 무렵 멋진 통나무집을 완성했다. 정말 멋진 집이었다. 간단한 구조로 되어 있었지만 일행 일곱 명이 대자로 뻗어서 잘 수 있을 정도로 넓었고 고기와 가죽을 저

장할 창고도 따로 만들었다. 그리고 땅을 깊이 파고 변소도 만들었다. 더할 나위 없이 마음에 들었다.

보보가 집의 현관 앞에다가 커다랗게 간판을 만들어 걸었다. 그 간판에는 퍼쿵부터 우레까지 일곱 사람 모두의 이름이 큼지막한 글씨로 새겨져 있었다.

보보가 자랑스럽게 말했다.

"여기가 우리의 두 번째 집이야. 먼저 지은 것은 마족의 마을 가까이에 있어."

피코가 박수를 치며 말했다.

"맞아, 전에 지은 집도 있었지? 그래, 그 집도 작았지만 괜찮았어. 아직도 멀쩡하게 있을까?"

"물론이지. 아직 끄떡없이 서 있을걸."

"언젠가 다시 마족의 마을에 들를 날이 있을 거야. 그러면 또 그 집에서 묵자."

"그래, 아무도 살고 있지 않다면……."

"맞아, 이미 누가 살고 있을지도 모르지. 좋은 집이었으니까."

일행은 만족한 얼굴로 식사를 준비하기 시작했다.

저녁을 먹고 먼저 남자들이 목욕을 했다. 그동안 여자들은 갈아입을 옷을 준비하고 있었다. 잠시 후 여자들도 목욕을 하러 강물로 들어갔는데 자리코는 빨래를 하느라 피코, 유코보다 좀 목욕이 늦었다.

여자들이 목욕을 하는 위치는 움막에서 약간 떨어진 곳의 얕은 물속이었다. 남자들이 엿볼지 모른다며 유코가 자꾸 고집을 해서 좀 떨어진 곳으로 오게 된 것이다.

피코가 말했다.

"뭐 해? 어서 들어오지 않고?"

자리코는 입은 옷을 다 벗은 채 강가에 쭈그리고 앉아서 그 옷을 물에 빨고 있었다.

"잠깐만. 빨래 좀 하고."

유코도 어서 들어오라고 손짓을 했다.

"언니, 모아두었다가 내일 낮에 하지. 피곤한데."

"그래, 어서 들어와. 오늘은 피곤하니까 빨리 씻고 자자."

피코와 유코가 재촉했지만 자리코는 이마에 흐르는 땀을 손으로 닦으며 웃었다.

"헤헤, 거의 다 했어. 너희들 것도 빨아줄게."

그러자 피코와 유코가 말렸다.

"놔둬, 우리 것은. 내일 낮에 할 거야. 아예 남자들 것도 함께 빨지 뭐. 그러니 어서 놔두고 들어와. 우린 벌써 목욕 다 했어."

"알았어. 다 했으면 먼저 들어가. 난 좀 있다가 들어갈게."

자리코는 좀 추운 것 같아서 빨래를 해 땀을 낸 다음 물에 들어갈 생각이었다.

목욕을 마친 피코가 물 밖으로 걸어나오며 말했다.

"그래? 그럼 우리 먼저 들어간다."

유코도 뒤따라 나와서 물기를 닦은 후 깨끗한 새옷으로 갈아입으며 말했다.

"언니, 혼자 무섭지 않겠어요? 내가 기다려 줄까요?"

자리코가 웃었다.

"무섭긴, 바로 저기가 집인데 뭐. 여기 횃불만 놔두고 가."

"알았어요. 얼른 하고 와요."

"응, 먼저 가."

피코와 유코가 옷을 갈아입고 빨랫거리를 든 채 집으로 돌아가자 자리코는 서둘러 옷을 빨았다. 그리고 그 옷을 나뭇가지에 걸어놓고는 강으로 돌아와서 발부터 천천히 물속에 담가보았다.

'앗, 차가워!'

가을이지만 물이 생각보다 차가웠다. 손에 느껴지는 감촉과 다리에 느껴지는 감촉은 사뭇 달랐다.

'물이 많이 차가워졌네. 그래도 씻어야지. 땀을 많이 흘려서 몸이 끈적거려.'

자리코는 추운 것을 참고 몸에 물을 끼얹기 시작했다.

찰박찰박.

가슴까지 물을 끼얹으니 몸에 소름이 쫙 끼쳐 왔다. 자리코는 심호흡을 하고 물속으로 주저앉았다.

풍덩!

잠시 시간이 지났다. 자리코가 잠긴 위치에서 수면으로 공기 방울이 부그르르 떠오르고 있었다.

"푸아아!"

자리코가 입으로 물을 내뱉으며 솟아올라 왔다.

"아이, 시원해. 물속에 들어갔다 나오니까 별로 춥지 않네? 호호호."

머리까지 다 적시고 나오니 오히려 몸에서 열이 불끈 솟는 것이 기분이 상쾌했다. 추운 것은 이제 느껴지지 않았다.

"깨끗이 씻어야지. 어제도 목욕을 못했으니……."

자리코는 콧노래를 불러가며 몸 여기저기를 닦기 시작했다. 너무 기분이 좋았다.

먼저 머리를 물에 담가가며 한참 감았다. 엉덩이까지 오는 긴 머리가 서로 엉켰으나 자리코의 기다란 손가락이 살살 풀어가며 능숙하게 긴 머리를 감아냈다. 그 다음은 양팔과 가슴을 뽀드득 소리가 나도록 문질러댔다. 손바닥에 느껴지는 뽀드득 하는 감촉이 좋았다.

제 가슴을 닦던 자리코의 손이 문득 멈추었다. 그리고 가만히 손바닥으로 가슴을 쥐어보았다.

'어? 가슴이 불어났네? 그날이 가까워오나? 숲에서 살다 보니 오늘이 며칠인지도 잘 모르겠네.'

자리코는 숲에서 생활한 지 며칠 되지도 않았는데 벌써 날짜 감각이 무디어진 것을 깨달았다. 성에서, 아니, 병원에서 살던 때는 매일매일 날짜를 체크해야 했기 때문에 잘 알고 있었는데 퍼쿵 일행의 생활은 그렇게 계획적이지도, 바쁘지도 않았기 때문에 날짜를 따지는 사람이 하나도 없었다.

자리코가 한숨을 내쉬었다.

'휴, 곧 달거리를 하겠구나. 그때 보보하고 결혼만 성공했어도 아기를 가졌을지 모르는데…….'

가슴을 쥐고 있던 자리코가 손을 떼며 고개를 저었다.

'이젠 희망이 없네. 여긴 내 짝이 될 만한 사람도 없고… 곧 내 나이도 스물이 될 텐데…….'

한참 생각을 하던 자리코가 부르르 몸을 떨었다. 오래 물속에 있었더니 체온이 식어서 춥다는 느낌이 불쑥 들었다.

'어서 목욕을 마쳐야겠다. 벌써 몸이 떨려와. 감기 걸리겠네.'

그녀의 손이 아랫도리로 내려가 재빨리 구석구석을 닦아냈다.

그때였다. 무엇인가 물속에서 자신의 허벅지를 꽉 잡고 늘어지는 느낌이 들었다.

"어멋!"

자리코는 너무 놀라서 비명도 제대로 나오지 않았다.

급히 손을 뻗어 허벅지를 잡고 늘어지는 무엇인가를 밀어내려 했지만 그것은 더욱 완강하게 매달리기 시작했다. 달빛에 비친 희끄무레한 그림자는 그리 크지는 않은 것 같았다. 그러나 어찌나 세게 잡고 늘어지는지 도무지. 떼어낼 수가 없었다. 그 무언가는 떨어지지 않고 거품만 부글부글 뿜어냈다.

잠시 낑낑거리며 밀어내는 와중에 이번에는 그 무엇인가가 자리코의 중요한 부위를 물고 늘어졌다.

"꺅!"

자리코는 갑자기 정신이 아찔해졌다. 그 무엇인가가 가장 중요한 그곳으로 파고들어 오려는 듯 뾰족한 무엇을 밀어붙이기 시작했기 때문이다.

순간 그녀의 머리 속에 언젠가 오래전에 원장 웅가가가에게 들었던 짐승의 기억이 떠올랐다.

"강에서 수영할 때는 조심해야 해. 어떤 식인 물고기는 수영하는 사람의 항문이나 질에 파고들어 가 내장을 파먹지. 일단 들어가면 절대로 빼낼 수 없어. 결국 그 사람은 죽게 된단다."

"까아악!"

자리코는 하늘을 둘로 갈라 버릴 듯 날카로운 비명을 지르고 말았다. 그제야 목소리가 터지다니 실로 원망스러운 일이 아닐 수 없었지만 자리코는 이제 원망이니 식인 물고기니를 생각할 겨를이 없었다. 비명을 지르면서 그만 혼절해 버리고 말았던 것이다.

"뭐야? 무슨 일이야?"

"자리코!"

"어디야?"

동시에 움막에서 퍼쿵 일행이 한꺼번에 쏟아져 나왔다.

그들은 누가 먼저랄 것도 없이 자리코가 목욕하던 위치로 달려왔다. 가장 먼저 도착한 퍼쿵의 눈에 수면에 엎어져 둥둥 떠 있는 자리코의 모습이 보였다. 그녀는 알몸이었지만 이것저것 따질 시간이 없었다. 퍼쿵과 피코가 차례로 물에 뛰어들었고, 곧 퍼쿵의 팔에 자리코가 안겨 올라왔다.

그리고 또 하나, 알몸인 그녀의 사타구니에 찰싹 달라붙어 있는 둥그렇고 하얀 덩어리가 눈에 띄었다. 크기가 사람 머리통보다 조금 컸다. 작았지만 위험한 짐승일지도 몰랐다.

자리코의 사타구니에 얼굴을 파묻고 있는 그 정체불명의 짐승은 필사적으로 다리에서 떨어지지 않으려고 몸부림쳤다.

그러나 피코의 억센 힘에는 당할 재간이 없었다.

피코의 재빠르고 날카로운 손이 그 덩어리를 홱 낚아채 땅바닥으로 팽개쳤다.

"깨액!"

순간 기절한 자리코를 제외하고 다른 모든 일행의 표정이 아연해졌다.

퍼쿵이 어이없다는 목소리로 말했다.

"뭐, 뭐야?"

피코의 눈썹도 치켜져 올라갔다.

"우레 아냐?"

유코가 두 주먹을 꼭 쥐며 부르르 떨었다.

"저, 저런 쳐 죽일……!"

치요가 한숨을 내쉬며 고개를 젓자 보보는 얼굴이 빨개져서 말했다.

"왜 우레가 물속에 있어?"

"이 자식, 이리 와!"

"깨액! 삐비빗!"

퍼쿵이 급히 피코를 불러 세웠다.

"피코!"

"응? 왜?"

"자, 자리코 말인데… 네가 안고 갈래? 난 왠지…….."

말을 흐린 퍼쿵의 얼굴은 새빨갛게 달아 있었다. 달빛에 퍼쿵의 민망한 표정이 뚜렷이 보였다.

"아, 알았어. 치요!"

피코가 우레를 치요에게 넘기고 자리코를 받아 안았다. 자리코를 받아 든 피코가 급히 나뭇가지에 걸려 있는 옷으로 그녀의 몸을 덮어 가렸다.

유코가 소리쳤다.

"이 녀석, 너 오늘 아주 죽었어!"

"그래, 우레 녀석 혼 좀 나야 해."

"삐비비!!"

식식거리는 일행과 기절한 자리코, 그리고 비명을 지르는 우레가 움막으로 향했고, 자리코는 그대로 침대에 눕혀져 다음날 아침에야 깨어날 수 있었다.

그런 이유로 목욕할 때는 유코나 피코가 함께 있어야 했다. 절대로 자리코 혼자서는 목욕을 할 수가 없었다. 그 뒤로도 몇 번이나 그런 일이 되풀이되었는데, 그때마다 우레는 먼지가 나도록 두들겨 맞고 혼이 났지만 아직까지도 그 버릇을 버리지 않았던 것이다. 평소에는 그렇게도 물을 싫어하는 우레가 자리코만 물속에 들어갔다 하면 언제 알고 따라왔는지 물 밑에서 잡아당기질 않나, 중요한 부위를 만지지를 않나, 그래서 자리코는 우레와 단둘이서는 안심할 수가 없었다.

그런가 하면 이런 일도 있었다. 이번 일은 자리코가 퍼쿵 일행과 합류한 지 한 달 정도 지나서 제법 익숙해진 어느 늦은 가을날이었다.

치요를 제외한 퍼쿵 일행은 열흘 전부터 곧 다가올 겨울을 대비하느라 매우 바쁜 나날을 보내고 있었다. 월동 준비를 하느라고 땔감을 만들어 쌓아놓았고 겨우내 먹을 나무 열매도 주워서 창고에 쌓는 중이었다.

겨울에는 신선한 채소를 먹을 수 없기 때문에 도토리나 밤 등의 나무 열매를 미리 준비해서 저장해 놓지 않으면 안 되었다. 사냥한 짐승의 고기만으로는 건강을 유지할 수가 없기 때문이었다.

그리고 통나무집의 지붕과 벽을 덮을 마른 나뭇잎과 풀도 모아왔다.

매일 바쁘게 일하고 저녁 식사 후 목욕을 마치고 나면 누가 먼저랄 것도 없이 잠에 빠져들었다. 밤에는 치요가 항상 불침번을 서기 때문에 모두 안심하고 깊은 잠을 잘 수 있었다.

그런 식으로 열흘을 뛰어다니다 보니 어느새 까마득하게 많아 보이던 월동 준비가 다 끝나 있었다.

마지막으로 지붕에 마른풀을 엮어서 얹는 작업이 끝나자 유코가 만세를 부르며 팔짝팔짝 뛰었다. 자리코와 보보는 허리를 두드리며 자리에 주저앉았다.

"만세! 드디어 월동 준비가 끝났다!"

"휴, 정말 힘들었어."

퍼쿵이 모두를 모아놓고 말했다.

"모두들 수고했다. 힘들었지?"

자리코가 미소를 지었다.

"오빠와 피코가 제일 수고했지 뭐."

"맞아, 두 사람이 힘든 일은 다 했으면서⋯⋯."

피코가 쑥스러워하며 말했다.

"에이, 무슨 말씀들을 그렇게⋯⋯. 다들 힘들게 일했으면서. 아무튼 이제 여유가 있으니까 오늘부터는 좀 쉴 시간이 있을 거야."

"그래, 점심 식사 먼저 하고 오늘 오후는 완전히 휴식 시간이다. 아직 고기는 많이 남아 있으니까 사냥도 당분간은 휴업이야."

자리코가 기쁜 얼굴로 말했다.

"와아! 정말 오래간만이지, 낮에 쉬는 거?"

유코가 자리코의 팔에 매달리며 물었다.

"그래, 우리 뭐 하고 놀까요?"

보보가 말했다.

"놀긴⋯ 힘도 좋다, 너는. 난 우선 배부터 채우고 그 다음에는 낮잠을 잘 거야."

그러자 유코가 뾰로통해서 말했다.

"누가 너보고 놀자고 했니? 난 자리코 언니랑 놀 거야."

그러자 자리코가 웃었다.

"후후, 나도 너무 힘들어서 조금 자고 싶은데… 어쩌지, 유코?"

"어머, 언니마저? 흥, 알았어요. 그럼 나 혼자 놀지 뭐. 우레, 너는 나와 놀 거지?"

"삐빗!"

우레가 폴짝 뛰어서 유코의 품에 안겼다.

"이럴 땐 우레가 제일 낫다. 다들 너무해. 늙은 사람처럼 잠만 자고."

그러자 피코가 말했다.

"그야 우레는 일을 하나도 하지 않았으니까 전혀 피곤하지 않지. 정말 이상한 것은 너야, 유코. 넌 일을 같이 하고도 별로 피곤하지 않은가 보다? 왜 그렇지? 농땡이를 피웠나?"

유코가 발끈해서 소리쳤다.

"뭐요? 농땡이라뇨! 그야… 내가 젤 어리… 앗, 아니, 난 열여덟 살이지 참!"

흥분해서 소리치던 유코가 말실수를 깨닫고 급히 말을 돌렸다. 하지만 피코는 그 말을 놓치지 않았다.

"홋, 네가 제일 어리다고 말하려고 했지? 넌 열네댓 살 정도니까… 그런 거 아냐?"

"아, 아니에요. 난 열여덟이라고요. 피코보다도 한 살 많아요. 그러니 반말은 좀 자제해 줬음 좋겠어요. 뭐예요, 교양없이!"

피코가 비웃었다.

"킥킥, 말도 안 돼. 너 같은 꼬맹이가 열여덟이라니……."

"흥, 내가 나이가 어려서 꼬박꼬박 존댓말을 하는 줄 아는 모양인데, 천만에요. 난 단지 교양있는 사람이어서 그런 거라구요! 키가 작다고 나이가 어린 거라면 자리코 언니는 왜 피코보다 키가 작죠? 그러면 치요는 여덟 살쯤 되겠네요?"

"웃기는 소리 하지 마!"

"아니에요! 피코가 더 웃겨요!"

두 아이가 계속 싸우는 통에 보보와 자리코는 눈치만 슬슬 보며 옆으로 물러났다. 그러자 퍼쿵이 끼어들며 말렸다.

"자자, 왜들 그러냐 또? 네가 참아, 피코. 넌 언니잖아? 그만 들어가자. 어서 점심 먹어야지. 자, 유코도 착하지? 오빠는 배가 고파서 죽을 것 같아."

"예, 오빠!"

피코에게 눈을 흘기고 섰던 유코가 금세 퍼쿵에게 미소를 지으며 돌아섰다. 그녀는 연신 생글생글 쪼개면서 퍼쿵의 손을 잡고 집으로 들어가 버렸다. 그 모습에 피코가 기가 막힌다는 표정을 지었다.

보보가 피코의 등을 툭툭 치면서 위로했다.

"그만 해. 화내지 마, 피코. 들어가서 밥 먹자, 응? 나도 배고파."

"그래, 보보."

순간 피코도 미소를 지으며 보보의 손을 덥석 잡더니 앞장서서 문을 열고 들어갔다.

그 뒤에서 멍청해진 표정으로 자리코가 먼저 들어간 두 쌍을 바라보고 서 있었다.

점심을 먹기에는 아직 이른 시간이었지만 일을 많이 해서 허기가 진 일행은 맛있게 식사를 했다. 그리고 모두 배를 두드리며 여기저기 누웠다. 놀러 가자고 난리 치던 유코는 이미 코를 골고 있었다.

그렇게 얼마나 지났을까. 자리코는 누군가 자신을 흔드는 것을 느끼고 잠에서 깨어났다.

"언니, 그만 일어나요. 우리 산책 나가요. 응?"

"우웅, 유코? 벌써 일어났어? 조금 더 자지."

"아이～ 밤에 또 잘 건데 그만 자요. 심심하단 말야."

"아, 난 너무 피곤한데……."

"언니～ 아이, 언니～"

유코는 포기하지 않고 계속 자리코를 흔들었다. 유코가 떠들어 대는 통에 모든 사람이 잠에서 깨어났다. 낮 동안 계속 잠을 자는 치요까지 깨어나 몸을 일으켰다.

"무슨 일이야, 유코?"

"어우, 시끄러워. 놀고 싶으면 너 혼자 나가 놀지 왜 자리코까지 끌고 나가려고 해?"

"우레하고 나가 놀면 되잖아? 그냥 놔둬. 자리코도 좀 쉬게."

모두가 한마디씩 하며 유코에게 핀잔을 주었다. 그러자 유코가 민망한 듯 풀이 죽어서는 사람들의 눈치를 보았다.

"어머, 미안……. 자리코 언니만 깨우려고 한 건데 모두 일어났어요? 어쩌지……?"

유코가 민망해하는 걸 보고 자리코가 몸을 일으켰다. 유코가 불쌍하게 생각되었기 때문이다.

"아냐, 내가 일어날게. 다른 사람들은 좀 더 자. 저녁 먹으려면 아직 한참 남았으니까."

몸을 일으키던 자리코가 허리를 짚으며 나지막한 신음 소리를 냈다.

"아……."

며칠간 무리하게 일해서 허리가 아픈 모양이었다.

비틀 하는 자리코를 유코가 얼른 뒤에서 부축했다.

"어머, 언니! 어디 아파요?"

"아니, 좀 무리했나 봐. 괜찮아."

"내가 부축해 줄게요. 일어나요, 언니."

유코는 뒤에서 자리코의 양 겨드랑이에 손을 끼운 채 들어 올리려고 힘을 주자 자리코는 등을 유코에게 맡긴 채 허리를 펴느라 무릎을 구부렸다.

"어어?"

"어머!"

유코는 자리코의 무게를 이기지 못하고 뒤로 기울어지기 시작했다. 그리고 이어서 두 사람이 동시에 벌렁 넘어지며 엉덩방아를 찧었다.

쿵!

"엄마~"

"꺅!"

그 바람에 같이 넘어진 유코와 자리코의 치마가 훌렁 허리께로 걷혀져 올라갔다.

그 순간이었다.

"엇?!"

유코와 자리코를 제외한 모든 사람의 입이 딱 벌어지며 그대로 동작이 멈춰 버렸다.

"……!!"

"……?"

유코와 자리코는 벌렁 누운 채 바닥에 부딪친 머리를 매만지며 아파하고 있었다. 두 여자는 아파서 어쩔 줄 모르면서도 본능적으로 배 위에 걸쳐진 치마를 끌어내렸다.

"아! 아야!!"

"아파~"

그러나 속옷이 보일까 봐 일단 치마를 끌어내리긴 했으나 아직도 일어나지 못하고 버둥거리고 있었다.

그러는 동안에도 나머지 사람들의 시선은 두 여자의 다리 부분을 향해 고정된 채 움직이지 못하고 있었다.

그 누구도 아무 말 하지 못했고 잠시 동안 쥐 죽은 듯한 정적이 집 안을 덮었다.

한참 후 뒷머리를 만지며 몸을 일으킨 유코와 자리코는 뭔가 이상하다는 것을 깨달았다.

'뭐, 뭐야? 왜들 그러지?'

다른 사람들의 멍청해진 표정을 발견한 두 여자는 무슨 영문인지 몰라서 입을 떡 벌린 채 굳어버린 퍼쿵과 보보, 치요, 그리고 피코를 둘러보았다. 모든 사람의 얼굴이 하얗게 질려서는 돌처럼 굳어 있었던 것이다.

그때 문이 벌컥 열리며 우레가 모습을 나타냈다. 정적을 깨버린 돌연한 그 변화에 모든 사람의 시선이 우레에게 돌아갔다.

우레는 무엇인가 흰 천으로 온몸을 친친 감고 서 있었다.

잠시 그 모습을 바라보던 유코와 자리코가 동시에 비명을 지르더니 황급히 몸을 구부려 치마와 다리를 감쌌다.

"꺄악!"

"어머!"

우레가 온몸에 친친 휘감고 있는 것은 흰 천이 아니었다. 그놈은 머리에 자리코의 팬티를 뒤집어쓰고 아랫도리에는 유코의 팬티를 입고 있었던 것이다. 가뜩이나 몸이 짧은 우레가 위 아래로 팬티를 쓰고 입고 있었으니 온몸에 흰 천을 친친 감아놓은 것처럼 보였던 것이다.

그 순간 방 안에 있던 모든 사람의 얼굴이 벌겋게 물들었고 피코가 튀어오르듯이 자리에서 달려나왔다.

"우레!"

"아앙~ 난 몰라!"

"흑!"

세 여자의 입에서 동시에 큰소리가 쏟아져 나왔다. 피코가 달아나는 우레의 뒷덜미를 번개같이 낚아챘고, 유코와 자리코는 고개를 푹 숙이고 연신 치마를 끌어내려 다리를 감싼 채 울음을 터뜨렸다.

"깨애액!"

우레는 피코에게 잡힌 채 버둥거리며 비명을 질러댔다.

그런 소동이 있는 동안 자리코와 유코는 벌떡 일어나 얼굴을 감싸고 밖으로 뛰어나가 버렸다.

그러나 그녀들이 더 창피했던 이유는 남자들의 행동 때문이었다. 그런 일이 있으면 피코와 같이 우레를 혼내주어야 할 텐데 남자들은 그러지 않았기 때문이다.

그들은 아무 말 없이 얼굴만 벌겋게 물들인 채 우레에게 왠지 고마워하고 있는 듯 따끈한 미소를 보냈던 것이다. 보보는 물론이고 퍼쿵도 마찬가지였다.

평소 같았으면 엄하게 야단을 쳤을 치요마저도 그날은 그러지 않았다. 입가에 알 듯 모를 듯한 미소까지 머금고 말이다.

'…창피해!'

그 자리에서 우레는 피코에게 흠씬 두들겨 맞았고 잠시 후 유코에게도 처절한 보복을 당했다.

하지만 그 이후로도 그런 식으로 속옷이 없어진 적이 한두 번이 아니었다. 우레는 언제 벗겨갔는지도 모르게 귀신같은 솜씨로 속옷을 벗겨가곤 했다.

정말 이해할 수 없는 일이었다. 몇 번을 당하고도 자신의 속옷이 벗겨지는 것을 한 번도 눈치 채지 못했다는 사실은…….

자리코가 감탄하는 눈으로 우레의 너무 짧아서 안 보이다시피 하는 날개를 바라봤다.

'저런 짧은 팔로… 정말 놀라운 재능이야. 별로 쓸모는 없는 재능이지만…….'

그러나 더욱 이해할 수 없는 일은 우레라는 놈이 그렇게 벗겨간 속옷을 꼭 머리에 쓰고 다녀서 피코와 유코, 치요에게 매번 두들겨 맞는다는 것이었다. 상식적으로 생각할 때 들키면 혼날 것이 뻔한데 그것을 남들 앞에서 쓰고 다닌다는 것이 그녀로서는 영 이해가 가지 않았다.

'우레 녀석에게는 학습 효과란 것이 전혀 생기지 않나 봐. 아무튼…….'

그녀가 작심한 듯 내밀었던 손을 빼고 돌아섰다.

'그래, 깨우지 말자. 깨우면 틀림없이 난리가 날 거야. 방해하는 사람도 아무도 없겠다, 아예 살판나겠지.'

그녀가 다시 장작개비를 들고 경계선 앞에 섰다. 바로 모닥불 옆에 고기를 자르던 기다란 칼이 있었는데 그건 생각 못하고 장작개비를 집어 드는 자리코도 참 누가 보면 한심하다고 하겠지만 본인은 전혀 깨닫지 못하고 있었다.

'그래, 할 수 있어. 보보랑 유코도 하는데 나이도 많은 내가……'

자리코가 다시 장작 더미 앞으로 달려나갔다. 그리고 이번에는 아까보다 훨씬 더 많이, 연신 주위를 살피면서도 한아름 안고 방어진으로 돌아왔다. 어찌나 긴장이 되는지 추운 겨울 초저녁인데도 등으로 식은 땀이 흘러내렸다.

"휴~"

안도의 한숨을 푹 내쉰 자리코가 기쁜 표정으로 품 안의 장작을 내려놓았다.

'해냈다! 무서운데도 내가 해냈어!'

발 아래 놓여진 나무들을 보니 밤을 새우긴 어려워도 자정까지는 충분히 버틸 만해 보였다. 그녀가 다시 밖의 장작 더미를 돌아봤다.

'이제 몇 번만 더 이렇게 나르면 오늘 밤을 새고 내일 아침까지도 끄떡없을 거야.'

조금 더 자신이 붙은 자리코가 다시 나가서 장작 가져오기를 서너 차례 하고 나니 그야말로 밤을 새고도 남을 만큼의 나무가 모닥불 옆에 쌓였다.

'됐어! 이 정도면 충분해!'

스스로 생각해도 대견한 일이었다. 자리코의 입가에 비로소 미소가 스르르 떠올랐다.

그녀는 이제야 칼을 집어 고기를 썰었다. 벌써 한 시간은 지난 모양이었다. 주위가 완전히 어두워진 것을 보니 곧 치요도 일어날 시간이었다.

조각 낸 고기를 뾰족한 나무에 끼워서 약한 불 위에 얹어놓았다. 고기가 다 익을 때쯤 치요와 우레를 깨울 생각이었다.

고기는 치익치익 소리를 내어가며 익어갔다.

자리코는 다시 생각에 잠겼다.

'그러고 보니 나 혼자 할 수 있는 일이 아무것도 없구나. 고작 장작을 가져오는 일도 무서워서 벌벌 떠는 처지이니……. 이 고기도 피코가 잡아놓고 간 것이고… 그래, 이들과 함께 살아온 뒤로 나 혼자서 한 일은 아무것도 없었어…….'

새삼 자신이 무능하다는 것을 깨닫는 순간이었다.

'유코도, 치요도, 보보도 혼자서 깊은 숲에 들어가 땔감을 해오는데 나 혼자는 무서워서 바로 집앞에도 못 나간다…….'

그렇게 생각하니 자신이 한없이 작게만 느껴졌다. 다른 이들이 함께 있을 때에는 혼자서 물가에도 가고 가까운 숲에도 곧잘 다녀오던 그녀였지만 지금은 왜 이렇게 겁이 나는지 알 수가 없었다.

'이 숲에서 나 혼자 버려지면 어떻게 될까? …아마 나는 곧 죽게 되겠지. 먹을 것도, 잠자리도 찾지 못하고 벌벌 떨다가 굶어 죽거나 들짐승의 밥이 되겠지…….'

순간 자리코는 부르르 떨었다. 그런 생각을 하니까 소름이 끼치도록 공포스러웠다.

전에 유코가 해준 얘기가 떠올랐다. 처음에 보보와 함께 동굴에서 깨어났을 때 아무것도 입지 않은 알몸으로 숲으로 나와 나뭇잎 옷을 해입고 풀잎과 벌레를 먹으며 지냈다는 얘기였다. 그러다가 들짐승에게 밟혀 죽을 뻔한 얘기와 피코와 퍼쿵을 만나서 목숨을 건지고 함께 살게 되었다는…….

'나 같으면 어땠을까? 퍼쿵과 피코를 만나게 되기까지 살아남을 수나 있었을까? 아마 난 무서워서 동굴 밖으로 나가지도 못했을 거야.'

자리코는 인간족이 지금 살고 있는 지역에 성을 쌓기 직전 숲을 헤매고 다니던 시절에 태어났다. 그리고 한곳에 정착하고 성을 쌓고……. 그러나 그 시절에 대한 기억은 없었다. 그 당시는 너무 어렸기 때문이다.

그녀가 기억하는 최초의 일은 엄마와 오빠, 그리고 가끔씩 찾아오던 아빠의 기억이었다. 그후 그녀가 열 살이 되던 해 부모가 죽고 오빠와 둘이 살다가 삼산의원 원장인 웅가가가 데려다가 먹이고, 입히고, 가르치던 일까지 모든 기억을 뒤져 봐도 자기 혼자였던 적은 한번도 없었다.

나름대로는 힘겹게, 그리고 열심히 살았다고 생각했는데 이제 와서 돌이켜 보니 항상 그녀의 주위에는 누군가 보호자가 있었던 것이다. 단 한 번도 혼자서 살았던 적이 없었다는 것을 새삼 깨닫고 있었다.

'만일 내가 혼자 남았었더라면… 난 여태까지 살아남을 수 있었을까? 더군다나 인간족의 성이 아니라 이런 산속에 남겨졌더라면…….'

자리코는 고개를 저었다. 생각만 해도 소름이 쫙쫙 돋아났다.

'그만두자, 이런 생각은. 내가 무슨……. 혼자 살아남는다는 것은 말도 안 되지.'

그녀가 고개를 세차게 저으며 생각을 접고 있는데 뒤에서 치요의 목소리가 들려왔다.

"뭐 해? 무슨 생각 하는 거야, 혼자서?"

"어?"

자리코가 반색을 하며 치요를 맞았다. 혼자서 무서운 생각을 하고 있다가 치요라도 깨어났다는 것이 얼마나 안심이 되는지 몰랐다.

"어머, 치요. 일어났니?"

"응, 지금. 맛있는 냄새 나네?"

"도마뱀 구이야. 매일 먹던 건데 뭐."

"매일 먹을 수 있는 음식이 있다는 것만으로도 너무 고맙지."

"훗, 그래. 네 말이 맞아."

그녀가 치요의 말을 듣고 픽 웃었다. 방금 전까지 자기 혼자서는 살아남을 수 없다는 생각을 하고 있었으면서 매일 먹던 음식인데 뭐가 맛있냐고 말하려던 자신에게 우습다는 생각이 들었기 때문이다.

"삑!"

우레가 먹을 것을 보고 침을 튀며 달려오더니 자리코의 무릎 위에 턱 올라앉았다.

"까악!"

자리코가 기겁을 하며 우레를 밀어냈다.

"삐비빗!"

우레가 뭐라고 항의를 하며 다시 자리코에게 덤벼들었다.

"엄마!"

"깨액!"

자리코와 우레의 비명이 동시에 튀어나왔다. 자리코는 우레에게 놀라서 소리를 지른 것이고, 우레는 치요에게 목덜미를 잡혀 낚아채여지는 바람에 소리를 지른 것이었다.

"우레, 똑바로 바닥에 앉지 못해! 너, 저녁 안 준다!"

치요가 인상을 쓰며 우레를 야단쳤다.

"비비……."

우레가 기가 팍 죽어서는 슬그머니 자리코의 곁에서 멀찌감치 떨어지더니 바닥에 앉았다.

우울한 표정으로 앉아 있는 우레의 배에서 꼬르륵 소리가 들렸다. 무척 배가 고픈 모양이었다. 하긴 새벽밥을 먹은 후로 한 끼도 먹지 않고 잠만 잤으니 허기가 질 만도 했다.

마음 착한 자리코가 안됐다는 표정으로 우레에게 말했다.

"이리로 가까이 앉아. 다 익었어."

치요가 자리에 앉으며 말했다.

"같이 준비하지 왜 혼자 했어, 힘들게?"

"힘들긴, 겨우 세 사람 먹을 음식인데 뭐. 매일 일곱 사람이 먹을 것 준비하다가 반으로 줄어드니까 뭐 한 것 같지도 않아. 호호호!"

"삐비비!"

"알았어, 알았어. 여기 있다."

마구 달려드는 우레에게 먼저 고깃덩이를 하나 주고 치요에게도 주었다. 그러면서 모닥불에 장작을 더 얹었다.

자리코는 자신이 혼자서 나무를 날라다 놓은 것을 치요가 알아주었으면 하는 마음이 살며시 들었다. 혼자서 방어진 밖에 나갔다 온 것이 못내 자랑스러웠기 때문이다. 그래서 치요의 얼굴을 슬쩍 바라봤다.

그러나 치요는 전혀 그런 그녀의 마음을 알아채지 못했다. 그럴 수밖에 없었다. 남들 같았으면 아무 생각 없이 하는 일이었으니까 말이다. 자리코나 되니까 그런 일로 무서워하고 그렇지 다른 사람들은 바로 집 앞에 있는 장작을 옮겨오는 데 걱정 따위는 하지 않을 것이다.

자리코는 음식은 먹지 않고 자꾸 장작만 모닥불에 집어넣었다. 불길이 너무 강해지자 이번에는 막 불이 붙어 타고 있는 장작을 꺼내서 불을 줄이더니 또 막대기로 뒤적뒤적했다. 그리고 또 말했다.

"이 정도면 오늘 밤은 지낼 수 있으려나? 더 필요할까?"

"응? 뭐가?"

"으응, 땔감 말이야."

치요가 고개를 끄덕이더니 방어진 밖에 쌓여 있는 장작 더미를 가리켰다.

"괜찮을 것 같아. 그리고 저쪽에도 잔뜩 있잖아. 모자라면 더 가져오지 뭐."

"그, 그래. 하긴… 저기도 많으니까."

치요는 자리코가 왜 식사는 않고 자꾸 장작만 만지작거리나 해서 가만히 바라봤다.

그러자 자리코가 또 은근히 모닥불에 대해서 말했다.

"따뜻하지? 내가 아까 불을 살려놓았어… 추울까 봐."

'으흥……'

그제야 치요가 자리코의 마음을 눈치 채고 칭찬해 주었다.

"그래, 정말 따뜻하다. 좋은데? 수고했어. 힘들게 혼자서 이 장작을 다 날랐어? 나 깨고 나면 같이 하지."

"하하하, 괜찮아. 나 힘들지 않았어. 음, 조금 무서웠지만 그래도 괜찮았어. 하하!"

"그, 그래? 정말 대단하네, 무서웠을 텐데."

"하하, 몇 번 해보니까 괜찮더라고."

치요의 칭찬에 자리코가 으쓱해서 마구 좋아했다. 그런 그녀의 모습을 물끄러미 바라보던 치요가 피식 웃었다. 자리코는 이번 봄을 맞아 나이가 스무 살이 되었지만 아직도 어린애 같고 귀엽다는 생각이 들었다.

막 좋아하며 웃기만 하는 자리코에게 치요가 고기를 한 덩이 건네주며 말했다.

"같이 먹자. 뭐, 기분 좋은 일 있나 봐? 자꾸 웃기만 하고."

"아, 아니, 좋은 일은 뭐……. 어서 먹자. 후후."

그녀는 고기를 뜯어 먹으면서도 기분이 좋아서 자꾸만 웃었다.

치요가 조용한 음성으로 말했다.

"자리코, 이제 스무 살이지?"

"응, 벌써 그렇게 되었네. 이젠 정말 노처녀가 되었다. 휴우~"

인간족은 결혼 제도가 없기 때문에 아기를 낳지 않은 여자는 다 처녀로 취급했다.

인간족 여자들이 보통 열다섯이나 열여섯 살에 첫 경험을 해서 그 이듬해부터 아기를 낳기 시작하는 것을 감안할 때 자리코는 아직도 아기를 낳지 못했으므로 스스로 노처녀라 생각하는 중이었다.

"자리코, 아기 가지고 싶어?"

"응, 아기 낳고 싶어. 예쁜 아기. 그런데 뭐 결혼할 사람이 있어야 아기를 낳든지 말든지 하지. 후후."

그녀가 말을 하고 얼굴이 빨개져서 웃었다.

치요가 궁금한 듯이 물었다.

"자리코는 남자랑 자본 적 있어?"

"응? 나? 나 말야?"

"응."

자리코가 당황한 표정으로 치요를 멍하니 바라봤다. 이 일행과 합류한 후 이런 얘기는 처음 하는 것이었다. 그녀의 얼굴에는 당황하는 기색이 역력했다.

자리코는 모든 인간족 처녀들이 그렇듯이 원래 자유분방한 성문화(性文化) 속에서 자라난 사람이었다.

또한 성격이 밝고 남달리 예쁜 얼굴로 인해 주변에 남자들이 항상 들끓어 또래 여자 아이들보다 일찍 성에 눈을 뜬 편이었다.

하지만 그녀는 퍼쿵 일행과 합류한 뒤로 처음에 보보가 한 얘기 때문에 성(性)에 대한 얘기를 극도로 자제하며 지내왔다. 거의 얘기한 적이 없었다. 묻는 사람도 없었고.

게다가 보보와의 결혼을 포기하고 난 뒤로는 관심을 가질 남자도 없었다.

물론 퍼쿵이란 사람이 매력이 없는 것은 아니었다. 퍼쿵은 자리코가 좋아하는 갸름한 미소년 타입은 아니었지만 그의 듬직하다 못해 태산 같은 덩치와 힘, 그리고 자상하기 이를 데 없는 성격은 분명 남편, 그리고 아기의 아버지로서 더할 나위 없이 좋은 조건이었다.

그럼에도 불구하고 자리코가 퍼쿵을 오빠로만 생각하는 이유는 유코가 퍼쿵을 너무 좋아하고 있기 때문이었다. 보보는 피코 때문에 포기했고 퍼쿵은 유코 때문에 포기할 수밖에 없었던 것이다.

만일 이들이 인간족처럼 자유혼 제도를 따른다면 사이좋게 두 남자, 세 여자가 돌아가며 동침을 하고 아기도 낳을 수 있겠지만 불행하게도 이들은 일부일처제를 고집하고 있었다.

그렇다고 아직 열 살도 안 되어 보이는 치요와 연애를 할 수는 없는 일이 아닌가.

물론 자리코가 보기에 이 일행 중에서 치요의 정신 연령이 가장 높은 것 같기는 했지만 말이다.

어쨌든 그러한 이유들에 의해서 자리코는 퍼쿵 일행 안에서는 남자를 찾지 않게 되었다. 그리고 성에 대한 얘기도 하지 않았다. 그저 막연히 아기를 가지고 싶다는 것과 멋진 남자를 만나서 결혼을 하고 싶다는 얘기를 꿈처럼 말하곤 했다.

"어때? 자본 적 있어, 없어?"

"어? 아, 아니… 없어."

자리코는 얼떨결에 아니라고 대답을 했다. 지난 넉 달 동안 그녀의 머리 속에 자리 잡고 있던 보보의 말 때문이었다. 바로 일행과 합류하기 직전에 한 그 얘기 말이다. 이들이 정신 이상자라고 했던 그 말……

"…우리 일행은 일종의 음… 뭐랄까… 그 정신적으로 조금 문제가 있는 사람들이거든요? 물론 겉으로 보기에는 전혀 눈치 챌 수 없을 거예요. …앞으로 우리 일행에게 절대로 성 경험이 없는 척하셔야 합니다. 물론 저와 잠을 잔 것도 절대 비밀이고요. 우리 일행은 귀가 엄청나게 밝으니까 혼잣말로도 하면 안 돼요. 들키면 우린 맞아 죽어요."

물론 그 얘기가 모두 거짓말이라는 것은 나중에 알게 되었다. 그 이유가 사귀고 있던 피코에게 들키지 않기 위해서라는 것도…… 그렇지만 처음 그 거짓말을 들었을 때 받았던 느낌은 너무나 강렬해서 그녀로서는 쉽게 잊혀지지가 않았다.

더군다나 이들과 몇 달 살면서 알게 된 느낌도 마찬가지였다. 퍼쿵으로부터 시작해서 막내인 유코까지 이들은 전혀 밝히지 않는 건전한 청소년들이었던 것이다. 물론 우레를 제외하고 말이다. 우레는 일행 여섯 사람의 분량을 모두 합한 것보다도 열 배는 더 밝히는 놈이었으니까.

자리코의 판단으로 이들과는 그런 얘기가 전혀 어울리지 않았다. 모두들 그 나이가 되도록 어떻게 그럴 수 있을까 싶을 정도로 성에 대해서 지나치게 수줍음을 많이 탔다.

특히 인간족 남자들이라면 보통 열일곱 살이면 첫 경험을 하는 데 반해서 스물여섯이나 되는 퍼쿵은 유난히 부끄러움이 심했다. 아마도 숫총각일 것이 틀림없었다.

일행의 성향이 이러니 자리코가 그런 얘기를 자제하게 된 것은 오히려 당연한 일이었다.

그런데 제일 어려 보이는 치요가 불쑥 남자와 자봤느냐고 물으니 당황할 수밖에 없었다.

자리코가 그렇게 우물쭈물하고 있는데 치요가 다시 말했다.

"그래? 이상하네. 인간족들은 열대여섯 살이면 결혼을 한다고 들었는데… 자리코는 한 번도 안 해봤단 말야?"

"으응, 그게……."

새삼 자리코의 얼굴이 빨갛게 달아오르고 있었다.

'어머, 내가 왜 부끄러워하고 그러지? 나도 어느새 이 사람들과 똑같이 변해 버렸나?'

"부끄러워할 것 없어. 다 이해하니까 솔직히 말해도 괜찮아. 나하고 단둘인데 뭘……. 절대로 아무한테도 말하지 않을게."

치요가 빙긋이 웃었다. 마치 다 알고 있다는 듯한 표정이었다.

자리코가 빨개진 얼굴로 대답했다.

"실은… 잠은 자봤어."

"그럴 것 같았어. 그런데 아기는?"

"아기는 못 낳았지."

"왜?"

"몰라, 나도. 아기가 생긴 적은 없어."

"그랬구나. 하지만 자리코는 무척 아기를 가지고 싶어하잖아?"

치요의 표정은 진지하고 편안했다. 정말 어른스러운 아이라는 생각이 들었다. 그 얼굴과 목소리를 들으니 자리코의 마음도 편안해지기 시작했다.

자리코가 이제 편해진 마음으로 털어놓았다.

"그게 내 맘대로 안 되더라고. 내 친구들은 다 낳았는데……."

치요가 다시 그윽한 눈으로 물었다.

"그래서 보보와 결혼하고 싶어했던 거구나."

"뭐? 아, 아니, 그건 말이야……."

당황하는 자리코의 모습에 치요가 안심시키려는 듯이 말을 이었다.

"괜찮다니까. 나 사실은 처음부터 눈치 채고 있었어. 네가 보보를 좋아한다는 거 말야. 다른 사람도 대충은 눈치를 채고 있을걸, 아마도……?"

"아, 아니야. 그렇지 않다니까. 보보는 피코와……."

"그렇지. 둘이 좋아하고 있지. 둘 사이에 대해서 모두들 아무 말은 하지 않지만 대충은 알고 있어."

"그럼 유코가 퍼쿵 오빠를 좋아한다는 것도?"

"그거야 당연히 모두들 다 알고 있지. 제 입으로 그렇게 떠들고 다니는걸."

"그렇구나……."

그랬다. 유코는 자기가 퍼쿵을 좋아한다고 공공연히 말하고 다니는

데다가 처음 왔을 때의 그 사건은 정말 자리코를 놀라게 했었다.

자리코는 생각에 잠겼다.

'그럼 모두가 알고 있었구나. 나만 느끼는 것이 아니라… 내가 보보를 좋아한다는 것도… 모두 알고 있었구나.'

잠시 생각하던 자리코가 물었다.

"치요는 누구 좋아하는 사람 없어?"

"나는… 글쎄… 별로 생각해 보지 않았는데……. 후후, 솔직히 말하면 난 아직 여자한테 관심없어. 어려서 그런지……."

"너, 나이는 어리지 않잖아? 보보와 동갑인 것으로 아는데?"

"올해로 열여섯 살이야. 하지만 보다시피 마족은 나이를 천천히 먹잖아. 내가 어디 열여섯으로 보여? 인간족과 비교하면 열 살도 안 되어 보이는걸."

"그래도 마족의 나이로 보면 열여섯일 거 아냐."

치요가 웃음을 터뜨렸다.

"하하하, 그렇긴 해. 마족의 입장에서 보면 너희들은 다 중년으로 보이니까. 하지만 마족으로 생각해도 난 결혼하려면 앞으로 십 년은 더 지나야 해. 그 정도 나이는 되어야 결혼할 정도로 몸이 성숙하거든."

자리코가 고개를 끄덕였다. 그러다가 덩달아 웃으며 말했다.

"호호, 그렇지만 말하는 거나 행동하는 것만 보면 네가 제일 늙은이 같더라."

"하하하, 그랬어? 그거 칭찬이야?"

"그래, 칭찬이야. 호호호."

두 사람은 마구 웃기 시작했다. 갑자기 터진 웃음에 우레가 열심히 고기를 먹어대다가 깜짝 놀라 쳐다보았다.

"삣, 삐빗?"

우레가 놀란 표정으로 소리쳤다. 우레를 보고도 한참을 웃던 자리코가 물었다.

"치요, 우레가 뭐라는 거야?"

"신경 쓰지 마. 자기를 놀리는 줄 알고 화내는 거야 지금."

"호호호! 우레야, 화내지 마. 너 놀리는 거 아니니까."

자리코가 겨우 웃음을 멈추고 우레를 바라봤다. 그리고 살며시 우레의 머리를 쓰다듬었다. 그러자 우레가 고기를 씹던 입으로 순식간에 자리코의 손가락을 쪽 빨았다.

"어멋!"

자리코가 깜짝 놀라서 손을 빼자 치요가 소리쳤다.

"우레, 너 자리코에게 허튼짓하면 가만 안 둔다. 나한테 벌받고 나중에 유코에게 일러서 또 혼나게 해줄 거야!"

"삐비비!"

그 말에 우레가 황급히 날개를 내저으며 변명을 해댔다.

'그, 그게 아니라요! 자리코의 손에 뭐가 묻어서요.'

아마 이랬을 것 같았다.

자리코가 물었다.

"퍼쿵 오빠 무사히 돌아올 수 있겠지?"

"그럼, 걱정하지 마. 꼭 건강해질 테니까."

"난 사실 너무 무서웠어, 퍼쿵 오빠가 쓰러졌을 때. 그리고 얼려진 채 누워 있던 며칠 동안……."

"나도 두려웠어. 그대로 퍼쿵이 죽어버리면 어쩌나 하고. 하지만 이제 의식은 완전히 돌아왔잖아? 어족들이 반드시 특효약을 만들어줄 거야. 난 알 수 있어."

"어떻게?"

"누군가 태어나거나 죽게 되면 그전에 별이 보여. 생명성이 탄생하거나 떨어지는 게."

치요가 밤하늘을 올려다보았다. 자리코도 따라서 고개를 들고 무수히 떠 있는 별을 살펴봤다.

"저 많은 별들 중에서 그게 구별이 가니?"

"응, 생명성은 달라. 아직 우리 일행의 별은 찾지 못했지만 만일 퍼쿵이 죽는다면 그 별이 보일 거야. 그런데 지금은 그런 것이 보이지 않거든."

자리코가 놀랍다는 듯이 말했다.

"정말 놀라운 재주구나. 수많은 별들 중에서 그런 것을 구분해 내다니."

"난 마족이잖아."

"응, 좋겠다."

치요가 고개를 돌려 자리코의 얼굴을 바라봤다.

"꼭 마족이 아니어도 구분하는 사람이 있어. 인간족 중에도 말야."

"점쟁이를 말하는 거니?"

"그래, 점쟁이라 부르지, 인간들은……. 유코를 봐. 유코는 인간인데도 엄청난 마력을 숨기고 있거든. 본인은 잘 모르는 모양이지만 그애는 분명히 무서운 마력을 가지고 있어. 어쩌면 나보다 훨씬 강할 거야."

"그래? 유코가 정말 그런 무서운 애야?"

"응, 정령술은 마법 중에서도 가장 무서운 능력이야."

"그래?"

"응, 전에 우리 마족 정령술사들이 유코를 보고 말했어. 저 애는 이 해할 수 없는 능력을 가지고 있다고."

"그랬구나. 까불지 말아야겠네. 호호호."

자리코가 웃자 치요도 미소를 지었다.

"괜찮아, 유코는 누구보다도 착하니까 나쁜 일에는 사용하지 않을 거야."

"앞으로 잘 보여야지. 호호."

처음으로 두 사람만 앉아서 식사를 하며 깊은 얘기를 많이 나눌 수 있었다. 우레도 있었지만 우레와는 대화가 안 되니까 두 사람만 있는 거나 마찬가지였다. 치요가 자리코에게 많은 말을 시켰고 자리코는 그 덕분에 외로움과 무서움도 잊은 채 대화에 열중하고 있었다.

자리코가 말했다.

"가끔은 이렇게 너와 둘이서 얘기해야 되겠다는 생각이 든다."

"왜?"

"몰라. 아주 기분이 편안해."

"그렇게 생각해 주면 고맙지 나는."

"정말이야. 아까는 무서워서 혼났는데 지금은 맘이 아주 편안해."

"사람은 아주 가끔은 외로워질 필요가 있어. 그래야 자신을 돌아볼 마음이 생기거든."

"난 여태까지 혼자 있던 적이 없었어. 한 번도."

"자리코는 예쁘고 성격도 좋으니까 주위에 사람들이 들끓었던 거겠 지."

"몰라, 내가 성격이 좋아서 그랬는지는. 하지만 늘 나는 친구들과 어울려서 지냈거든. 그런데 오늘 갑자기 혼자 남아서 하루 종일 바다만 바라보고 있으려니까 별별 생각이 다 들더라고."

"후후후."

다른 사람 같으면 무슨 생각을 했느냐고 물었을 테지만 치요는 아무 것도 묻지 않고 나지막한 소리로 웃기만 했다. 그러더니 문득 진지한 표정이 되어 말했다.

"퍼쿵이 쓰러졌을 때 이런 생각이 들었어. 만일 퍼쿵이 저대로 죽어 버리면 어쩌나 하고……. 남겨진 우리는 앞으로 어떤 생각을 가지고 살게 될까……. 예전과 똑같이 웃으며 즐겁게 살 수 있을까 하고 말 야."

"무서워, 그런 얘기는……."

"하지만 사람은 누구나 죽어. 언젠가는……. 더군다나 우리처럼 여 기저기 떠돌며 살아가는 사람들은 언제 어떻게 위험을 만나 죽게 될지 모르는 일이지. 피코나 나, 그리고 보보와 유코도 말야. 아무 생각 없 이 장난만 치고 사는 우레도 위험하긴 마찬가지고."

자리코가 우레를 돌아봤다. 우레는 다 먹은 고기의 **뼈**를 쭉쭉 빨면 서 불쏘시개를 들고 불장난을 하고 있었다. 그러다가 털에 불똥이 튀 면 화들짝 놀라 뒤로 뒹굴뒹굴 굴러갔다가 다시 슬금슬금 다가와 불장 난을 했다.

"그래, 나도 마찬가지겠지?"

"물론. 자리코도 인간이니까."

"그래……."

"하지만 우린 쉽게 죽으려 하지 않아. 어떻게든 살아보려고 발버둥 치고 있지. 만일 위험이 닥쳐서 죽음이 코앞에 다가와도 정말 목숨이 내 몸을 떠나는 그 순간까지는 포기하지 않을 거야."

"무섭다."

"자리코, 내 말 잘 들어. 전에 퍼쿵이 들려주었던 얘기 생각나?"

"뭐?"

"들개족에게 잡혀갔던 여자들, 밤새도록 강간당했다는 얘기 말이야."

"응, 생각나. 너무 끔찍해."

"그때 너와 유코가 했던 말도 생각나니?"

자리코가 고개를 갸우뚱거리며 되물었다.

"글쎄? 모르겠는데? 내가 뭐라고 했는데?"

"너희들은 자살을 하고 말지 그렇게 어떻게 사느냐고 물었어."

"내, 내가 그랬었나?"

자리코는 놀랍다는 표정으로 기억을 더듬어봤다. 그러나 무심코 한 말이 생각날 리 없었다.

치요가 말을 이었다.

"잘 들어, 중요한 얘기야. 난 그때 아무 말 하지 않았지만 너희들 말을 듣고 이런 생각을 했어. 그렇게 쉽게 목숨을 포기하면 안 된다고 말이야."

자리코가 얼굴을 붉히며 변명하듯 말했다.

"무, 물론이지. 쉽게 포기하면 안 되지. 나도 그렇게 생각하고 있어."

"정말 위험이 닥치거나 사는 게 너무나 괴롭게 되더라도, 또 정말로 죽고 싶다는 생각이 들더라도 쉽게 포기하면 안 된다는 말이야. 그 말을 너희에게 해주고 싶었어."

자리코가 고개를 푹 숙이고 대답했다.

"알아, 나도 알고 있어."

"그래, 그 말 절대로 잊지 마. 우리와 살면 언제 어떤 위험이 닥칠지 몰라. 우리 중에서 누가 죽게 될지도 모르고. 그래도 절대로 희망을 버리면 안 되는 거야. 알았지?"

"응, 하지만 죽는다는 말은 너무 무서워."

"스스로 목숨을 끊는다는 것은 더 무서운 거야."

자리코가 들릴 듯 말 듯한 소리로 대답했다.

"응……."

"며칠 전에 얘기했었지? 퍼쿵과 피코, 내가 처음 만나던 그 날 그 순간부터 우린 죽음에 직면해 있었다고. 내 아버지가 퍼쿵과 피코의 목숨을 구해주었고 그 다음날에는 퍼쿵과 피코가 내 목숨을 구해주었어. 아버지는 돌아가시고… 그 일주일 전에 내 어머니가 돌아가셨고 말야. 퍼쿵과 피코 역시 엄마의 죽음을 바로 눈앞에서 목격한 채 겨우 목숨을 건져 빠져나왔던 거고."

자리코가 가만히 치요의 눈을 바라봤다.

"그 뒤로도 우리 셋은 항상 죽음과 싸우면서 살아왔어. 유코와 보보가 처음 발견되던 순간은 그 애들이 공룡의 발에 짓밟히기 직전이었고 말야."

"그래, 들어본 얘기야."

"그래, 그렇게 우린 항상 매 시간을 죽음의 문턱에 있어. 그런데도 항상 웃고, 떠들고, 화내고, 울고, 다시 웃고 그럴 수 있는 것은 모두 희망을 버리지 않기 때문이야."

그 말에 자리코가 미소를 지으며 대답했다.

"알겠어, 무슨 말인지."

치요도 미소를 지었다.

"미안해. 너무 무거운 얘기만 한 것 같네."

"아냐, 좋은 얘기였어. 약이 된 것 같아. 사실 조금 전 네가 자고 있을 때 난 혼자 남으면 죽을 거라는 생각을 하고 있었거든. 너무 나약한 생각이었나 봐. 앞으로 각오를 단단히 하고 살아야겠다는 생각이 들어."

"그래, 그래야 결혼도 하고 아기도 낳고, 또 그 아기 잘 키울 수 있으니까."

"그래, 아기! 맞아, 아기 생각을 못했네. 아기 때문에라도 절대 죽어선 안 되지. 호호."

우레가 불장난에 싫증이 났는지 자리에서 일어나 방어진 밖으로 걸어나갔다.

"어디 가는 거니?"

"삐빗, 삐비비~"

치요의 물음에 우레가 뭐라고 대답하더니 그대로 숲으로 걸어 들어갔다. 자리코가 부러운 눈으로 우레의 뒷모습을 바라보았다.

"우레는 하나도 무섭지 않은가 봐. 혼자서도 숲에 잘 들어가네."

"우레는 생각보다 강한 동물이야. 걱정하지 않아도 돼."

"유코나 보보, 그리고 너도 혼자서 숲에 잘 돌아다니는데 나만 무서워서 잘 못 가. 나는 겁쟁이인가 봐."

"아냐, 그게 정상이야. 그리고 되도록 숲에는 혼자서 가지 마. 정말 위험하니까. 위험한 일을 무턱대고 한다면 그건 용감한 것이 아니라 바보거나 미친 거야."

"호호호, 그럼 나 말고 다 바보야?"

"그럴 수도 있지. 하하하!"

두 사람은 다시 웃음을 터뜨렸다.

밤이 깊어지고 있었다. 자리코는 점점 눈이 무거워지고 있었고 치요는 반대로 점점 눈이 맑아져 갔다.

치요가 모피를 모닥불 옆으로 가져왔다.

"여기 누워서 자. 내가 옆에서 지켜줄게."

"그래, 난 누워서 얘기해야겠다. 좀 졸린 것 같아."

"그만 자, 피곤할 텐데."

"응, 고마워."

자리코가 자리에 누웠다. 그 위로 다시 모피를 덮어준 치요가 옆에 자리를 잡고 앉았다. 그리고 말했다.

"우레가 언제 덤벼들지 모르니까 내가 옆에 있어줄게."

"그, 그래. 우레가 내 속옷 벗겨가지 못하게 좀 지켜줘."

"걱정 마. 난 밤에 잠을 안 자니까 얼씬도 못할 거야."

치요가 빙긋이 웃으며 자리코를 안심시켰다.

자리코는 곧 잠이 들었고 그 옆에 앉은 치요는 별을 바라보며 생각에 잠겼다.

'퍼쿵은 어떻게 되었을까? 모두들 위험하지는 않겠지?'

치요는 가만히 주문을 외며 일행의 기운을 찾기 시작했다. 위험에 빠지면 발생하는 파장을 느끼기 위해서였다. 잠시 땅에 손을 대고 있던 치요가 몸을 일으켰다.

'위험하지는 않은 모양이군. 아무런 파장도 느껴지지 않는 걸 보니……'

우레는 보이지 않았다. 유코가 없어서 굉장히 심심한 모양이었다. 우레는 이제 치요보다 유코를 더 좋아하는 것 같았다. 물론 치요의 말에 절대 복종하고는 있었지만 놀 때는 항상 유코만 따라다녔다.

하긴 치요는 우레와 놀아주지 않으니까 그럴 수밖에 없긴 했다. 치요는 항상 생각하고, 살피고, 또 생각하고 그럴 뿐이지 뛰어다니며 노는 아이가 아니었다.

반면에 유코는 어디서 그렇게 에너지가 솟아나는지 하루 종일 뛰어다니고, 떠들고, 웃고, 울고, 장난치고, 화내고, 그렇게 시간을 보내다가 저녁을 먹자마자 푹 쓰러져 잠이 드는 아이였다. 물론 우레와 함께 말이다.

그런 유코가 없으니 우레가 우울한 것은 당연했다.

우레와 유코를 생각하던 치요가 피식 웃음을 터뜨리고는 다시 하늘을 바라봤다.

별이 점점 많아지고 있었다. 밤이 깊어가는 모양이었다.

제5장 퍼쿵의 회생과 자리코의 위기

바다 한가운데 홀로 떠 있는 외딴 섬, 그 돌섬의 꼭대기에 두 사람이
나란히 앉아 있었다. 피코와 보보였다. 새벽 바다는 검푸른 파도를 끊
임없이 밀어 올리며 조그만 바위섬을 부숴 버릴 듯이 때려대고 있었다.

곧 동이 트려는지 희뿌옇게 밝아오는 하늘 빛에 반사되어 부서진 물
보라가 하얗게 일어났다가는 사라져 갔다.

보보가 입을 열었다.

"퍼쿵 형이 일어설 수 있을까?"

피코가 조용히 고개를 끄덕였다.

"그럼, 퍼쿵은 반드시 일어날 거야. 난 믿어."

"그래, 나도 믿어. 형은 그렇게 쉽게 포기할 사람이 아니지."

"물론, 우리가 그동안 어떻게 살아왔는데. 죽을 고비를 한두 번 겪은
게 아니야. 이렇게 끝날 수는 없어."

두 사람은 어깨를 맞댄 채 손을 마주 잡고 있었다. 피코가 보보보다 키가 훨씬 크기 때문에 멀리서 보면 여자와 남자가 바뀐 것 같아 보였지만 아주 정다워 보이는 것은 남들과 다르지 않았다.

뭔가 잠시 주저하는 것 같던 피코가 말을 꺼냈다.

"유코 말인데… 그래도 고맙지 않니? 우리 얘기를 전혀 하지 않는 거 말야."

"그래, 정말 다행이지. 난 그날 코앞에서 마주쳤을 때 기절하는 줄 알았어."

"후후, 나도 그랬어. 얼마나 놀랐는지……."

그렇게 말을 한 두 아이가 잠시 마주 보더니 갑자기 얼굴이 새빨갛게 물들었다.

피코가 떠듬떠듬 말을 더듬으며 말했다.

"그, 그때… 너랑 있었던 그… 일… 난 심장이 터지는 줄 알았어."

보보도 말을 더듬었다.

"나, 나도 그랬어. 어떻게 갑자기 그런… 일을 하게 되었는지……."

"……."

"……."

두 아이가 다시 얼굴을 마주 보더니 피식 웃었다. 어색한 표정이긴 했지만 마주 보는 두 아이의 눈에는 정이 듬뿍 묻어나고 있었다.

보보가 고개를 돌리고 말했다.

"피코, 저, 저기 말인데… 그때… 조, 좋았어?"

"응? 뭐, 뭐가?"

"어, 응, 그, 그거 말이야. 너랑 나랑 그, 그렇게 한… 거 말야. 기분… 좋았어?"

"으, 응… 조, 좋았던 것 같아……. 너는?"

"나도……. 헤헤."

"후후후."

두 아이는 다시 마주 보고 새빨간 얼굴로 미소를 지었다.

지금 두 아이는 그때 우연히 감정이 격해져서 잠을 잔 것을 회상하며 서로 부끄러워서 어쩔 줄 모르고 있었다. 그 일은 정말로 우연히 충동적으로 이루어진 일이었다. 전부터 서로를 좋아하는 것은 느끼고 있었지만 다만 손을 잡아보았을 뿐 더 이상의 일이 일어나리라고는 생각도 해본 적이 없었다.

그날 처음으로 입을 맞춘 것도 그렇고 인간족이 말하는 결혼을 하게 되리라고는 더욱더 그랬다.

보보는 자리코와 한 번 그럴 뻔한 경험이 있었지만 피코로서는 난생처음 남자와 잠을 잔 것이라서 더욱 자신의 마음을 알 수가 없었다.

그러나 그 뒤로 서로에 대한 생각이 얼마나 커졌는지 항상 기회만 되면 둘만의 시간을 가지고 싶은 충동이 불쑥불쑥 솟아났다.

그런데 이런 한밤중에 모두가 잠든 틈을 타서 섬의 제일 꼭대기인 가파른 벼랑 위에 기어올라 와 있으니 들킬 염려도 없고 해서 너무나 가슴이 두근거리고 있는 중이었다.

잠시 머뭇거리던 두 아이가 가만히 서로를 안았다. 누가 먼저랄 것 없이 자연스럽게 일어난 행동이었다. 그리고 또 자연스럽게 입을 맞추게 되었다.

"피코……."

"으음……."

보보의 부름에 피코는 눈을 감은 채 콧소리로 대답했다.

피코가 콧소리로 물었다.

"나 사랑해?"

"응, 사랑해."

피코는 사랑한다는 보보의 말에 기분이 아련해지는 것을 느꼈다. 아주 어릴 적 엄마에게 들어본 이후로는 한 번도 써본 적도 들어본 적도 없는 말이었다. 구체적으로 그 말의 뜻이 무엇인지 생각해 본 적도 없었다. 그러나 왠지 기분이 좋아지는 것은 부정하지 못했다.

그때였다.

"피코! 보보! 어디 있냐? 얘들아! 어디 있어?"

"엇!"

"누구지?"

두 아이가 화들짝 놀라며 떨어졌다.

"나리 목소리지?"

"응, 퍼쿵 형에게 무슨 일이 있나?"

피코와 보보는 벌떡 자리에서 일어나며 소리쳤다. 퍼쿵에게 무슨 일이 있나 생각하니 방금 있었던 감정도 순식간에 잊어버리고 마음이 조급해졌다.

"여기야!"

"우리 위에 있어!"

두 아이가 급히 벼랑을 기어 내려갔다.

나리가 두 아이 앞으로 달려오며 소리쳤다.

"퍼쿵이 일어났어! 몸을 일으켜 앉았다고!"

"뭐? 정말이야?"

"와아! 몸이 움직이기 시작했어?"

“그래, 어서 가보자. 너희를 찾고 있어.”

“어서 가!”

나리와 두 아이는 서둘러 움막으로 달려갔다.

움막 안에서는 이미 유코와 웅가가 퍼쿵에게 수프를 먹이고 있었다.

“퍼쿵!”

“형!”

피코와 보보가 들어가서 소리쳤다.

“응, 너희들 왔구나.”

퍼쿵이 고개를 돌려 부드럽게 미소 지으며 말했다.

“이제 움직일 수 있는 거야?”

“그래, 몸이 아주 가벼워. 곧 일어설 수 있을 것 같아.”

“다행이야!”

“악어의 혈청이 정말 효력이 있나 봐요.”

웅가가 아주 기쁜 얼굴로 고개를 끄덕였다.

“그래, 혹시나 했는데 진짜로 해독이 되고 있는 모양이다. 정말로 획기적인 일이 아닐 수 없구나.”

보보가 이해가 간다는 듯이 말했다.

“이제 이해가 갈 것 같아요. 어제 악어에게 복어 독을 먹였잖아요? 악어가 스스로 복어의 독을 해독하면서 그 피에 해독 물질이 생성되었을 거예요.”

웅가도 알겠다는 표정을 지었다.

“그런 작용이 있을 수 있지. 다른 동물 같으면 해독을 못하고 죽었겠지만 어제 그놈은 죽지 않았으니까.”

“그래요. 책에서 읽었던 생각이 나요. 혈청 주사라고 들어보셨어요?”

"못 들어봤다. 혈청 주사라……. 그 책 말이야, 네가 읽었다는……. 나 좀 빌려줄 수 있을까? 나도 한번 읽어보고 싶은데."

웅가가 진지한 표정으로 보보에게 부탁했다. 보보는 의학이나 다른 기술에 관해서도 너무 잘 알고 있었다. 의사도 아닌데 말이다. 그래서 웅가는 그가 읽었다는 책이 너무나 궁금했다.

"도대체 어떤 책이길래 그런 내용이 다 들어 있단 말이냐? 퍼쿵이 쓰러졌을 때 냉동시켜서 살린 것도 그 책에 쓰여 있었던 거냐?"

보보가 미안한 표정을 지었다.

"죄송해요. 그 책 저한테 없어요. 그리고 사실은 어떤 책인지도 기억이 나지 않아요. 저는 기억을 다 잃었거든요."

"기억을 다 잃었다면서 책의 내용은 어떻게 알고 있지?"

"간혹 어떤 상황이 발생할 때는 거기에 대한 대책이 생각나곤 해요. 하지만 전체적으로 기억이 나는 것은 아니에요. 무슨 책을 읽었었는지도 모르겠고……."

웅가가 실망스런 표정을 지었다가 곧 풀었다.

"그래? 그것참 애석한 일이구나. 네 기억만 완전히 돌아온다면 많은 환자들을 살릴 수 있을 텐데……. 됐다, 할 수 없지. 퍼쿵이 일어섰으니 그것만으로도 어디냐?"

그때 수프를 다 먹인 유코가 일어서며 말했다.

"아유, 오빠, 깨끗이도 먹었네요. 착해요. 호호."

그녀가 퍼쿵의 뺨을 손바닥으로 쓰다듬으며 좋아하고 있었다. 유코는 이제 마치 퍼쿵을 어린아이처럼 다루고 있었다.

그럴 만도 했다. 퍼쿵이 쓰러져 있는 동안 그를 먹이고, 입히고, 씻기고 한 것은 물론이요, 그의 똥오줌까지 제 손으로 다 받아낸 그녀였으니 어찌 퍼쿵에 대한 정이 새록새록 깊어지지 않을 수 있겠느냐 말이다. 게다가 원래 퍼쿵을 좋아하던 유코였기 때문에 당연한 결과였고 모두들 그 점을 인정해 주고 있었다.

다만 유코 쪽에서 그렇게 당연하게 여기고 있는 것을 퍼쿵 쪽에서는 그동안 몸을 움직일 수 없었기 때문에 어쩔 수 없이 받아들이면서 그때마다 부끄러워 어쩔 줄 모르고 있을 뿐이었다.

보보와 피코가 눈짓을 주고받았다. 그들의 눈빛에는 이런 뜻이 담겨 있었다.

'이제 퍼쿵 형과 유코가 결혼하는 것은 기정사실이 된 것 같군.'

'그래, 시간문제야. 유코만 좀 더 자라면 퍼쿵은 어쩔 수 없이 유코와 결혼해야 해. 가엾은 퍼쿵 같으니……'

그때 유코가 지켜 서 있는 모두에게 손을 휘저으며 입을 열었다.

"자, 이제 모두들 여기서 나가주세요. 오빠의 기저귀를 갈아야 할 시간이에요. 어서요! 어서 나가요, 모두!"

그 말에 퍼쿵의 얼굴이 새빨갛게 달아올랐다.

"유, 유코, 이젠 나 혼자 하면 안 될까? 나 혼자서도 할 수 있어. 몸을 움직일 수 있으니까."

유코가 화를 버럭 내며 쏘아붙였다.

"어머! 안 돼요! 아직 안정을 취해야 해요. 잔말 말고 누워 있어요, 오빠는!"

그러더니 휙 돌아서서 사람들을 밀어냈다.

"자, 나가요, 모두! 어서요!"

웅가와 나리, 피코와 보보가 유코에게 등을 떠밀려 움막 밖으로 쫓겨 나가자 유코가 문을 쾅 소리나게 닫아버렸다.

웅가가 픽 웃으며 말했다.

"와아~ 대단하군, 유코는…… 정말 부인이라도 된 것 같은데?"

나리도 미소를 지었다.

"그렇군요. 왠지 퍼쿵이 부럽다는 생각이 드는데요?"

보보와 피코는 그 안에서 일어날 일을 상상하며 피식피식 웃음을 흘리고 있었다. 아마 얼굴이 새빨개진 퍼쿵이 어떻게든 몸을 가리려고 애를 쓰고 있을 것이고 유코는 기를 쓰고 퍼쿵의 바지를 벗겨낸 후 그의 중요 부위를 물수건으로 싹싹 닦아내고 있을 것이다.

그런 상상을 증명하기라도 하듯 움막 안에서 유코의 고함 소리와 퍼쿵의 사정하는 소리가 새어 나왔다.

"오빠, 어서 손 치우지 못해요? 이미 다 봤다니까요! 이제 와서 새삼스럽게 왜 이래요?"

"유, 유코… 저기… 그게 아니라… 이젠 됐다니까……. 이, 이러면 안 돼! 으아아!!"

그 소리에 웅가와 나리가 웃음을 터뜨렸고 피코와 보보는 안됐다는 표정으로 혀를 차며 고개를 저었다.

퍼쿵의 비명을 끝으로 움막 안이 잠깐 조용해졌다가 문이 벌컥 열리더니 유코가 대야에 퍼쿵의 기저귀를 담아 들고 당당하게 걸어나왔다.

유코가 중얼거렸다.

"어휴, 오빠는 꼭 어린애 같다니까. 후후."

그녀의 얼굴에는 만족감과 행복감이 가득 담겨 있었다.

웅가가 물었다.

"유코야, 이제 들어가도 되냐?"

"예, 어서 모두들 들어가 보세요. 호호."

"고, 고맙다."

모든 사람이 움막으로 들어서자 퍼쿵은 두 **뺨**이 새빨개진 채 민망한 표정으로 사람들을 바라봤다.

나리가 말했다.

"어이, 퍼쿵. 나는 왜 자네가 부러운 걸까?"

"무, 무슨 소리야, 나리?"

"몰라. 자꾸만 자네가 부러워지는걸?"

"그, 그런 소리 마. 얼마나 창피한데……."

피코가 말없이 피식 웃었다. 퍼쿵이 흘깃 피코를 바라보더니 고개를 푹 숙였다.

피코가 입을 열었다.

"퍼쿵, 놀림당하는 기분 이해가 가지? 이제는 **나**와 **보보** 사이를 놀리지 말라구. 이제 나도 할 말이 있으니까 말야."

피코의 말에 퍼쿵이 고개를 숙인 채 중얼거렸다.

"피코, 너마저……."

퍼쿵은 너무 부끄러운 나머지 자리에 누워 담요를 푹 뒤집어써 버렸다.

응가가 주사기에 혈청을 담아서 퍼쿵에게 다가갔다.

"자, 퍼쿵, 왼팔을 내밀게. 마지막 주사야. 이걸 맞고 경과를 보는 수밖에 없어. 만일 완전히 회복이 되지 않으면 또 악어를 잡아다가 혈청을 만들어야 해."

퍼쿵이 담요를 살짝 내리고 고개를 내밀었다.

"더 구할 필요는 없을 것 같습니다. 이미 몸이 거의 회복된 것 같아요. 아직 좀 어지럽긴 한데 움직이는 데는 아무런 이상이 없어요. 아픈

데도 없고요."

"그래? 다행이군. 자네의 체력이 유난히 좋으니까 더 경과가 좋은 것 같군. 이제 걱정하지 않아도 될 것 같아."

"그런 모양이에요."

주사기의 굵은 바늘이 퍼쿵의 팔을 뚫고 들어가 정맥에 꽂혔다. 응가가 피스톤을 미는 것과 함께 퍼쿵의 정맥이 부풀어 오르며 혈청이 들어가는 모습이 보였다.

"자, 이제 한숨 자게. 있다가 또 보자고."

"예."

퍼쿵은 담요 안으로 팔을 집어넣고 돌아누웠다. 사람들 보기가 아직도 민망한 모양이었다.

유코가 퍼쿵의 옷을 다 빨아서 가지고 들어왔다. 그녀는 퍼쿵의 바지와 기저귀의 물을 작은 손으로 열심히 짜더니 움막의 벽에 쫙 펴서 널었다. 그리고 말했다.

"어머? 또 자네? 정말 아기 같아."

유코의 말에 퍼쿵의 몸이 움찔 떠는 것이 보였다.

"어머? 안 자고 있었군요? 내가 없어서 안심이 되지 않는 모양이죠? 알았어요. 내가 자장자장 해줄게요. 호호."

혼자 신이 난 유코가 퍼쿵의 옆에 앉더니 조그만 손으로 토닥토닥 자장자장을 해주기 시작했다. 유코의 손이 닿을 때마다 퍼쿵의 몸이 움찔움찔 떨렸다.

잠시 후 퍼쿵의 숨소리가 낮고 길게 변했다. 정말 잠이 든 모양이었다.

조용해지자 보보가 말했다.

"이제 형이 회복되면 바로 돌아가야지. 치요와 자리코가 걱정이야."

보보의 말에 다른 사람들도 문득 진지한 표정을 지으며 고개를 끄덕였다.

나리가 말했다.

"맞아, 남겨진 사람들이 있었지? 여자와 어린아이니까 좀 위험할지도 모르겠는데?"

응가도 말했다.

"그래, 퍼쿵은 어느 정도 회복이 되었으니 오늘 저녁이라도 돌아가야 하지 않겠나? 벌써 이틀째니까."

피코가 말했다.

"치요가 잘 지키고 있을 거야."

그러나 그렇게 말한 피코의 표정도 그리 안심하는 것처럼 보이지는 않았다. 아무래도 걱정이 되는 모양이었다.

유코가 입을 열었다.

"맞아, 자리코 언니와 치요를 잊고 있었네. 퍼쿵 오빠를 신경 쓰다 보니⋯⋯. 우레가 말썽은 피우지 않으려나? 그 녀석이 자리코 언니에게 허튼짓할지도 모르는데⋯⋯."

피코가 벌떡 일어서더니 밖으로 나갔다.

"족장을 만나고 올게. 오늘 출발해야 하니까 뗏목도 손봐야 하고⋯ 족장에게 인사도 해야지. 아무래도 출발을 서둘러야 할 것 같아. 왠지 안심이 안 돼."

보보도 일어났다.

"같이 가자. 내가 도와줄게."

응가가 나리를 툭 치더니 말했다.

"우리도 가세. 족장에게 인사를 해야지. 피코, 족장은 나리와 내가 만나고 올 테니 자네들은 뗏목에나 가보게."

"그래 주시겠어요? 그럼 고맙죠."

"그래, 있다가 만나세."

"예, 그리고 어족 족장에게 뭔가 선물을 주고 싶은데… 어떻게 고마움에 대한 표시라도 해야죠."

보보가 말했다.

"뗏목에 단검이 몇 자루 더 있잖아? 그걸 주는 게 어때? 우리 칼에 굉장히 감탄하는 것 같던데."

피코가 환한 얼굴로 끄덕였다.

"아! 맞아, 그러면 되겠다. 아저씨, 족장에게 단검을 선물한다고 좀 전해주세요."

"알겠네. 족장이 기뻐하겠구먼."

유코와 퍼쿵만 남기고 다른 네 사람은 밖으로 나갔다. 피코와 보보는 바닷가로 갔고 나리와 응가는 족장이 있는 토굴로 향했다.

바다의 날씨는 화창했다. 해가 뜬 지 얼마 되지도 않은 것 같은데 벌써 동쪽 멀리 보이는 대륙 위로 높이 솟아 있었다. 안개가 걷힌 하늘은 구름 한 점 없었고 태양이 뜨겁게 내리쪼이고 있었다.

"날씨는 아주 좋군. 바람도 선선하고."

"바람의 방향이 반대라 돌아갈 때 애 좀 먹겠는걸?"

뗏목은 바닷가 바위 위로 끌어 올려져 있었다. 어제 오후 악어를 잡은 직후에 피코가 올려놓은 것이었다. 파도에 밀리다 보면 언제 바위에 부딪쳐 박살이 날지 모르기 때문이었다.

피코와 보보는 뗏목 위로 올라가 꼼꼼히 여기저기를 살펴보았다. 통나무들을 묶은 넝쿨의 매듭이 상한 곳은 없는지, 예비로 싣고 온 넝쿨 더미는 제대로 있는지, 그리고 돌아갈 때 퍼쿵을 덮어줄 가죽들이 젖지는 않았는지 등이었다. 두 사람은 예비 넝쿨을 꺼내어 손상된 부위의 매듭을 다시 묶었다.

그렇게 모든 부위를 정비한 뒤 피코와 보보의 장검 두 자루를 제외한 나머지 네 자루의 단검을 챙겨서 움막으로 돌아왔다.

두 사람이 돌아온 뒤 조금 있다가 응가와 나리도 돌아왔다. 응가가 들어오면서 말했다.

"어, 배고파. 식사는 안 하나?"

그러자 보보가 이제 생각났다는 듯이 말했다.

"아, 그러고 보니 아침을 먹지 않았네요. 곧 정오가 될 텐데……."

"그래, 깜박 잊었어. 퍼쿵에게 신경 쓰느라고."

나리도 배를 문지르며 말했다.

"그렇군요. 퍼쿵이 일어난 것만 생각하느라 모두 잊고 있었군요."

모두가 얼굴을 마주 보며 웃었다. 다섯 사람 모두가 아침 식사를 하는 것도 잊고 있었던 것이다. 퍼쿵만이 죽을 먹었을 뿐이다.

나리가 문을 나서며 말했다.

"잠시만 기다려요. 내가 먹을 것을 좀 얻어올게요."

"그래, 이왕이면 좀 많이 얻어오라고. 배가 고파서 죽을 것 같으니까."

잠시 후 밖에서 나리가 부르는 소리가 들렸다. 나리는 커다란 물고기를 한 마리 끌고 돌아오는 중이었다. 거의 자신의 몸뚱이만한 것을 끌고 오느라고 기진맥진하고 있었다.

피코가 얼른 달려가 나리에게서 고기를 빼앗아 들었다. 나리는 질질 끌고 오기도 벅찬 물고기를 피코는 번쩍 들고 달려왔다.

"자, 식사하자. 불이 없으니까 날것으로 먹어야 해."

유코가 반색하며 좋아했다.

"와! 생선회다. 생선회 너무 먹고 싶었어."

하지만 보보는 그리 기쁜 얼굴이 아니었다.

"옛? 날것으로 먹는다고?"

다른 사람들은 그다지 꺼리는 표정이 아니었고 웅가와 유코는 아주 신이 난 모양이었으나 보보는 비위가 상하는 모양이었다.

웅가가 말했다.

"이 사람, 생선회를 먹어보지 않은 모양이군. 원래 바다 생선은 날것으로 먹어야 더 맛이 좋은 법이니 이번 기회에 한번 먹어보라고. 나쁘지 않을 거야."

"하지만 날것은 기생충이 있지 않을까요?"

그러자 유코가 톡 쏘았다.

"보보, 안 먹을 거면 아무 말 하지 마! 남들 맛있게 먹는데 옆에서 지저분한 소리 하지 말고! 뭐야, 기생충이라니? 밥맛 떨어지게……."

유코가 눈살을 찌푸리며 화를 내자 보보가 우물쭈물 변명을 했다.

"아, 아니, 나는 단지……."

"됐어, 말하지 마!"

피코는 이미 단검을 뽑아 들고 고기를 저미고 있었다. 날이 새파랗게 선 피코의 단검에 커다란 고기는 껍질이 벗겨지고 하얗고 반투명한 살이 큼직하게 저며지고 있었다.

그 옆에서 나리와 웅가, 유코가 군침을 꿀꺽꿀꺽 삼키며 기다리고 있었다.

피코가 타이르듯이 보보에게 말했다.

"보보, 그러지 말고 한번 먹어봐. 아주 맛이 좋아."

"난 싫어, 날것은……."

"그러지 말고… 응? 이것 먹고 죽은 사람 아직 못 봤어."

그러나 보보는 여전히 못 먹겠다고 버티고 있었다.

"휴, 그럼 할 수 없지. 여긴 불을 땔 수 있는 나무도 없으니까 어쩔 수 없어. 다른 분들은 어서 식사를 시작해요."

보보를 제외한 모든 사람이 둘러앉아서 저며진 생선의 살을 집어 들고 먹기 시작했다. 모두들 아침을 굶은 참이라 환장을 하고 먹어댔다.

그 모습을 바라보던 보보가 군침을 꿀꺽 삼키더니 피코에게 물었다.

"피코, 맛있어?"

"응, 아주 맛있어. 고소해."

"그, 그래?"

"응."

"…꿀꺽!"

보보의 침 삼키는 소리가 무척 크게 들렸다. 그 소리에 모두 먹다 말고 보보를 바라봤다.

모두의 시선에 보보가 급히 고개를 돌렸다. 먹고는 싶은데 체면 때문에 못 먹는 안타까운 표정이었다.

보보가 생각했다.

'우우, 엄청 맛있게 먹네. 나도 먹는다고 할걸. 배고파 죽을 것 같다.'

그러고 있는데 팔뚝만한 고깃덩어리가 불쑥 보보의 눈앞으로 나타났다.

"엇?"

깜짝 놀란 보보가 바라보자 피코가 부드러운 생선 살을 들고 보보에게 내밀고 있었다.

"자, 사양하지 말고 한번 먹어봐. 맛없으면 뱉으면 되잖아?"

"음, 그, 그럴까? 한번 맛이나 볼까?"

보보가 못 이기는 체하며 그것을 받아 들었다. 그러자 유코가 말했다.

"야, 까불지 말고 이리 앉아서 같이 먹어. 쬐끄만 게 체면만 차리고……. 쯧쯧."

보보는 자존심이 상해서 얼굴이 빨개졌다. 그러자 피코가 보보의 팔을 잡아끌고 자리에 앉혔다.

"괜찮아, 보보. 신경 쓰지 말고 이리 앉아."

보보가 가만히 생선 살을 한입 베어 물었다. 그리고 오물오물 씹어보았다.

"어? 정말 고소한데?"

"맛있지?"

"응, 생각보다 맛있네."

웅가가 유쾌하게 웃었다.

"하하하, 생선은 역시 회라니까."

나리도 말했다.

"그럼요. 생선뿐 아니라 고기도 날것이 더 맛있어요. 그런데 지금 먹는 게 아침인가요, 점심인가요?"

나리의 질문에 웅가가 잠시 고민하는 척하더니 대답했다.

"글쎄, 시간이 어중간하군. 그냥 '아점'이라고 하세."

"아점이요? 하하!"

웅가의 넉살에 모두 한바탕 웃음을 터뜨렸다.

보보는 이제 염치 불구하고 생선회를 마구 입에 넣고 있었다.

그 모습을 보고 유코가 웃음을 터뜨리며 말했다.

"진작 그럴 것이지. 저럴 때 보면 보보가 아니라 바보 같아. 깔깔깔."

보보는 유코의 놀리는 말에 발끈했으나 뭐라고 반박하지는 않았다. 유코에게 약점이 잡혀 있어서 뭐라고 하기가 겁이 났기 때문이었다. 그것은 피코도 마찬가지여서 그녀 역시 뭐라고 하지 못했다. 속으로 이런 생각을 할 뿐이었다.

'쯧쯧… 가엾은 보보……. 미안해, 편들어주지 못해서…….'

다행스러운 것은 그나마 유코가 피코에게는 시비를 잘 걸지 않는다는 것이었다. 그것은 남자와 여자의 미묘한 차이였다. 여자가 남자를 놀리는 것과 같은 여자를 놀리는 것에는 미묘한 감정의 차이가 있는 것이다.

같은 여자끼리 잘못 자존심이나 감정을 건드리면 정말 대판 싸움이 날 수도 있다. 유코가 그런 점을 알고 의도적으로 그러는 것은 아니었지만 본능적으로 느껴지는 위협에 의해서 피코와의 싸움을 피하게 되었던 것이다. 물론 보보가 워낙 만만하게 보이는 탓도 있었지만.

어쨌든 보보를 포함해 모든 일행이 늦은 아침을 마쳤다. 생선회를 배 터지게 먹고 나자 유코는 퍼쿵을 먹일 죽을 준비했고 나머지 일행은 선물을 가지고 족장을 만나기 위해 밖으로 나갔다. 벌써 해는 하늘 정중앙에 떠 있었다. 인사를 마치는 대로 서둘러 출발할 예정이었다.

늦겨울의 짧은 해는 순식간에 저물어 버리는 법이었다. 바람의 방향이 반대이기 때문에 돌아가는 데는 올 때보다 훨씬 시간이 걸릴 것이다. 오늘 밤 안에 치요와 자리코에게 돌아가려면 서둘러야 했다.

아직 채 날이 밝기도 전에 자리코는 잠에서 깨어났다. 가만히 눈을 떠보니 치요는 간밤에 앉았던 그 자리에 꼼짝 않고 앉아 하늘을 바라보고 있었다. 밤이 새도록 전혀 움직이지 않은 모양이었다.

'도대체 저 아이는 하늘의 무엇을 바라보는 것일까? 신비한 아이야…….'

어두컴컴한 바닷가에 모닥불이 피워져 있고 그 옆에 앉은 조그맣고 하얀 아이라니……. 게다가 치요는 어둠 속에서 희미하게 빛을 발하기 때문에 더욱 신비한 느낌을 주었다.

곧 날이 밝을 것이다. 어제 새벽 일행이 퍼쿵을 싣고 떠난 지 만 하루가 되었다. 어제도 날이 밝기 전에 출발했으니까…….

자리코가 가만히 몸을 일으키자 그 소리를 듣고 치요가 고개를 돌렸다.

"왜 벌써 일어나? 좀 더 자지. 날 새려면 아직 멀었는데……."

"매일 이 시간에 일어나는걸. 아침 식사 준비해야지."

"천천히 먹지 뭐. 좀 더 자. 시간은 충분하니까."

"아니야, 습관이 되어서 잠도 안 와. 게다가 어제는 일도 안 하고 하루 종일 쉬었잖아. 쌓였던 피로가 다 풀렸어. 우레는?"

주위를 둘러보다가 우레가 없다는 것을 알고 묻던 자리코가 문득 몸을 꼿꼿이 펴더니 재빨리 모포 밑으로 손을 집어넣어서는 무엇인가를 더듬어 찾았다.

치요가 물었다.

"왜? 뭐 잃어버렸어?"

"아, 아니, 그냥……."

곧 손을 뺴낸 자리코가 안심한 표정으로 대답했다.

"우레가 혹시 가져갔나 하고……. 헤헤, 안심이야."

치요가 피식 웃었다.

"내가 밤새도록 지키고 있었는걸. 우레는 돌아오지 않았어."

우레가 돌아오지 않았다는 말을 듣고 자리코의 표정에 금세 짙은 근심이 번졌다.

"그래? 어디 간 거야? 위험할 텐데……."

"그리 걱정하지 않아도 돼. 우레는 아주 영리한 녀석이니까. 생각보다 강하고."

"하지만 조그만 애가 맹수라도 만나면 어쩌려고……."

"덩치가 작아서 그렇지 우레도 육식동물이야. 게다가 날아다니잖아."

"그래?"

"응, 자리코보다는 훨씬 강하지."

"으응……."

치요의 마지막 말에 자리코가 조금 민망해하며 고개를 끄덕였다.

"나야 뭐… 숲에서 할 수 있는 일이 있어야지. 무서움도 많이 타고……."

치요가 웃었다.

"아무튼 걱정하지 않아도 돼. 쉽게 다칠 녀석이 아니야. 그리고 우레가 위험에 처하면 내게 느낌이 오니까 안심해."

"그래, 그렇다면 뭐. 그런데 치요, 느낌이 온다는 게 무슨 뜻이야?"

"응, 우리 일행의 이름 하나하나에 내가 주문을 걸어놓았거든. 그들의 목숨이 위태롭게 되면 약한 신호를 내게 되어 있어. 내가 느낄 수 있도록 말야. 물론 우레의 경우는 다르지. 녀석은 자체로 강한 마력을 가지고 있기 때문에 주문에 관계없이 어디쯤 있는지 정도는 느낄 수 있으니까."

자리코가 바싹 다가앉으며 물었다.

"혹시… 나에게도 주문을 걸어놓았어?"

"물론이지. 처음 오던 날 걸어놨으니 걱정 마. 자리코가 아주 위험한 상황에 놓이게 되면 내가 느낄 수 있어."

자리코가 활짝 웃으며 말했다.

"그래? 고마워, 치요. 그 말 들으니 좀 안심이 된다."

얘기하는 사이에 날이 훤하게 밝았다.

"어? 날이 샜네? 이제 정말 아침 준비 해야겠다."

자리코가 일어나서 모닥불에 장작을 넣은 다음 고기를 썰기 시작했다. 이어서 고기를 굽자 구수한 냄새가 연기와 함께 피어올랐다. 연기는 방어진을 빠져나가 숲으로 퍼져 나갔다.

그러나 우레는 돌아오지 않았다.

치요가 고개를 갸웃거렸다.

"정말 멀리 가버린 모양인걸? 음식 냄새는 몇 킬로미터 밖에서도 맡을 수 있는 녀석인데……."

"이 근처에 없어?"

"글쎄? 밤새도록 주위를 빙빙 돌았는데 조금 전에 어디론가 멀리 날아간 것 같아. 느낌이 거의 사라졌어. 하지만 우레 녀석은 코가 무척 밝아서 아무리 멀리 있더라도 이 냄새를 못 맡을 리가 없는데 좀 이상하긴 하다."

자리코가 걱정스럽게 물었다.

"그럼 어떡하지?"

치요가 대수롭지 않다는 듯이 고기를 집어 한입 물어 씹으며 말했다.

"신경 쓰지 마. 전에도 이런 일 있었어. 그때는 나가서 몇 달이나 돌아오지 않았지. 그래도 주기적으로 찾아와서 집 주위를 빙빙 돌았는걸. 신경 쓰지 말고 어서 먹어. 결국에는 돌아오니까."

"그래도 밥은 먹어야지."

"우레 녀석도 사냥할 줄 알아. 아니, 아주 선수지. 제가 알아서 뭐라도 잡아먹을 거야. 자, 어서 먹으라니까."

치요가 자리코의 손에 잘 익은 고깃덩이를 쥐어주자 그제야 그녀도 식사를 시작했다.

식사를 하며 자리코가 물었다.

"치요, 우레가 왜 집을 나간 거야?"

"전에는 나한테 벌받고 화가 나서 가출했던 거고 이번에는 아마 심심해서 잠깐 나간 것 같아."

"심심해서?"

"응, 유코가 없으니까. 전에 가출했을 때도 유코가 우리와 살게 되자 바로 돌아왔었거든. 그 후로 우레는 유코만 따라다녔어. 이번에도 유코가 돌아오면 우레도 돌아올 거야. 두고 봐."

"우레가 유코를 그렇게 좋아해?"

"그동안 봐왔잖아. 맨날 두들겨 맞으면서도 유코 꽁무니만 졸졸 따라다니는 거 못 봤어? 그 둘의 관계는 아주 미스터리야. 도대체 알 수가 없어. 후후."

아침 식사가 끝나고 치요가 잠자리에 들었다. 그는 자리코가 만들어 놓은 간이 천막 안에 들어가며 말했다.

"웬만하면 방어진 밖에는 나가지 마. 정 급한 일이 아니라면 말이야. 땔감은 간밤에 내가 충분히 가져다 났으니까 염려 말고."

"응, 고마워. 염려 말고 푹 자."

치요가 잠이 들자 자리코는 또 멍하니 바다를 바라보고 앉았다.

너무나 외롭고 심심했다. 우레가 가출한 이유가 이해가 갔다. 오죽 하면 밥 먹으러도 오지 않았을까 싶었다.

'정말 너무 외롭구나. 가족이 이렇게 중요하다는 것을 어제에 이어 서 오늘도 절실히 느낀다……'

가만히 앉아서 하루를 보낸다는 것이 너무나 힘들다는 것을 깨달았 다. 이틀째 아무 일도 하지 않고 아무와 얘기도 하지 않은 채—물론 간 밤에 치요와 나눈 얘기는 그동안 누구와 나눈 얘기보다도 많은 양이었지만—보 내고 있는 자리코는 그동안 얼마나 자신이 뒤를 돌아보지 않았는지, 주 위를 살피지 않았는지 알 수 있었다.

'그래, 난 너무 편안하게 살아왔나 봐. 어린 치요보다도 생각이 짧으 니……'

얼마의 시간이 흘렀는지 몰랐다. 해가 떠오른 지 얼마 되지도 않았 는데 벌써 중천 가까이 솟아올라 있었다.

'시간 참 잘 간다. 어쩌면 저렇게 빨리 해가 지는 걸까?'

무심히 바다와 하늘을 번갈아 바라보며 시간을 짐작하던 자리코가 갑자기 고개를 숙였다.

'윽! 배가……'

갑자기 밀려오는 복통에 그녀가 아랫배를 움켜쥐었다.

'그러고 보니 어제부터 한 번도 볼일을 보지 않았네.'

갑자기 바뀐 환경 탓으로 몸이 긴장해서인지 볼일 보는 것도 잊고 있었다. 그러다가 갑자기 너무 급해지자 더 이상 참을 수가 없었는지 몸이 신호를 보내고 있는 것이다.

'안 되겠다. 읍!'

자리코는 너무 급해서 이것저것 따질 겨를이 없었다. 후닥닥 일어난 자리코는 엉거주춤 아랫배를 쥐고서 방어진을 나갔다. 방어진 바로 옆의 숲은 시조들의 무덤이 있는 것이 밝혀져서 그쪽에 실례를 할 수는 없었다.

할 수 없이 좀 더 멀리 떨어진 숲 속으로 힘겨운 발걸음을 옮긴 자리코가 겨우 자리를 잡고 앉았다. 치마를 걷어 올리고 속옷을 내리기가 무섭게 처절한 소리와 함께 그녀를 괴롭히던 덩어리가 약간의 국물과 함께 쏟아져 나왔다.

"으응… 아……!"

고통스러운 신음에 이어서 뭔가 희열에 찬 듯한 감탄사가 자리코의 입에서 차례로 터져 나왔다.

'우, 속은 시원한데 냄새가 지독하군. 하긴 이렇게 양이 많으니……. 어서 흙으로 덮어야지. 누가 보면 창피해.'

볼일을 마친 자리코가 속옷을 올리고 일어나 아직 덜 녹은 땅을 뾰족한 돌멩이로 흙을 긁어 모아 자신이 남긴 흔적 위에 덮었다.

힘겹게 작업을 한 후 말끔히 흔적을 감추는 데 성공한 자리코가 방어진으로 돌아가려는 순간 반대 편 숲 쪽에서 무엇인가 작은 움직임이 느껴졌다. 멈칫 고개를 돌려보니 조그만 토끼 한 마리가 귀를 쫑긋 세운 채 바라보고 서 있었다.

"어머, 예뻐라!"

토끼는 아직 어린 새끼였다. 겨울을 맞아 하얗고 보송보송한 털을 뒤집어쓴 채 새까맣고 동그란 눈으로 바라보는 모습이 너무나 귀여웠다. 자리코가 미소를 지으며 허리를 구부려 토끼에게 손짓을 했다.

"이리 와, 아기 토끼야. 어서……. 언니는 나쁜 사람이 아니란다."

그러나 토끼는 의심스런 표정으로 고개를 갸웃거리더니 뒤로 두어 발짝 물러났다.

자리코도 한 걸음 토끼를 향해 다가갔다. 그리고 다시 손을 앞으로 내밀어 손가락을 살짝 흔들었다.

"괜찮다니까. 잡아먹지 않을게. 어서 이리 와보렴."

토끼는 도망가는 것도 아니고 가까이 오는 것도 아닌 상태로 일정 거리를 유지하면서 자리코를 살펴보고 있었다.

자리코가 문득 주머니에 손을 넣었다.

'맞아, 이게 있었지!'

다시 꺼낸 그녀의 손에는 도토리가 대여섯 알 쥐어져 있었다.

"자, 언니가 맛있는 것 줄게. 겁내지 말고 이리 오렴."

그런다고 야생 동물이 말을 알아들을 리도, 다가올 리도 없었지만 자리코는 사냥을 해본 경험이 없었기 때문에 자신이 친절하게 대하면 새끼 토끼가 그 맘을 눈치 채고 다가올 것이라 믿고 있었다. 먹고 먹히는 약육강식의 자연을 잘 몰랐던 것이다.

자리코가 손에 쥐고 있던 도토리 중 한 알을 살짝 토끼 앞으로 굴렸다. 토끼는 깜짝 놀라 한 걸음 뒤로 물러섰다가 잠시 후 귀와 코를 쫑긋거리며 냄새를 맡아보더니 재빨리 다가와서 도토리를 앞발로 집어 입에 쏙 집어넣고 다시 뒤로 물러났다.

"어머, 귀여워!"

자리코는 그 모습에 작게 소리를 지르며 웃었다. 그리고 다시 도토리 한 알을 토끼 앞으로 던졌다.

데구르르 도토리가 굴러가자 토끼가 얼른 앞으로 달려나와 또 그것을 입에 집어넣었다. 겨울이라 먹을 것이 귀해서인지 이번에는 별로 경계하는 것 같지도 않았다.

"아하하, 너무 귀엽다. 잠깐만, 더 줄게."

그때 어디선가 또 한 마리의 새끼 토끼가 쪼르르 달려왔다.

"어머? 한 마리가 더 있었네?"

이번 토끼는 먼저 나온 녀석보다 좀 더 작았다.

"동생인가 보구나? 호호. 좋아, 언니는 도토리를 많이 가지고 있단다. 사이좋게 나눠 먹어."

자리코가 쥐고 있던 도토리를 모두 앞으로 굴리자 새로 나온 녀석은 멍청히 바라보고 있었고 먼저 나온 녀석이 네 알의 도토리를 모두 입에 넣어버렸다. 그 녀석의 양 볼이 불룩하게 튀어나왔다.

"어머, 너 혼자 먹으면 어떡해? 동생에게도 나누어 주어야지."

자리코가 다시 주머니에 손을 넣어 도토리를 한 줌 꺼내더니 좀 더 멀리 떨어져 있는 동생 토끼에게 던졌다. 동시에 입에 가득 도토리를 문 토끼가 도토리를 향해 달려가자 작은 동생 토끼는 깜짝 놀라서 뒤로 물러났다.

"안 돼, 너 혼자 먹으면 욕심쟁이!"

자리코가 야단을 치며 토끼들을 향해 걸어갔다. 그러자 두 마리의 토끼가 깜짝 놀라며 멀찌감치 달아났다.

"어? 이 애들이? 언니는 도토리를 나누어 주려는 거야. 어서 이리 와."

자리코가 도토리를 주워 하나씩하나씩 던져 주는 동안 점점 방어진으로부터 거리가 멀어지고 있었지만 그녀는 깨닫지 못했다. 다만 예쁜 토끼에 정신이 팔려서 혼자 돌아다니면 안 된다는 것을 까맣게 잊고 있었던 것이다.

두 마리의 토끼들은 어느새 양 볼이 불룩해져서 얼굴의 몇 배나 되도록 늘어나 있었지만 그래도 던져 주는 도토리를 계속 주워 담았다.

"호호호, 너희들 그러다가 볼이 터지는 거 아니니?"

그렇게 웃다가 문득 정신이 든 자리코가 허리를 펴고 주위를 둘러보았다.

"어머? 여기가 어디지? 너무 멀리 나왔나 봐."

급히 뒤를 돌아보았으나 어느새 방어진은 보이지 않았다.

더럭 겁이 난 자리코가 몸을 부르르 떨었다.

"어서 돌아가야겠다. 얘들아, 이만 작별을 해야 해. 언니는 집에 가야 하거든. 그럼 잘 살아."

토끼들에게 작별 인사를 한 자리코가 방금 걸어오던 방향으로 되돌아 걷기 시작했다.

서둘러 오던 길로 되돌아갔지만 왠지 방어진은 보이지 않았다.

'이상한데? 이 정도 걸었으면 방어진이 보여야 할 텐데… 너무 멀리 걸어왔나?'

자리코는 멈추어 선 채 주위를 둘러보았다. 아무리 살펴봐도 낯익은 나무나 바위는 보이지 않았다. 더군다나 숲의 작은 오솔길을 따라 이리저리 구불구불 따라왔기 때문에 방향도 잘 분간이 가지 않았다.

'큰일이야. 길을 잃었나 봐. 어떡하지? 어떡해? 아, 무서워!!'

자리코의 몸이 덜덜 떨리기 시작했다. 그리고 자신이 걸어왔다고 생각되는 방향으로 달리기 시작했다. 그러나 그녀는 깨닫지 못하고 있었다. 숲 속에 나 있는 토끼의 길이란 것이 원래 일정하게 나 있기는 하지만 그 길만 보고 달리다 보면 일정하게 원을 그리게 된다는 것을 말이다. 숲에 대해서 전혀 모르는 자리코가 그것을 알 리 없었다.

게다가 처음 자리코가 볼일을 본 곳이 항상 가던 곳이 아니라 그녀로서는 처음 가본 좀 떨어진 곳이었기 때문에 아무리 같은 길을 돌아도 낯익은 지형이 나올 리 만무하다는 걸 생각지 못하고 있었다.

한참을 달린 자리코의 이마에서 땀이 흐르기 시작했다. 몸도 후끈 열이 났고 찬 기운에 의해 온몸에서 김이 오르고 있었지만 아무리 달려도 아는 길은 나오지 않았다.

'흑, 어떡해? 무, 무서워. 흑흑.'

겁에 질린 자리코의 눈에서 눈물이 흐르기 시작했다. 얼마나 오래 달렸는지 몰랐다. 다리도 아프기 시작했고 발바닥에도 물집이 잡힌 듯 욱신거리는 것이 느껴졌다.

자리코는 아무리 달려도 아는 길이 나오지 않자 점점 겁에 질리기 시작했다.

'혹시 반대 방향으로 달리고 있는 것은 아닐까?'

그런 생각을 한 자리코가 달리는 것을 멈추었다. 그리고 뒤를 돌아보았다. 그러나 확인할 길이 없었다. 하늘을 바라봤다. 아직 해가 하늘 높이 떠 있는 것을 보니 그리 오래된 것 같지는 않았다. 그러자 약간 안심이 된 자리코가 기억을 더듬어보았다. 동서남북의 방위를 따져 보려는 생각이었다.

'침착해야 해. 처음 방어진에서 나와 들어갔던 숲이 어느 방향이었더라? 음……'

곰곰이 생각을 정리했다. 그러자 어느 정도 방향을 잡을 수 있을 것 같았다.

'바다가 서쪽이었으니까… 내가 볼일을 본 숲은 분명히 북쪽이었어. 동쪽에는 우리 시조들의 무덤이 있어서 가지 않았으니까……. 그리고 볼일을 마치고 토끼를 따라 들어간 숲은?'

거기서부터 생각이 나지 않았다. 토끼를 발견하면서부터 정신이 팔려 자신이 어느 쪽으로 걸어왔는지 알 수가 없었다.

'서쪽은 분명히 아니고… 일단 남쪽으로 가볼까?'

그녀가 눈물을 소매로 닦으며 하늘을 바라봤다. 그러나 해를 바라봐도 어디가 어딘지 분간하기가 어려웠다. 지금 시간이 얼마나 되었는지도 잘 모르겠고, 또 해가 기울어져 있는 방향이 남쪽인지 동쪽인지, 아니면 서쪽인지도 알 수 없었다.

"어떡하지? 방향을 전혀 모르겠네."

사실 어린 시절부터 숲에서 뛰놀아본 적이 한번도 없었던 자리코에게 방향을 찾는 것은 애당초 무리였다.

"난 몰라. 이제 어떡해? 흐흑."

자리코가 주저앉으며 다시 울음을 터뜨렸다.

그 자리에 주저앉아 잠시 흐느끼던 자리코가 고개를 들었다.

'맞아, 치요가 찾으러 올지도 몰라. 내가 없어진 것을 알면 찾으러 올 거야.'

그녀는 움직이지 않기로 마음을 먹었다. 그 자리에 앉아서 기다리기로 한 것이다.

달리다가 멈춘 지 몇 분 되지도 않는데 추위가 느껴졌다. 땀이 식기 시작한 것이다. 덜덜 떨리는 몸을 잔뜩 웅크리고 주위를 살피며 귀를 기울였다. 혹시 자신을 부르는 소리가 들리지 않을까 해서였다. 그러나 들리는 것은 차가운 바람이 나뭇가지를 스치는 소리뿐이었다.

그녀는 한 가지 중요한 사실을 잊고 있었다. 치요가 지금 자고 있다는 것을 말이다. 만일 깨어 있었다면 자리코가 오래 돌아오지 않으면 바로 찾아나섰겠지만 해가 지고 나서야 깨어날 치요가 그녀의 실종을 알 리가 없는 것이다.

그렇게 웅크리고 시간을 보내던 자리코는 그제야 그 생각을 해냈다. 치요가 자고 있다는 것을 깨달은 것이다.

'아, 그렇지. 치요는 내가 없어진 것을 모를 거야. 오늘 저녁 해가 질 때까지는……. 그럼 어떡하지? 어두워지면 들짐승이 나올 텐데……. 흑!'

그녀는 다시 울음을 터뜨렸다. 그리고 가만히 일어서더니 소리 높여 치요를 불렀다.

"치요! 치요! 나 좀 구해줘! 엉엉, 치요!"

목이 쉬도록 불렀지만 돌아오는 것은 여전히 바람 소리뿐이었다.

"엉엉, 치요……."

소리 지르다 지친 그녀는 다시 걷기 시작했다. 그녀의 손과 뺨은 이미 파랗게 얼어 있었다. 하염없이 걷다가 문득 어두워졌다는 생각에 하늘을 올려다보니 어느새 해가 보이지 않았다. 해는 도대체 어디로 가버렸는지 아직 주위는 환한데 전혀 보이지 않았다.

"어? 해가 어디로 가버렸지?"

그녀는 정말 아무것도 모르고 있었다. 산속에서는 해가 빨리 진다는 것을 말이다. 평지에서는 아직 해를 볼 수 있는 시간이라 하더라도 깊은 산속에서는 골짜기와 산봉우리, 그리고 빽빽한 나무숲에 가려져 평지보다 몇 시간 일찍 해와 작별을 하게 되는 것이다. 그리고 일단 해가 지고 나면 그 다음에는 순식간에 칠흑 같은 어둠에 싸이게 된다는 것도…….

해가 없어지고 나니 방위를 분간하기가 더욱 어려웠다. 아까 해가 있을 때 길을 더 찾아볼 걸 하고 후회했으나 이미 때늦은 후회였다.

자리코는 걸음을 옮기며 중얼거렸다.

"그래, 꼭 치요가 찾으러 올 거야. 내 이름에 주문을 걸어놓았다고 했으니까… 내가 위험에 처하면 느낄 수 있다고 했으니까… 치요가 날 찾으러 올 거야."

그녀는 이제 멀리 갈 생각이 없었다. 다만 너무 추워서 왔다 갔다 제자리를 돌며 걷는 중이었다. 열을 내기 위해서였다. 파랗게 언 손으로 팔과 다리, 뺨을 주무르며 계속 걷고 있었다.

그러나 그녀가 모르고 있는 것이 몇 가지 더 있었다.

첫째, 치요가 걸어놓은 주문은 그녀가 목숨이 위태로운 최악의 상황에서만 발효된다는 사실이었다. 지금과 같은 막연한 공포와 두려움의 상황에서는 그 주문의 효력이 발생하지 않는다. 죽음을 눈앞에 둔 사람의 절박한 감정만이 구조 신호를 보낼 수 있었다.

둘째, 만일 그녀의 목숨이 정말 위태로운 상황이 되어 주문의 효력이 발현된다 하더라도 지금의 상황에서는 치요가 재빨리 찾으러 올 수가 없다는 사실이다. 그 이유는 우레가 없기 때문이었다. 치요는 몸이 약해서 먼 거리를 빠르게 이동할 수 없었다. 우레를 타고 날아다니는 것이 치요에게 있어서는 유일한 고속 이동 수단이었다. 그런데 우레는 어디로 갔는지 보이지 않았으니 치요가 자리코의 구조 신호를 느끼게 되었다고 하더라도 지금으로써는 달려올 방법이 없는 것이다.

셋째, 자리코 자신은 전혀 모르고 있었지만 몇 시간을 걷고 달리는 동안 그녀의 위치는 방어진에서 엄청나게 멀리 떨어진 산속으로 이동해 있다는 점이었다. 토끼가 매일 다니는 길은 수킬로미터에 이르는 방대한 부정형의 폐곡선을 이루고 있어서 결코 그 거리를 무시할 수 없었다. 불행하게도 자리코는 그 길을 따라 방어진의 정반대 방향으로 열심히 달려왔던 것이다.

그때였다.

빙빙 제자리를 돌며 걷고 있는 자리코의 귀에 무슨 소리가 들렸다.

부스럭!

'엇!'

깜짝 놀란 자리코가 급히 입을 막아 터져 나오려는 비명을 가까스로 멈추며 고개를 돌렸다.

'뭐, 뭐지?

자리코는 동작을 멈춘 채 소리나는 곳을 유심히 살폈다. 그러나 아무것도 보이지 않았고, 소리도 더 이상 들리지 않았다.

그녀의 몸이 덜덜 떨리기 시작했다. 별의별 생각이 머리 속을 스쳐갔다.

'매, 맹수인가? 아님 바람 소리? 혹시 치요가 날 찾으러 왔나?'

그러나 아무리 생각해도 치요는 아닐 것 같았다. 만일 치요였다면 자신을 부르는 소리가 들렸을 것이다.

한참을 바라봐도 더 이상 아무 기미가 없자 애써 마음을 진정시키며 다시 걸음을 옮겼다. 그리고 조금 걷다가 문득 눈앞에 보이는 나무로 다가가 손에 적당한 굵기의 가지를 쥐고는 매달리기 시작했다.

뚝!

한참 힘을 쓴 자리코는 가까스로 그 가지를 부러뜨릴 수 있었다. 이어서 잔가지를 다 떼어내 버리고 나니 꽤 괜찮은 몽둥이가 완성되었다.

'됐어, 이것을 가지고 있으면 문제없을 거야. 훌쩍.'

소매로 눈물, 콧물을 닦아낸 자리코가 손아귀에 힘을 주어 몽둥이를 잡고 두어 번 휘둘러 보았다.

붕! 붕!

날카롭게 바람을 가르는 소리가 들리자 조금 안심이 되는 듯했다. 비록 허공이었지만 자신이 몽둥이를 들고 휘두르게 되리라고는 상상도 못했던 일이다. 어릴 적부터 싸움을 싫어했던 자리코는 칼 싸움 흉내도 내보지 않았다. 모든 일은 오빠가 다 해결해 주었기 때문에 몽둥이를 잡거나 싸울 일도 없었다. 그런 자신이 직접 몽둥이를 들고 맹수를 쫓아야 된다는 사실이 기가 찼지만 그래도 조금은 스스로가 대견하다는 생각도 들었다.

그녀의 머리 속에 간밤에 치요가 했던 얘기가 맴돌았다.

"정말 위험이 닥치거나 사는 게 너무나 괴롭게 되더라도, 또 정말로 죽고 싶다는 생각이 들더라도 쉽게 포기하면 안 된다는 말이야. 그 말을 너희에게 해주고 싶었어."

그 말을 상기하자 조금 용기가 생기는 것 같았다.

'그래, 용기를 내자. 난 죽지 않아. 살아남을 수 있어. 그래서 결혼도 하고 아기도 낳을 거야.'

스스로에게 그렇게 다짐을 한 자리코가 몸을 돌려 한 발짝 내디디는 순간이었다.

부스럭!

다시 들려온 소리에 자리코는 급히 몸을 돌렸다.

"꺄악!"

돌아선 자리코의 입에서 짧은 비명이 튀어나왔다. 이번에는 제 입을 막지 못했다. 양손으로 기다란 몽둥이를 쥐고 있어서가 아니라 너무 놀라서였다.

그르르르……

막 떠오른 달빛에 비쳐 수풀에서 무엇인가 기어나오는 것이 보였고, 그 입에서 낮게 그르렁거리는 숨소리가 새어 나오고 있었다.

'……?'

좀 전에 소리가 들리던 수풀 속에서 고개를 내민 것은 새까맣고 커다란 머리에 파아란 빛을 발하는 두 눈을 가진 괴물이었다. 이미 어두컴컴해진 숲 속에서 그 짐승의 두 눈만이 반짝이며 광채를 쏘아내고 있었다.

무엇인지 알 수 없는 그 짐승은 커다란 머리를 내밀고 땅바닥에 바싹 웅크린 채 자리코를 노려보고 있었는데 내민 머리의 크기가 자리코의 몸통보다도 더 커 보였다.

"…아… 아아… 아……"

자리코는 그 자리에 얼어붙은 듯이 서서 사시나무 떨듯이 떨고 있었는데 이제는 비명을 지르지도 못했다. 소리를 지르면 당장 그 괴물이 덮벼들 것만 같았다.

그녀는 눈물을 줄줄 흘리고 있었다. 본능적으로 몽둥이를 앞으로 내밀고 있었지만 별로 소용이 없어 보였다.

마주 보는 자리코와 괴물의 대치 상황이 잠시 이어졌다. 괴물은 여전히 머리만 내민 채 새까만 머리를 좌우로 천천히 돌리며 주위를 살피고 있었다.

아주 잠깐의 시간이었겠지만 자리코에게는 그 시간이 무척 길게만 느껴졌다. 마치 그대로 멈추어진 것처럼, 아니, 멈추어지길 바랬는지도 몰랐다. 정체를 알 수 없는 괴물과 십여 미터의 거리를 두고 마주 보고 있는 이 상황이 벗어날 수 없는 것이라면 시간이라도 멈추길 바랬다. 저 괴물이 다가오지 못하도록 말이다.

'제, 제발… 가까이 오지만 말아줘. 부탁이야. 흑, 피코, 보보, 치요, 유코… 퍼쿵 오빠, 누구든지… 좀 와줘. 제발…….'

그녀는 그렇게 맘속으로 울부짖었다. 그러나 그녀의 바람과는 달리 아무도 찾아와 주는 사람은 없었다.

대신 웅크리고 주위를 살피던 그 괴물이 서서히 숲에서 기어나오기 시작했다.

'아, 안 돼……. 오지 마… 제발……. 가까이 오지 마…….'

겁에 질린 자리코가 뒷걸음질치기 시작했다. 그러나 부르짖는 자리코의 맘은 아랑곳하지 않고 괴물은 서서히 수풀에서 빠져나와 모습을 드러냈다.

"하아……!"

자리코의 입에서 김이 빠지는 듯한 낮은 신음 소리가 튀어나왔다. 그 괴물은 넉넉히 사오 미터는 되어 보이는 길이의 몸에 네 개의 짧은 다리로 마치 도마뱀처럼 바닥을 기어나오고 있었는데 온몸이 검은색이었고 어두운 주위 배경에 어우러져 잘 보이지도 않았다. 그렇게 커다란 몸체를 꾸불텅거리며 천천히 자리코를 향해 다가오고 있었던 것이다.

"아, 안 돼! 오지 마! 저리 가!"

자리코가 몽둥이를 있는 힘껏 휘두르며 소리치자 잠시 멈추어 서 상대를 살펴보던 괴물은 이내 다시 다가오기 시작했다.

자신과 괴물의 간격이 점점 좁아진다고 느낀 자리코가 몸을 휙 돌려 달리기 시작했다. 어디서 그런 용기가 났는지 자신도 알 수 없었지만 아까 얼어붙은 듯 움직이지 못하던 자리코는 이제 달리고 있었다.

그러나 그와 때를 같이하여 엉금엉금 기며 다가오던 괴물의 몸이 펄쩍 튀어 오르나 싶더니 그녀를 향해 던져지듯이 쏘아져 나왔다.

"까아악!"

사실 괴물은 튀어 오른 것이 아니었다. 여전히 기어오고 있었지만 그 속도가 엄청나게 빨랐기 때문에 자리코가 보기에는 날아오는 것처럼 느껴진 것이다. 비명을 지른 그녀는 죽을힘을 다해서 달아났으나 괴물과의 간격은 좀처럼 벌어지지 않았다. 오히려 시간이 지날수록 좁혀지고 있었다.

자리코가 울부짖었다.

"안 돼! 오지 마! 아아악! 사람 살려!"

울부짖으며 달리던 그녀의 코에 뭔가 비릿하고 고약한 냄새가 느껴진다고 생각하는 순간 자리코는 자신도 모르게 몸을 움츠리며 바닥에 주저앉았다.

그리고 달빛에 비친 괴물의 그림자가 머리를 감싸고 웅크린 자리코의 몸 위를 서서히 덮어가고 있었다.

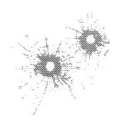

제6장 엇갈린 길

아침 겸 점심 식사를 마친 후 어족 족장을 만나러 갔던 네 사람이 돌아오고 있었다.

웅가가 입을 열었다.

"정말 고마운 종족이군. 도와준 것도 황송한데 이렇게 선물까지 주다니……."

웅가의 손에는 몇 가지 바다 풀과 말린 어물이 들려 있었다.

나리가 물었다.

"그게 뭡니까?"

"아까 듣지 못했나? 퍼쿵의 몸이 회복하는 데 도움이 될 만한 약이라고 했잖아."

"그건 들었는데… 제 말은 그게 뭐길래 먹으면 빨리 회복이 된다는 거냐고요?"

"나도 잘 몰라. 바닷속의 풀은 처음 보는 것이라서. 아무튼 그 어족 노인의 말에 의하면 이걸 먹으면 혈액 순환과 신진대사가 활발해져서 환자가 쉽게 일어설 거라고 했네."

보보가 말했다.

"지금 몇 시쯤 되었을까?"

피코가 하늘에 떠 있는 해의 방향을 살펴보고 대답했다.

"정오쯤 된 것 같은데?"

"피코, 바로 출발할 생각이야?"

"응, 남겨놓은 애들이 걱정돼서 말야. 더 지체할 수는 없을 것 같아."

보보가 고개를 끄덕였다.

"하긴 나도 자꾸만 불안한 생각이 들어. 어서 떠날 준비를 하자."

그때였다. 하늘의 해를 살피던 피코가 고개를 갸웃거렸다.

"어? 저게 뭐지?"

"뭐 말야?"

다른 세 사람이 모두 피코가 가리키는 방향을 바라봤다. 많은 물새 들이 하늘에 떠 있었는데 그 사이에서 조금 다르게 생긴 것이 하나 날 아오고 있었다. 다른 새들이 옆으로 길게 날개를 펼친 것과는 달리 그 것은 하얗긴 한데 날개가 없고 그냥 동그란 모양이었다.

나리가 말했다.

"새 아냐? 날고 있잖아."

그러자 웅가가 고개를 저었다.

"이상한데? 무슨 새가 날개가 없지? 날아다니는 걸 봐서 분명 물고 기는 아닐 테지만……."

네 사람은 멀리 떠 있는 그 하얀 점에 주목하고 있었다. 아주 작은 점이었던 그것은 점점 커지고 있었는데 다른 새들보다 훨씬 높이 떠 있는 것이 확실했다. 바로 머리 위까지 날아왔는데도 작은 점인 것을 보면…….

머리 위의 점을 유심히 바라보던 보보가 말했다.

"저거… 우레 아냐?"

피코도 고개를 갸웃거리며 말했다.

"우레? 우레가 왜 여기에? 그리고 보니 좀 비슷하게 생긴 것 같긴 하다. 하얗고 동그란 게."

그러자 웅가와 나리가 두 아이를 바라보며 물었다.

"우레가 날아다닐 수 있었나?"

"우레가 새였어?"

피코가 피식 웃으며 대답했다.

"아, 두 분은 모르셨군요. 우레는 새입니다. 그렇게 생기지 않아서 아는 사람이 별로 없어요."

"정말 희한하군. 그런 새는 본 적도, 들은 적도 없는데……."

"보고 계시잖아요, 지금. 킥킥."

피코가 하늘 위의 점을 가리키며 웃었다.

하얀 점은 바로 머리 위에서 빙빙 몇 바퀴를 돌았다. 그리고 나서 점점 크기가 커지는가 싶더니 무슨 돌덩이가 아닌가 싶게 빠른 속도로 떨어져 내리기 시작했다.

"어? 내려온다! 우레가 맞나 봐!"

그렇게 쏜살같이 내려오던 하얀 점은 일행이 보는 가운데 저만치 떨어진 바위 뒤로 그대로 내리꽂혔다.

"어어? 왜 저래? 그냥 떨어져 버렸잖아?"

"저렇게 빨리 떨어지면 다칠 텐데?"

"저거 우레 맞아?"

"어서 가보세."

네 사람은 재빨리 하얀 덩어리가 떨어진 방향으로 달려갔다. 그러나 그 자리에는 아무것도 없었다. 분명히 바위 너머로 떨어졌는데 깃털 하나 남아 있지 않았다.

나리가 말했다.

"이상하다. 우리가 뭘 잘못 봤나?"

웅가가 고개를 저었다.

"그럴 리가! 어떻게 네 사람이 똑같이 동시에 잘못 볼 수가 있나? 분명히 여기에 떨어졌어."

"그런 속도로 떨어졌는데도 죽지 않고 어디로 간 모양이군요."

"그런 모양이지. 아님 우리가 다른 장소로 달려왔든가."

피코가 말했다.

"아니에요. 우레는 아주 뛰어난 비행 실력을 가지고 있어요. 생긴 것답지 않게요."

나리가 믿지 못하겠다는 듯이 말했다.

"그래도 그런 속도로 떨어지면 죽을 수밖에 없을걸."

피코가 피식 웃었다.

"못 믿겠으면 움막으로 가보자고. 벌써 유코의 다리에 매달려서 아양 떨고 있을걸?"

"그럼 어서 가보지."

나리와 웅가는 믿을 수 없다는 듯이 말하며 움막으로 돌아왔다. 그리고 문을 여는 순간 돌아보는 우레와 눈이 마주쳤다.

"삐빗!"

"우레!"

움막 안에는 정말로 우레가 있었다. 피코의 말대로 유코의 다리에 매달려 부비적대다가 들어오는 사람들을 보고 소리를 지른 것이다.

나리가 놀라는 얼굴로 말했다.

"정말이었군, 우레가 새라는 게."

놀라기는 웅가도 마찬가지였다.

"아무리 새라도 그렇게 비행하는 새는 처음이야. 저 녀석, 대단한 녀석이었군."

유코가 달라붙는 우레를 밀어냈다.

"어머, 얘, 좀 떨어져. 왜 이렇게 문대고 그러니, 징그럽게. 모르는 사람이 보면 너랑 나랑 사귀는 줄 알겠다."

그러자 좀 불쌍해 보였는지 보보가 우레를 두둔했다.

"야, 너 좋다고 그러는데 너무 박대하지 마라. 오죽하면 혼자서 여기까지 찾아왔겠어?"

그러자 유코가 씨익 웃으며 우레를 안아 들었다.

"하긴… 내가 얼마나 좋았으면……. 녀석이 예쁜 것은 알아가지고. 호호호!"

"삐비비……."

우레는 신이 나서 유코의 품 안에 쏙 안겼다. 그리고 그녀의 가슴에 얼굴을 부벼대기 시작했다.

"깨액!"

그러다가 유코에게 머리를 쥐어박히고 비명을 질렀다.

"이 녀석은 기회만 되면 만진단 말야. 저리 가! 좀 안아주려고 했더니 안 되겠어."

"삐이잉……."

퍼쿵이 일어나 앉으며 물었다.

"치요와 자리코는 어쩌고 너 혼자 여길 찾아왔냐?"

"비비비… 삐비비비… 비비잇… 삐빗!"

우레가 뭐라고 주절대기 시작했다. 아무도 알아듣는 사람은 없었지만 녀석은 혼자 침을 튀기고 짧은 날개를 휘저어가며 뭔가를 설명하고 있었다.

피코가 물었다.

"유코, 우레가 뭐라고 하는 거야?"

"음, 자리코와 치요가 저를 구박해서 할 수 없이 나를 찾아온 거래요. 뭐라고? 응, 그래. 그랬어? 응."

유코는 뭐라고 떠드는 우레에게 대답도 하고 질문도 하며 한참 대화를 나누었다. 멍하니 바라보던 웅가와 나리는 그녀가 뭐 하나 싶었는지 다른 아이들에게 눈길을 돌리며 피식 웃었다.

보보가 설명을 했다.

"우레는 사람의 말을 할 수 없지만 치요와 유코는 우레의 말을 알아들을 수 있대요. 물론 우레도 두 사람의 얘기를 알아들을 수 있다고 하고요."

"그래? 정말 신기하구나."

"그렇군요."

한참 얘기를 듣던 유코가 통역을 했다.

"그러니까 우리가 떠나던 날 아침부터 아무도 저를 상대해 주지 않았대요. 식사를 할 때도 자기들끼리만 얘기하고 저는 완전히 무시를 했다나요. 저는 아무런 나쁜 짓도 하지 않았는데 때리고 쥐어박고 그랬다나 봐요."

그 말에 퍼쿵과 아이들이 피식 웃었다.

"그럴 리가……. 치요가 그런 아이도 아니고, 또 자리코가 우레를 구박할 리 없잖아? 얼마나 착한데."

"맞아, 우레가 뭔가 수작을 부린 거 아냐?"

"호호, 나도 믿을 수는 없지만 하여튼 우레는 그래서 날 찾아 여기로 온 거래."

피코가 말했다.

"어쨌든 우레도 대단하다. 그 멀리서 어떻게 여길 찾아온 거지?"

퍼쿵이 웃었다.

"하하, 우레는 후각이 대단하잖아. 특히 유코 냄새는 천 리 밖에서도 맡을걸? 유코는 처음 만날 때부터 우레에게 찍혔잖아?"

보보와 피코도 따라 웃었다.

그러자 유코가 한쪽 눈썹을 치켜뜨며 말했다.

"흥, 무슨 말들을 하는 거예요? 암만 그래도 난 퍼쿵 오빠의 여자란 말이에요. 그죠, 여보?"

말을 마친 유코가 퍼쿵의 가슴 속으로 와락 달려들었다. 그러자 퍼쿵이 화들짝 놀라며 말을 더듬었다.

"엇! 여, 여보라니……? 제발 그 소리 좀 하지 마라. 난 듣기가 너무 민망해서……."

유코는 이 퍼쿵이 깨어난 뒤로 기회만 되면 '자기', 또는 '여보'라고 부르며 안기려 했다. 당연히 퍼쿵은 그 말을 들을 때마다 얼굴을 붉히며 어쩔 줄 몰라 했지만 유코는 전혀 아랑곳하지 않는 것 같았다. 그녀의 주장에 의하면 자신이 퍼쿵의 온갖 부끄러운 것을 다 보았기 때문에 이제는 어쩔 수 없이 둘은 결혼할 운명이라는 것이었다.

밀어내려는 퍼쿵과 안기려는 유코가 묘한 광경을 연출하고 있는데 그 뒤에서 우레가 유코의 엉덩이에 와락 달려들어 매달렸고 유코는 또 우레를 밀어내려 애쓰고 있었다. 그러니 그 모양새가 가관이었다.

"우레! 저리 떨어지지 못해?"

"삐빗!"

"유코, 제발 이것 좀 놓고 말해라. 응, 유코!"

잔뜩 뒤엉킨 그 모습에 나리와 웅가, 피코가 웃음을 터뜨렸다.

나리가 말했다.

"하하하, 저것 완전히 삼각관계로군요."

"그러게 말일세. 사랑에는 국경도 없다더니……. 와하하!"

"킥킥, 어떻게 해야 할지 난감하네 정말."

그 뒤에서 보보가 겨우 웃음을 참아내려 애쓰고 있었다.

'크큭, 정말 유코와 우레는 닮은꼴인 것 같아. 어쩌면 저렇게 성격이 비슷할까. 크크크.'

한참 소동을 벌인 후 결국 우레는 유코에게 몇 대 쥐어박히고 말았고 그 틈에 퍼쿵도 몸을 빼내는 데 성공했다.

퍼쿵이 일어서며 말했다.

"어서 출발할 준비를 하자. 서둘러야지."

피코가 말렸다.

"어? 일어나도 괜찮아? 아직 정상이 아닐 텐데?"

웅가도 말리고 나섰다.

"그래, 당분간은 좀 안정을 취해야 하지 않겠나? 우리가 준비할 테니 오늘은 나서지 말게."

"그래요, 형. 완전히 나을 때까지는……."

퍼쿵이 미소를 지었다.

"이미 완전히 회복이 된 것 같아. 가만히 있는 것보다 조금씩 운동을 하는 편이 더 좋을 것 같다는 생각이 들어. 그리고… 여기 누워 있는 게 그리 편하지는… 않은… 데……."

퍼쿵이 말을 흐리며 곁눈질로 유코를 슬쩍 훔쳐봤다.

그 말에 사람들이 무슨 의미인지 알겠다는 듯이 고개를 끄덕이며 피식 웃었다.

그러나 눈치 빠른 유코가 그 의미를 못 알아들을 리 없었다.

그녀가 벌떡 일어나며 소리쳤다.

"오빠, 그게 무슨 말이에요? 그럼 그동안의 제 간호가 마음에 들지 않았단 말이에요?"

벌써 그녀의 얼굴은 벌겋게 달아올라 있었다.

"아, 아니, 그렇지 않아, 유코. 얼마나 고맙게 생각하는데……. 그저 난… 운동을 조금씩 하는 편이 몸에 더……."

"됐어요! 저는 정말 열심히 했는데……. 저, 정말… 오빠를 위해서 열심히……. 흑! 오빠가 죽으면 따라 죽으려고까지 생각했었는데……. 흑흑!"

별안간 유코가 두 손으로 얼굴을 감싸며 울음을 터뜨리자 우레가 양 허리에―어디가 허리인지 분간이 되지는 않았지만―그 짧은 날개를 척 얹고 퍼쿵을 잡아먹을 것처럼 노려보았다. 마치 제 애인을 울려서 혼내주기라도 하겠다는 듯이…….

퍼쿵이 어쩔 줄 모르며 유코에게 다가가 어깨에 두 손을 가만히 올렸다. 커다란 퍼쿵의 양손이 가녀린 유코를 감싸자 마치 그 안에 쏙 들어갈 것처럼 보였다.

"유코야, 미안하다. 그런 뜻이 아니었어. 울지 마. 오빠가 사과할게. 응? 유코야?"

"엉엉! 미워요, 오빠. 절 거부하시고……. 엉엉."

"어? 거, 거부?"

"그래요. 제 사랑을 안 받아주셨잖아요? 엉엉."

"그, 그게 또 왜 얘기가 그렇게 풀리는 거냐?"

"몰라요, 몰라! 전 이제 살고 싶지 않아요. 엉엉!"

유코는 무슨 난리가 난 것처럼 울어댔다.

그녀의 돌연한 변화에 익숙하지 못한 나리와 응가는 그저 멍하니 어쩔 줄 모르며 어리둥절해져 버렸다. 이미 익숙한 피코와 보보는 별로 놀라지도 않았지만…….

퍼쿵은 너무 미안한지 땀을 뻘뻘 흘리며 유코를 달래려고 애를 썼다. 그러나 좀처럼 유코의 울음은 그치지 않았고, 옆에서 우레가 퍼쿵의 발뒤꿈치를 톡톡 차며 꾸짖는 듯이 중얼거리자 분위기는 한층 더 심란했다.

보다 못한 응가가 작은 목소리로 한마디 했다.

"어, 여보게, 퍼쿵. 어서 사랑한다고 말을 하는 게 어떻겠나? 유코가 바라는 것은 자네의 사랑인 것 같은데……."

"하, 하지만… 그런……."

"엉엉엉, 이제 됐어요. 저는 오빠가 절 사랑하지 않는다는 것을 알아버리고 말았어요. 엉엉."

그러자 피코가 한숨을 푹 내쉬더니 퍼쿵에게 다가가 귓속말로 말했다.

"퍼쿵, 어차피 이렇게 된 거 그렇게 말해 줘. 뭐, 나쁠 것도 없잖아? 우린 서로 모두가 사랑하는 가족이잖아."

"그, 그렇긴 하지만… 그런 말을 했다가는……. 상대는 유코라고."

퍼쿵이 망설이는 것은 사랑한다는 말을 할 경우 그 다음에 올 유코의 오해가 더욱 두렵기 때문이었다.

피코가 다시 속삭였다.

"게다가 유코가 퍼쿵을 저렇게 좋아하는 것도 사실 나쁠 건 없잖아? 쟤는 퍼쿵의 말밖에 안 듣고 사실… 뭐 좀 괴팍하지만 착하기도 하고… 그냥 동생을 사랑한다는 의미로 생각해."

퍼쿵이 할 수 없다는 듯이 한숨을 내쉬더니 유코의 두 손을 끌어내리고 고개를 들게 해서 눈을 마주 봤다.

그러자 눈치 빠른 보보가 다른 사람들에게 눈짓을 하더니 모두 밖으로 몰고 나갔다. 피코도 우레의 뒷덜미를 거머쥐고 밖으로 따라나왔다.

"삐비빗! 삐빗!"

우레가 유코에게서 떨어지지 않으려고 발버둥 쳤지만 피코의 손아귀에서 빠져나올 수는 없었다.

움막 안에 두 사람만 남게 되자 퍼쿵이 유코의 두 손을 마주 잡고 조용한 음성으로 입을 열었다.

"유코야, 그만 울음을 그쳐. 오빠가 잘못했다. 오빠는 정말 유코에게 고맙게 생각하고 있어."

"거짓말!"

"정말이야."

"하지만 아까는 저를 피해서 도망가려고 했잖아요."

"그건 운동을 하기 위해서라고 했잖아. 유코는 오빠 말 안 믿어? 믿지도 않으면서 어떻게 오빠를 좋아한다고 했어?"

"…믿어요."

퍼쿵이 빙그레 미소를 지었다.

"그럼 왜 이렇게 울고 그래? 오빠 말 하나도 안 믿어서 그런 거 아냐? 그럼 오빠도 유코가 오빠를 좋아한다는 거 안 믿을 거야."

그 말에 유코가 깜짝 놀라듯 눈을 동그랗게 뜨며 소리쳤다.

"안 돼요! 저는 정말 오빠가 좋단 말이에요! 엉엉!"

퍼쿵이 커다란 손으로 유코의 뺨에 흐르는 눈물을 닦아주었다.

"자, 그만, 그만 울어. 그러면 이제 우리 유코, 오빠 말 믿는 거지?"

"예, 믿을게요. 정말이에요."

"그래, 알았어. 우리 이제 밖으로 나가자. 다들 우리 때문에 불편해하잖아?"

"그래요. 대신 오빠도 저 믿어줘야 해요?"

"그럼, 오빠는 유코 말을 항상 믿고 있었어. 자, 그만 울어. 우리 유코는 웃는 모습이 훨씬 더 예뻐."

"정말요?"

"그럼, 정말이고말고……."

퍼쿵의 마지막 말에 유코가 소매로 눈물을 쓱쓱 닦더니 빙그레 웃었다.

"헤헤헤……."

그녀가 언제 울었냐는 듯이 배시시 웃기 시작했다.

"하하, 거봐, 웃으니까 훨씬 예쁘잖아."

"헤… 오빠도 웃는 모습이 훨씬 멋있어요. 헤헤."

"이제 나갈까?"

"근데요… 저기… 있잖아요… 오빠?"

유코가 얼굴을 붉히더니 잠시 머뭇거렸다.

"응? 왜? 말해 봐."

유코의 얼굴이 더욱 빨개졌다.

"저… 그럼… 오빠는 유코를 사랑하세요?"

그 질문에 퍼쿵이 말을 더듬었다.

"무, 무, 물론이지."

"정말이죠?"

"그, 그럼. 이 오빠는 말야……."

일단 사랑한다고 대답한 퍼쿵이 다른 모든 동생들을 다 사랑한다고 설명하려는 순간이었다.

"아하하! 고마워요, 오빠~ 저도 오빠가 세상에서 젤 좋아요!"

크게 웃어대던 유코가 퍼쿵에게 와락 달려들어 뺨에 뽀뽀를 쪽 하고는 돌연 휙 돌아서서 문 쪽으로 달려나갔다.

"저, 유코! 잠깐, 잠깐만! 내 말 아직……."

퍼쿵은 뭐라고 말을 더듬으며 유코를 붙잡으려 했으나 그녀는 벌써 문을 열어젖히고 있었다.

"여러분! 오빠가 절 사랑한대요!"

"유, 유코! 그, 그건……."

"아하하!"

"유코!"

한편 밖으로 쫓겨난 사람들은 걱정스런 표정으로 닫힌 문을 바라보고 서 있었다.

웅가가 혹시 안에서 들을세라 작은 목소리로 말했다.

"정말 대단하군. 유코는 퍼쿵에게 완전히 반했나 본데……."

나리도 놀랐다는 표정으로 고개를 갸웃거렸다.

"어휴, 저는 깜짝 놀랐습니다. 갑자기 울음을 터뜨리는데……. 아무튼 퍼쿵이 부럽다는 생각이 또 드는군요. 저렇게 목숨 걸고 좋아해 주는 여자도 있고……."

피코가 혼잣말을 하는 투로 말했다.

"뭐… 부러운 점도 있고 그렇지 않은 점도 있을 거야."

"응? 그게 무슨 뜻이야?"

"아니, 뭐… 그런 게 있어. 앞으로 우리와 자주 접촉하면 알게 될 거야."

보보는 고개를 저으며 생각에 잠겨 있었다.

'휴~ 완전히 미저리 수준이군. 애가 예쁘게 생겨 가지고 성질은 왜 저런지 몰라.'

거기까지 생각한 보보가 흘낏 옆에서 우레의 뒷덜미를 잡고 있는 피코를 돌아봤다.

'하긴 피코도 성질 급하기는 마찬가지지. 저런 걸 보면 미인은 성질이 더럽다는 말이 맞는 건가? 아니, 자리코를 보면 그렇지도 않은데…….'

그때 안에서 두 사람의 웃는 소리가 새어 나왔다.

"하하하……!"

"호호호……!"

그 소리에 우레가 귀를 움막 쪽으로 기울였다.

"삐빗?"

웅가가 미소를 지었다.

"화가 다 풀렸나 보군. 이제 들어가도 되려나?"

나리가 고개를 저었다.

"나올 때까지 기다려 보죠. 둘이서 할 말이 더 있을지도 모르는데."

"그럴까?"

피코는 왠지 미안한 표정을 짓고 있었다.

'음… 웃음소리가 들리는 걸 보니 사랑한다고 말했나 보군. 휴~ 미안해, 퍼쿵. 앞으로의 인생은 나도 책임질 수 없어. 유코와 둘이서 한 번 잘 살아보는 수밖에…… 쯧쯧…….'

그때 갑자기 문이 벌컥 열리며 활짝 웃는 유코가 달려나왔고, 그 뒤로 벌건 얼굴로 쩔쩔매며 쫓아오는 퍼쿵의 모습이 보였다.

그리고 뒤이어 유코의 외침도 들렸다.

"유, 유코! 잠깐만!"

"여러분! 오빠가 절 사랑한대요!"

"유, 유코! 그, 그건……."

"아하하!"

"유코!"

퍼쿵은 아까 못다 한 얘기를 하려고 다시 입을 열었다.

"에헴! 유코, 오빠가 사랑한다고 말한 것은 말이지……."

"깔깔깔! 오빠, 그만 말하세요. 저는 이미 오빠 맘 다 알고 있어요. 그리고 제일 중요한 것 한 가지!"

유코가 말을 끊자 퍼쿵을 위시로 다른 모든 일행이 그녀에게 주목했다.

"저는 오빠의 말을 믿어요! 호호호!"

"유코! 내 말 좀 들어봐!"

그때 응가가 퍼쿵의 어깨를 툭 치더니 말했다.

"됐네. 이 사람, 부끄러워하기는⋯⋯. 껄껄껄. 사랑이란 게 다 그렇게 시작하는 거지 뭐. 안 그런가?"

나리도 다가와 퍼쿵의 어깨를 쳤다.

"맞습니다. 다 그런 거죠."

퍼쿵은 이제 완전히 전의를 상실한 듯 더 이상 아무 말도 하지 못했다. 그저 고개를 떨구고 멍하니 서 있을 뿐이었다.

응가가 박수를 치며 말했다.

"와~ 축하하네. 두 사람 잘됐어."

나리도 무척 기뻐하는 표정으로 말했다.

"그러게 말입니다. 이봐, 퍼쿵! 정말 축하해. 결혼식은 언제 하나?"

응가와 나리는 상황을 잘 모르는지라 퍼쿵이 유코에게 프로포즈라도 하고 나서 부끄러워하고 있다고 오해하는 것 같았다. 진심으로 그들의 만남을 축하해 주는 것을 보면⋯⋯.

"감사합니다, 여러분! 제 생애 이렇게 기쁜 날은 처음이에요. 이 영광을 여러분께 돌리고 싶어요. 호호홋!"

유코가 연신 꾸벅꾸벅 응가와 나리의 축하에 보답 인사를 하며 웃음을 터뜨렸고, 그 옆에서 벌겋다 못해 까매진 얼굴의 퍼쿵이 원망스러운 표정으로 피코를 바라봤다.

그러나 피코와 보보는 말없이 서 있을 뿐이었다.

보보는 약간 아래쪽으로 눈을 내리깐 채 퍼쿵의 눈을 피했고, 피코 역시 슬며시 고개를 돌리고 먼 하늘을 바라보며 외면하고 있었다.

다만 아무 생각 없는 우레는 다시 유코에게 달려들어 치마 끝을 잡았다. 우레는 유코와 가까이 있는 것만으로도 너무 기분이 좋은 모양이었다.

태양은 이제 머리 위를 지나 약간 서쪽으로 기울어지고 있었다. 시간이 조금 지나고 시끄럽던 분위기가 약간 진정이 되자 보보가 말했다.

"이제 출발할 준비를 해야지요. 모두들 뗏목으로 가죠."

"아, 그렇지. 깜박 잊고 있었군."

"그래, 어서 준비하자. 지금 출발하면 아무리 늦어도 오늘 밤 자정까지는 들어갈 수 있을 거야."

일행은 짐을 꾸려서 뗏목으로 향했다. 짐이랄 것도 없었지만……

뗏목 주위에는 벌써 어족들이 모여서 뗏목을 물에 띄운 채 기다리고 있었다.

피코가 머리를 긁적였다.

"어? 이거 미안하게… 우리가 해도 되는데……."

족장이 말했다.

"어서 오게. 손을 흔들어주려고 모여 있었지."

"고맙습니다, 정말… 여러 가지로……."

퍼쿵도 고개를 꾸벅 숙이며 정중하게 인사를 했다.

"정말 고맙습니다. 덕분에 새 삶을 찾았습니다. 정말 어떻게 은혜를 갚아야 할지 모르겠습니다."

족장이 껄껄 웃었다.

"누워서 들어온 사람이 이렇게 제 발로 걸어나가는 걸 보니 기쁘군.

정말 다행이야."

"모두 어족 여러분의 덕분입니다."

"아니야, 우리도 이렇게 선한 인간족이 있다는 것을 알게 되어 기쁘네. 두 종족 모두에게 좋은 일이야. 사실 말이 나왔으니 말이지만 우리는 인간족에게 많은 피해를 봤었지. 아주 옛날에 말이야."

"죄송합니다. 그 일은 저희가 대신 사과드리겠습니다. 앞으로는 그런 일이 없도록 각별히 신경 쓰겠습니다."

"자네들이 사과할 필요는 없지. 자네들 태어나기도 전의 일이니까. 아무튼 잘 가게. 몸조심하고. 앞으로는 아무거나 집어 먹지 말게. 하하하!"

"예, 명심하겠습니다."

"아, 그리고 단검들 정말 좋더군. 고맙게 받았네."

피코가 고개를 숙였다.

"그 정도로 보답이 되지는 않겠지만… 아무튼 기회가 된다면 앞으로도 가끔 찾아뵙겠습니다. 좋은 선물을 많이 가지고 올게요."

"선물은 필요 없어. 그냥 근처에 오면 언제든지 들르게나."

"예."

일행은 어족들이 띄워놓은 뗏목에 올랐다. 그리고 어족들의 환송을 받으며 서서히 바다로 진입하기 시작했다.

웅가가 말했다.

"정말 착한 사람들이군. 우리 인간족보다 훨씬 나은 것 같아."

나리가 웃었다.

"그렇다니까요. 저렇게 순박하게만 살아간다면 전쟁도 없을 겁니다, 아마……."

"그래, 그럴 거야."

퍼쿵 일행과 어족들은 오래오래 보이지 않을 때까지 서로 손을 흔들었다.

해는 서쪽으로 서서히 기울고 있었고 검푸른 파도가 넘실거리며 뗏목을 밀어내고 있었다.

고요한 해변에 자리 잡은 방어진 안. 꺼진 모닥불에서 연기가 피어오르고 있었고 그 옆에 세워진 작은 간이 천막에서 치요가 죽은 듯이 잠을 자고 있었다.

저녁이 되고 해가 지자 서쪽 수평선에 새빨간 노을이 아름답게 드리워지기 시작했다. 아직 치요가 깨어나려면 두어 시간은 더 있어야 했다.

이윽고 저녁노을마저 사라지고 주위는 컴컴한 어둠으로 덮였다. 그리고 하얗게 빛나는 달이 막 산등성이 위로 고개를 내미는 순간이었다.

"어엇!"

조용히 잠을 자던 치요가 갑자기 고함을 지르며 벌떡 몸을 일으켰다. 그 바람에 치요의 이마에 부딪친 간이 천막이 와르르 무너졌지만 그는 아픈 줄도 모르고 멍하니 앉았다가 급히 한 손으로 천막을 밀어젖히고 일어섰다.

"자리코! 자리코!"

아무 대답도 들리지 않았다.

"······?"

치요가 창백해진 얼굴로 주위를 두리번거리기 시작했다.

'이, 이런······. 자리코가 없어!'

치요는 주위도 살피지 않고 방어진을 뛰쳐나가 낮에 자리코가 들어 갔던 숲 쪽으로 달려갔다.

거기서 주위를 둘러보며 큰소리로 자리코를 불렀다.

"자리코! 대답해, 자리코!"

치요가 가만히 귀를 기울였다. 혹시 자리코의 대답이 들릴까 하는 바람에서였다.

그러나 끝없이 밀려오는 파도 소리와 바람 소리 사이에 밤이 되어 나오기 시작한 들짐승들의 울음소리만이 간간이 섞여 들려올 뿐이었다.

새하얀 치요의 얼굴이 더욱 창백하게 변했다.

'이거 큰일이군. 지금 전해져 오는 이 느낌은 분명히 자리코의 느낌 인데……. 하필 우레도 없는 지금…….'

잠시 고민하던 치요가 주저앉았다. 그리고 땅에 두 손바닥을 가만히 갖다 대더니 입술을 달싹거리며 나지막이 주문을 외기 시작했다. 대지 를 통해서 전달되어 오는 자리코의 신호를 읽어내기 위해서였다.

잠깐 동안 정신을 집중하던 치요가 일어서더니 바다의 반대쪽 숲을 향해 오른손을 뻗었다. 그리고 그 상태 그대로 하늘의 별을 바라봤다.

"동북쪽이야. 자리코는 동북쪽에 있어. 거리는 대략 오 킬로미터. 하지만 우레는 서남쪽, 거리는 십 킬로미터……. 음, 그쪽은 바다인 데… 도대체 우레는 왜 바다에 가 있는 걸까……. 게다가 정반대쪽 에……."

잠시 고민하던 치요가 고개를 끄덕였다.

"그렇군. 우레는 유코를 찾아간 것이로군. 하필 이런 때에 자리코가 없어지다니……."

북극성을 바라보며 방위를 확인한 치요가 심호흡을 하고는 자리코가 느껴지는 방향으로 걸음을 옮기기 시작했다.

'나 혼자 산길을 걸어서 오 킬로미터를 가려면 시간이 엄청나게 걸릴 텐데… 그때까지 자리코가 무사할 수 있을까?

불안한 생각이 치요의 머리 속에서 떠나지 않았다. 그러나 그냥 서 있을 수만은 없는 일이었다. 때문에 치요의 발걸음은 점점 빨라졌다.

치요는 보통 사람들보다 체력이 엄청나게 떨어졌다. 마력을 가지고 있기 때문에 싸움에 있어서는 훨씬 강할 수 있었지만 그의 마력은 자신이 이동하는 데는 그다지 쓸모가 없었다. 얼마 지나지 않아 치요의 이마에서 땀방울이 맺히기 시작하더니 곧 주르르 뺨을 타고 흘러내렸다.

'헉헉, 이 산, 생각보다 험하군. 도대체 자리코는 어째서 그 먼 곳까지 가 있는 것일까? 이제야 구조 신호가 온 것을 보면 지금 그 위치까지 가는 동안은 그다지 위험하지 않은 상황이었던 것 같은데…….'

치요로서는 이해하기 힘든 상황이었다. 만일 무엇인가에게 잡혀서 끌려갔다면 잡히는 순간 구조 신호가 발생했을 것이다.

'지금 자리코를 위협하는 것은 과연 무엇일까? 들짐승? 아니면 들개 족? 아니, 둘 다 아닐 수도 있어. 벼랑에서 떨어졌다든지…….'

별의별 가능성이 다 떠올랐다. 그러나 중요한 것은 지금 자리코가 직면한 것이 어떤 상황이든지 간에 그녀의 목숨이 심각하게 위협받고 있다는 점이었다.

열심히 숲을 헤치고 걷던 치요가 문득 걸음을 멈추며 흘낏 왼쪽을 바라봤다.

그가 고개를 돌리는 것과 동시에 무엇인가 왼쪽의 바위 위에서 튀어

나오며 달려들었다.

카아앙!

커다란 살쾡이였다. 치요는 순간적으로 양손을 왼쪽으로 뻗어냈다.

"앗!"

펑!

크아아악!

급히 던진 불꽃이 덤벼들던 살쾡이의 얼굴에 정통으로 맞았고 살쾡이는 불길에 휩싸인 채 길길이 날뛰며 어디론가 달려가 버렸다.

"휴우, 큰일 날 뻔했다. 미리 준비하지 않았더라면 내가 당했을 거야."

치요의 등에서 식은땀이 주르르 흘러내렸다.

그는 출발하기 전에 잠깐 주문을 외워 불의 정기를 모아두었었다. 그렇게 모아진 불의 기운을 손바닥에 가두어둔 채로 걷고 있었기 때문에 순간적으로 불을 던질 수 있었던 것이다. 만일 그런 준비가 없었다면 살쾡이의 공격을 막아내지 못했을 것이고 몸이 약한 치요는 그대로 먹이가 되었을 것이다.

'안 되겠어. 이러다가 자리코를 구하러 가기도 전에 내가 먼저 죽겠네.'

그렇게 생각한 치요는 멈추어 선 채 다시 주문을 외우기 시작했다. 정신을 집중하고 주문을 외우는 동안 아까 불길에 얼굴을 맞고 달아난 살쾡이의 소리인 듯한 비명이 간헐적으로 들려왔다. 그 소리를 듣자 치요의 몸에도 소름이 쫙 끼쳤다.

치요 역시 혼자서 산길을 걷게 된 것은 처음 있는 일이었다. 그가 처음 마족의 동굴을 벗어나 먼 산으로 들어갔던 것은 오 년 전 아버지와 함께였다.

그리고 아버지가 사고로 죽은 이후에도 역시 퍼쿵과 피코를 만나 항상 동행해 왔기 때문에 혼자서는 사냥을 해본 적도, 산길을 걸어본 적도 없었던 것이다. 어쩌다가 간혹 그가 혼자 다니는 경우에는 우레와 함께 날아다녔으므로 진정한 의미로 혼자가 된 경우는 지금 이 시간이 거의 처음이었다.

'이거… 생각보다 위험한걸. 그동안은 전혀 느끼지 못했었는데…….'

주문을 마친 치요의 몸 주위에는 옅은 빛이 감돌고 있었다. 몸 전체를 감싸도록 마법의 불을 발현시킨 것이었다.

'이렇게라도 하고 있어야지 잘못하다간 내가 죽겠어.'

치요는 몸의 주위에 보호막을 둘러친 채 다시 걸음을 옮기기 시작했다. 뜨거운 불로 몸을 감싼 치요가 이동하는 자리에는 얼었던 땅이 녹아 흥건히 물이 배어 나왔다. 그러다가 그가 멀리 사라지면 다시 차가운 밤공기를 맞아 하얗게 서릿발을 세우며 얼어붙었다. 때문에 치요가 지나간 자리는 마치 흰 융단을 깔아놓은 것처럼 흔적이 남았다.

험한 산길로 오 킬로미터는 체력이 극도로 약한 치요에게는 결코 짧은 거리가 아니었다.

치요는 보호막 마법을 계속 유지하면서 이동해야 했기 때문에 적지 않은 마력을 소모하고 있었다. 더군다나 우레도 없어서 마력의 증폭이 없는 관계로 그의 마력 소모는 평소보다 더 많았다.

"헉! 헉! 이거 장난이 아닌데……?"

자리코를 향해서 최단거리로 가기 위해 높은 바위를 넘거나 우거진 숲을 헤쳐야 하는 치요는 심하게 헐떡이고 있었다.

그가 숲을 헤치고 지나갈 때마다 여기저기 숲 사이에서 들짐승들의 호기심 어린 눈이 반짝였다. 하지만 달려드는 짐승은 없었다. 그저 먼 발치에서 신기하단 듯이 바라보다가 사라져 버리곤 했다. 그가 내뿜고 있는 희미한 빛과 강한 열기 덕분이었다.

행여나 달려들지 모르는 맹수들 때문에 몸 주위의 불꽃을 줄일 수도 없는 치요로서는 여간 힘든 여정이 아니었다.

치요가 이마의 땀을 훔치며 중얼거렸다.

"늦지 않게 도착해야 할 텐데……. 자리코, 절대 포기하지 말고 살아 있어줘… 제발……."

얼마나 걸었을까. 숨을 헐떡거리던 치요가 걸음을 멈추었다. 그리고 다시 땅바닥에 손을 대고 앉았다. 자리코의 위치와 상태를 다시 한 번 정확히 느끼기 위해서였다.

한참 정신을 집중하던 치요의 표정이 묘하게 변했다.

'어? 이상한걸? 자리코의 위치가 바뀌었어. 게다가 이동하고 있다는 느낌이야. 그리고 구조 신호도 좀 약해졌어. 계속되고 있긴 한데……. 그렇다면 위험이 조금 덜해졌나?'

치요는 고개를 갸웃거리며 다시 정신을 집중했다.

'어쨌든 아직 살아 있는 것은 분명해. 그런데 왜 자꾸 멀어지는 거지? 도대체 어디로 가고 있는 거야?'

치요가 급히 일어서더니 뛰기 시작했다. 무척 힘이 들었지만 자리코로부터 전해지는 느낌에 의하면 이동 속도가 자신의 걸음보다 빠른 것 같았다.

아직까지 약한 신호를 보내고 있는 데다가 계속 움직이고 있는 것을 감안할 때 자리코는 생명의 위협을 주는 대상으로부터 어디론가 도망가고 있는 거라고 판단되었다.

　'꾸물거릴 시간이 없어. 이대로 가다간 점점 거리가 멀어질 거야. 우레만 있었어도 금방 따라잡을 수 있는데… 하필이면……'

　이런저런 생각을 하고는 있었지만 치요의 몸 상태는 정상이 아니었다. 금방이라도 심장이 가슴 밖으로 튀어나올 것처럼 뛰고 있었고 숨은 거의 턱까지 찼다. 그래도 멈추지 않고 달리는 것이 용할 지경이었다.

제7장 슬픔의 심연

어느새 해가 지고 바다에도 어둠이 찾아왔다. 달이 환하게 떠 있었지만 사방이 온통 물밖에 없어서 아무것도 분간할 수 없었다. 물 위에 떠 있는 뗏목 위에서는 여섯 사람이 물결이 치는 대로 흔들리고 있었다.

"이러지 말고 정령에게 부탁해요. 응? 이대로는 언제 도착할지 모르잖아요, 예?"

유코가 뗏목 구석에 앉아서 칭얼거렸다. 그녀는 방금 전에도 바다에다가 한바탕 먹은 것들을 쏟아낸 참이었다.

퍼쿵이 부드럽게 웃으며 말했다.

"왜, 견디기 어렵니? 조금만 참으면 되는데……"

"속이 뒤집혀서 죽을 것 같아요. 오빠~ 한 번만 쓰게 해주세요, 예? 바람도 반대 방향인데 언제 돌아가려고 그래요? 그냥 정령에게 부탁하면 잠깐이면 되는데… 이러다가는 날 새겠어요."

응가는 잠이 들어 있었고 피코와 나리는 열심히 돛을 조절하며 바람을 비껴내는 중이었다. 나리는 아주 익숙하게 역풍을 비껴 받으며 전진하고 있었다.

보보가 말했다.

"급한 일도 없는데 자꾸만 정령을 쓰려고 하면 어떡하니? 네 수명도 생각해야지."

유코가 지친 표정으로 대꾸했다.

"내 걱정 해주는 건 고마운데 정령을 써서 수명이 주는 것보다 배멀미로 줄어드는 게 더 많을 거야. 난 정말 죽을 것 같단 말야. 잉~"

나리가 돛의 줄을 잡은 채 물었다.

"정령을 쓴다니… 그게 무슨 뜻이야?"

그러자 유코가 말했다.

"내 친구 정령들에게 부탁을 한다는 말이에요. 저번에 꼬치 아저씨와 배를 날려 버린 거 기억나요?"

"아, 그럼, 기억나고말고. 정말 굉장했잖아?"

"그때 배를 날려 버린 애들이 정령들이었어요."

"그게 정말이야? 언제 네 친구들이 왔었지? 난 보지 못했는데."

그러자 피코가 피식 웃었다.

"그 친구들은 유코의 눈에만 보인다구. 우린 볼 수 없어."

"그런 사람도 있나? 누구는 보이고 누군 안 보이는?"

유코가 자랑스러운 듯이 말했다.

"호호, 내 정령 친구들은 사람이 아니에요."

나리가 고개를 갸웃거리며 물었다.

"그럼 짐승이니? 물고기 종류라든가……."

보보가 말했다.

"나리 형, 그런 게 아니라 정령은 일종의 귀신같은 거랬어."

나리가 물었다.

"귀신? 그런 게 실제로 있는 거야?"

그러자 유코가 발끈 화를 냈다.

"귀신이라니! 정령이 왜 귀신이야? 보보, 알지도 못하면서 함부로 말하지 말아줬음 해!"

"어, 미안. 난 그냥……."

보보가 사과를 하자 금세 유코의 표정이 누그러졌다. 그리고 말했다.

"나리 오빠, 정령은요, 일종의… 음… 뭐랄까… 음……."

유코는 귀신이나 혼령 대신 적당한 말이 없을까 한참 생각을 했다. 그러나 적당한 어휘가 생각나지 않았다.

나리가 다시 물었다.

"그게 뭔데, 유코?"

"음… 뭐… 헤헤, 그런 게 있어요. 아하하! 왜 갑자기 생각이 안 나지?"

민망해진 유코가 괜히 웃으며 얼버무렸다. 그러자 보보가 말했다.

"좀 있다가 육지로 돌아가면 치요에게 물어보세요. 그럼 설명을 해 줄 거예요."

"그래? 훗!"

그 말에 나리가 피식 웃자 유코의 얼굴이 빨개졌다. 정령술사는 자기인데 그게 뭔지조차 잘 모르는 자신이 좀 부끄럽다는 생각이 들어서였다. 그러나 나리와는 아직 조금 서먹서먹해서 뭐라고 하지는 않았다.

그때 피코가 말했다.

"정 그렇게 힘들면 우레와 함께 먼저 돌아가면 되잖아? 넌 우레와 함께 날 수 있으니까. 그러면 굳이 정령의 힘을 빌지 않아도 될 텐데?"

유코의 눈이 반짝 빛났다.

"어머! 그런 방법이 있었군요. 어쩜, 피코는 머리도 좋아요!"

피코가 피식 웃으며 농담조로 말했다.

"그걸 이제 알았니? 나 원래 좀 똑똑한 편이야."

그러나 유코는 이내 시무룩한 표정을 지었다.

"하지만 퍼쿵 오빠의 간호를 해야 하기 때문에 혼자 갈 수는 없어요."

퍼쿵이 미소를 지으며 말했다.

"난 다 나았으니 내 걱정 하지 말고 먼저 가. 치요랑 자리코랑 잘 있는지도 좀 살펴보고. 그 애들도 우리 걱정 많이 하고 있을 거야."

유코가 기다렸다는 듯 말했다.

"그럴까요? 그래도 돼요, 오빠?"

"그럼."

"알았어요. 그럼 할 수 없이 먼저 가볼게요. 다른 사람들에게 미안해서 어쩌죠? 호호. 나만 우레와 함께 날 수 있어서……. 안 그러면 함께 갈 텐데. 호호호!"

피코가 말했다.

"됐으니까 어서 가서 소식 전해줘. 자정쯤이면 도착한다고 말야."

"알았어요. 또 전해줄 말 없어요?"

"없어."

"그럼 나 먼저 가요. 우레야, 가자."

유코의 말이 끝나자마자 우레가 펄쩍 뛰어오르더니 유코의 어깨를 잡고 가볍게 날아올랐다.

푸드득!

나리가 감탄사를 내뱉었다.

"와아!"

우레는 제 몸집의 네 배는 되어 보이는 유코를 달고 순식간에 어둠 속으로 사라져 버렸다.

"대단하군. 저렇게 조그만 새가 사람을 달고 날다니……."

퍼쿵이 웃었다.

"아무나 달고 나는 건 아냐. 우레는 유코와 치요만 데리고 날아다닌다네."

"왜?"

"글쎄… 그건 우레에게 물어보게. 난 잘 모르니까."

나리가 중얼거렸다.

"우레에게 물어보라고? 흐음… 뭐라고 물어보지? '삐비비'라고 해야 하나?"

그 말에 모두 웃음을 터뜨렸다.

"하하하!"

"킥킥!"

"하하하!"

모두 배를 잡고 웃어대자 결국 나리도 웃음을 터뜨리고 말았다.

우레와 유코가 방어진에 도착하는 데는 그리 오래 걸리지 않았다. 우레는 익숙한 솜씨로 유코를 땅에 내려놓았다.

"자리코 언니, 내가 왔어요! 유코예요!"

"……."

아무런 대답이 없었다. 그러자 이번에는 치요를 불렀다.

"치요! 어디 있니? 모두 어디 있는 거야?"

그러나 여전히 대답하는 사람은 없었다.

"어? 어떻게 된 거지? 다들 어디 간 거야?"

"삐빗?"

"모닥불도 꺼졌고… 이상하네……."

우레가 코를 벌름벌름하면서 주위 냄새를 맡았다. 그러더니 말했다.

"삐비비, 삐비비비!"

"뭐라고?"

"삐비비이, 비비빗."

"왜?"

"삐비비비."

"좋아, 그럼 가보자."

우레와 유코가 뭐라고 대화를 나누더니 우레가 다시 유코를 달고 날아올랐다.

"너, 분명히 치요의 냄새를 맡은 거지?"

"삐빗!"

우레는 망설이지 않고 동북쪽으로 방향을 잡았다.

비행한 지 얼마 되지 않아 두 사람의 눈에 불빛이 들어왔다.

"저기!"

"삣!"

암흑에 싸인 숲 한가운데 희미한 불빛 하나가 꾸물꾸물 움직이고 있었다.

"저 불빛, 치요가 틀림없어. 어서 내려가 보자."

우레는 쏜살같이 불빛을 향해 떨어졌다. 나무가 빼곡히 들어차 있었지만 우레는 익숙한 솜씨로 나무 사이를 요리조리 피하며 날았다.

"치요!"

유코가 소리치자 힘겹게 기어가고 있던 치요가 가쁜 숨을 몰아쉬며 고개를 돌렸다.

"하아, 하아, 유코! 우레도 왔구나!"

땅에 내려선 유코가 달려갔다.

"앗, 뜨거!"

치요에게 손을 대려던 유코가 급히 물러섰다. 치요의 주위에 불의 막이 둘러쳐져 있었기 때문이다.

"헉, 헉, 큰일 났어."

"무슨 일이야? 왜 여기 있어? 자리코 언니는?"

치요는 거의 탈진 상태였다. 그런 상태로 보호 마법을 유지하며 계속 기어가고 있었던 것이다.

그는 숨을 헐떡거리느라 잠시 말을 못했다. 치요가 급히 주문을 외워 몸 주위에 둘러친 불의 막을 거뒀다.

"헉, 헉, 설명할 시간이 없어. 우레, 우선 나와 유코를 데리고 날아올라 줘."

우레가 치요의 명령에 따라 두 사람을 달고 공중으로 떠올랐다. 우레는 유코의 어깨를 잡고 있었고 유코가 치요를 안은 채였다.

"자리코가 위험에 빠졌어. 지금도 어디론가 이동하고 있는데 아주 위험한 것 같아."

유코가 눈을 동그랗게 뜨고 물었다.

"뭐? 언니가 왜?"

"몰라. 자다가 자리코의 구조 신호를 받고 깼는데 이미 멀리 떨어져 있는 상태였어. 어떻게 그렇게 멀리 갔는지 모르겠어. 헉, 헉, 아무튼 빨리 가야 해. 내 걸음으로는 너무 느려서… 아직 무사할는지 모르겠어. 헉헉……."

치요는 온몸이 땀으로 흠뻑 젖어 있었다. 그가 우레에게 물었다.

"우레, 이대로 내가 가던 방향으로 날아가."

"삐잇!"

"어서 자리코를 찾아야 해. 늦으면 죽을지도 몰라. 헉헉……."

"삐잇!"

우레는 빠른 속도로 날아갔다. 그리고 곧 하강하기 시작했다. 내려가는 동안에 벌써 치요의 손에서는 불덩이가 피어오르고 있었다.

우레는 낮게 내려가 나무들 사이를 종횡무진 날아가고 있었다. 자리코의 냄새가 나는 정확한 위치를 찾은 모양이었다. 그리고 곧 한 지점에 멎었다.

"삐빗! 삐이잇!"

우레의 말은 바로 아래에서 자리코의 냄새가 강하게 나고 있다는 뜻이었다.

유코와 치요는 유심히 주위를 살폈다. 그러나 아무런 인기척도 없었고 짐승의 기척도 나지 않았다. 분명히 움직이는 물체는 없었다.

"내려줘."

치요의 말에 따라 우레가 땅에 내려서자 유코는 바람의 정령을 불러내 주위를 살피게 했다. 치요는 탈진해서 제대로 서지도 못하면서도 불덩이를 피워 올려 주위를 밝혔다. 우레가 치요의 어깨에 올라앉아 있어서 마법을 일으키는 데는 그리 어렵지 않았다.

주위가 대낮같이 환해졌다. 그러나 자리코는 보이지 않았다.

"자리코! 어디 있어?"

"언니! 나예요. 유코예요! 대답해요!"

두 사람이 소리쳤으나 대답은 없었다.

"삐빗!"

갑자기 우레가 어디론가 달려가자 유코가 치요를 업은 채 그 뒤를 따라갔다.

"삣!"

우레가 집어 든 것은 자리코의 옷이었다. 그녀가 입었던 두꺼운 가죽 옷이 갈기갈기 찢어진 채 우레의 손에 들려 있었다.

"언니!"

"자리코!"

놀란 두 사람이 달려가 그 옷을 받아 들었다. 분명히 자리코가 입고 있던 옷이었다. 그리고 그 옷은 온통 피로 젖어 있었다. 주위의 땅에도 피가 많이 흘러 있었다.

"느, 늦었나? 늦어버렸나?"

"언니! …언니!"

치요가 망연자실한 표정으로 멍청해져 버리자 유코는 울음을 터뜨렸다.

그때였다. 우레가 땅을 가리키며 소리를 질렀다.

"삐이잇!"

"뭐? 어디?"

우레가 가리키는 곳을 바라보니 무엇인가 무거운 것을 끌고간 흔적이 길게 이어져 있었다. 핏자국도 따라 이어지고 있었다.

"가보자!"

우레가 코를 킁킁거리며 앞장을 서자 유코와 치요는 각자 마법을 준비한 채 그 뒤를 따라 달리기 시작했다.

얼마 가지 않아 다시 우레가 뭔가를 집어 들었다.

"이것은?"

유코가 눈물을 글썽이며 말했다.

"흑, 이것도 언니 것이야. 분명해."

그것은 역시 피 묻은 채 찢어진 속옷이었다.

치요가 급히 바닥에 앉아 두 손을 땅에 댔다. 그리고 정신을 집중하기 시작했다. 그리고 잠시 후 일어섰다.

"어떻게 됐어? 찾았어?"

그러나 치요는 고개를 저었다.

"왜? 어떻게 되었는데? 응? 대답해 봐, 치요?"

치요가 멍한 얼굴로 대답했다.

"아무 기척도 느껴지지 않아……. 늦었어……. 끝난 거… 같아."

"뭐? 거짓말! 그럴 리가 없어. 다시 찾아봐! 빨리! 응?"

"……."

치요가 대답없이 고개를 저었다.

유코가 눈물을 글썽이며 치요를 붙잡더니 마구 흔들었다. 치요는 멍청해진 표정으로 유코가 흔드는 대로 이리저리 흔들리고 있었다.

갑자기 유코가 치요를 놓고는 정령을 불러들이기 시작했다.

그 모습을 바라보던 치요가 흠칫 놀라며 유코를 불렀다.

"유코!"

그러나 유코는 들리지 않는 듯 정령들을 부르는 데 집중하고 있었다.

치요는 경악하는 표정으로 유코와 그의 주위를 바라봤다.

"안 돼! 그만 해, 유코!"

치요가 와락 달려들어 유코의 어깨를 잡고 마구 흔들며 소리쳤다.

순간 정신이 든 유코가 놀란 눈으로 치요를 돌아봤다. 유코의 주위에 뭉클뭉클 피어오르는 기운을 치요는 느끼고 있었다. 그것은 살심(殺心)이었다. 유코의 살심에 의해 불려 나오고 있는 정령들이 악(惡)한 기운을 물씬 풍겨대고 있었던 것이다.

치요가 말했다.

"그러면 안 돼! 그만둬, 이미 늦었어."

"하, 하지만… 언니를 찾아야 해. 복수를 해야 해!"

치요가 유코의 뺨을 때렸다.

철썩!

"정신 차려! 넌 지금 살의를 느끼고 있어! 정령을 그런 데 사용하면 안 된다는 것 잊었어?"

"으흐흑, 흑, 으아앙!"

마침내 유코가 얼굴을 감싸고 주저앉아 울음을 터뜨리자 악한 정령들은 스멀스멀 사라져 버렸다.

"엉엉! 어떡해? 이제 어떡해? 자리코 언니! 엉엉!"

"……"

치요도 유코 앞에 주저앉았다. 그의 눈에서도 눈물이 주르르 흘러내렸다. 치요가 어깨를 들썩이며 소리없이 오열하기 시작했고, 우레는 놀란 얼굴로 유코와 치요를 번갈아 바라보고 있었다.

한참을 울던 유코가 벌떡 일어나더니 쉰 목소리로 소리쳤다.

"치요! 너, 뭐 한 거야? 자리코 언니가 그렇게 되도록 넌 뭐 하고 있었던 거야? 응? 말해 봐! 이 바보야! 엉엉!"

치요는 대답없이 눈물만 흘리고 있었다.

"……."

"왜 자리코 언니가… 왜? 엉엉엉! 너는 뭐 하고 있었어? 흐흐흑, 언니가 이렇게 멀리까지 끌려오도록 넌 뭐 하고 있었느냐고? 엉엉엉……."

가만히 눈물만 흘리던 치요가 중얼거렸다.

"자다가… 깨어보니… 자리코가 없었어. 그런데… 내 걸음으로는… 빨리 달려올 수가… 없었어……. 우레만 있었어도… 그러기만 했어도… 구할 수 있었을지도 모르는데……."

치요는 멍하니 허공을 바라보았다. 그의 눈에서 쉴 새 없이 눈물이 흘러내리고 있었다.

그 말을 들은 유코와 우레가 마주 보았다. 그리고 우레가 고개를 푹 숙였다. 푹 숙여진 우레의 얼굴에서 물방울이 두둑 떨어졌다. 우레도 울고 있었던 것이다.

세 아이는 어두운 숲 속에 주저앉아 그렇게 목놓아 울었다. 아이들의 울음소리가 숲 전체에 울려 퍼지고 있었고, 그 울음에 화답이라도 하는 듯이 갑자기 여기저기서 들짐승들이 울어대기 시작했다.

우오오오오!

캬아아앙!

크르르르르!

그렇게 짐승들과 사람들의 울음소리가 숲 전체에 메아리쳤다.

한 시간이 넘게 숲 속에서 울고 있던 유코와 치요, 우레가 비틀거리며 자리에서 일어났다.

그리고 자리코의 찢어진 옷들을 전부 주워 모았다. 하나라도 빠뜨리지 않도록 조심조심 주위를 뒤져서 모두 모은 다음 잘 싸서 안아 들고 방어진을 향해 돌아오기 시작했다.

우레에게 매달려 날아오는 동안 아무도 말을 하지 않았다. 우레가 방어진으로 돌아오는 데는 채 몇 분 걸리지 않았다.

방어진의 모닥불이 다시 피워졌고 그 옆에 세 아이가 말을 잊은 채 앉아 있었다.

치요가 생각했다.

'우레만 있었더라면… 정말 그랬더라면 자리코는 죽지 않았을 텐데……'

그의 맘속에 유코를 찾아 떠난 우레를 원망하는 생각이 잠깐 스쳤다. 그러나 치요는 곧 고개를 저었다.

'우레의 잘못이 아냐. 우연히 그렇게 되었을 뿐……. 우레는 늘 그렇게 돌아다니는걸. 맘대로 사라졌다가 불쑥 돌아오는 녀석인걸. 우리는 모두 그렇게 죽을 수도 있는 처지인데……'

그는 또 유코의 주위에 나타났다가 사라진 정령들을 떠올렸다. 그때 치요는 오한이 날 정도로 사악한 기운을 뿜어대던 악령들을 분명히 느꼈었다.

'흠… 아까는 정말 섬뜩했어. 유코는 수양을 더 시켜야 해. 그렇지 않으면 언젠가는……'

치요가 부르르 몸을 떨었다.

'유코가 가지고 있는 힘은 너무나 강해. 감당할 수 없을 정도로……. 만일 이 아이가 악한 마음을 품는다면… 엄청난 재앙을 불러오게 될지도…….'

살며시 고개를 들어 유코를 돌아보았다. 유코는 끄덕끄덕 졸고 있었다. 마음의 충격이 컸던 모양이다. 졸고 있는 유코의 눈에 아직도 눈물이 흘러내리고 있었다. 유코는 그렇게 울다가 지쳐서 잠이 들고 있는 중이었다.

치요가 일어나더니 유코에게 다가가 그녀의 어깨에 담요를 덮었다. 그 기척을 느낀 유코가 흠칫 놀라며 고개를 들었다.

치요가 가만히 어깨를 누르며 말했다.

"조금 자두는 게 좋을 것 같아. 누워, 유코……."

"흑! 흐흑!"

유코가 다시 흐느끼기 시작하며 치요의 손길에 따라 몸을 눕혔다. 그 위로 담요를 잘 덮어준 치요가 토닥거리며 유코를 재웠다.

잠시 흐느끼던 유코는 곧 잠이 들었다. 치요는 우레도 그 옆에 눕혔다. 우레도 시무룩한 얼굴로 얌전히 누워 잠이 들었다.

두 아이를 재운 치요는 모닥불 앞에 앉아서 하늘을 바라보았다.

그리고 별을 살폈다.

잠시 후 치요가 중얼거렸다.

"자리코의 별은 어디에 있는 것일까? 자리코의 생명성이 보이지 않네. 하긴… 아까 떨어져 버렸겠지. 휴우, 미안해, 자리코. 구해주지 못해서… 정말 미안해……."

치요의 눈에서 다시 눈물이 흘렀다.

"흑흑……."

그렇게 몇 시간이 지나자 해안에서 무슨 소리가 들렸다.

치요가 고개를 돌려서 바라보니 피코와 퍼쿵이 뗏목을 끌어 올리는 모습이 보였다.

'퍼쿵, 드디어 일어났구나. 정말 다행이네. 하지만… 자리코 얘기를 어떻게 하지? 어떡하지?'

퍼쿵이 제 발로 걷고 있는 것을 보니 무척 기뻤지만 너무나 큰 사건을 치른 치요는 걱정이 앞섰다.

피코와 퍼쿵이 뗏목을 끌어 올리는 동안 보보와 웅가와 나리가 방어진을 향해 걸어오고 있었다. 그리고 곧 피코의 목소리가 들렸다.

"치요! 자리코! 모두 나와봐! 퍼쿵이 완전히 회복되었어! 야! 뭐 해?"

퍼쿵의 목소리도 들렸다.

"어이! 모두들 걱정했지? 하하하, 나 완전히 살아났다구! 치요! 자리코!"

그들의 외침에 유코와 우레가 부스스 몸을 일으켰다. 유코의 표정도 치요와 다르지 않았다. 아니, 유코는 벌써 눈물을 줄줄 흘리며 울먹이고 있었고 우레는 고개를 푹 숙인 채 시무룩하게 앉아 있었다.

방어진으로 들어온 웅가가 물었다.

"어? 분위기가 왜 이래? 무슨 일 있어?"

나리도 물었다.

"자리코 씨는 어디 갔지?"

달려오던 피코가 소리쳤다.

"어? 뭐야? 왜 울고 있어? 유코, 왜 그래?"

보보가 이상하다는 표정으로 물었다.

"유코, 무슨 일이야? 왜 울고 있는 거야? 응? 자리코는 어디 있어? 무슨 일이 있었던 거야?"

치요는 눈을 내리깐 채 입술을 깨물고 있었고 유코는 울음을 터뜨렸다.

"으아앙~ 어떡해! 어떡해요? 자리코 언니가… 언니가… 아아앙!"

유코가 울음을 터뜨리자 모두의 안색이 싹 변했다.

응가가 물었다.

"자, 자리코가 뭐?"

퍼쿵이 달려들어 유코의 어깨를 잡았다. 그리고 소리쳤다.

"왜? 무슨 일이야? 자리코가 어떻게 되었는데? 응? 치요, 설명해 봐! 무슨 일이야?"

치요는 입술을 지그시 깨물었다. 그의 입술에서 피가 배어 나왔다.

이어서 치요의 침울한 음성이 새어 나왔다.

"자리코가… 죽었어……."

"……?"

"뭐?"

"……!!"

사람들이 말을 잊은 듯 멍청해졌다. 안색이 새파래져서는 눈을 휘둥 그렇게 뜨고 한동안 치요와 유코를 번갈아 바라보고 있었다.

치요가 모닥불 한 켠을 가리켰다. 그리고 말을 이었다.

"구하지 못했어… 너무 늦어서……. 미안해, 모두들……."

치요의 눈에서 눈물이 주르르 흘러내렸다.

보보가 벌벌 떨기 시작했다. 그리고 더듬거리며 물었다.

"거, 거짓… 말이지? 하하, 마, 말도 안 돼. 그거… 거짓말이지?"

보보의 물음에 치요는 말없이 고개를 돌렸고, 유코는 얼굴을 감싸고 흐느낄 뿐이었다.

"……."

"흐흐흑… 흑!"

보보가 무릎을 턱 구부리고 주저앉자 피코가 소리쳤다.

"무슨 소리야? 자리코가 죽다니? 대체 어떻게 된 거야? 자세히 설명해 봐! 응?"

퍼쿵이 유코를 놓고 치요의 어깨를 잡았다. 그런 다음 조용한, 그러나 떨리는 목소리로 물었다.

"치요, 좀 차분하게 알아들을 수 있도록 설명해 봐. 자리코가 죽었다니, 사실이야?"

"……."

치요가 말없이 고개를 끄덕였다. 그리고 다시 모닥불 한 켠을 가리켰다.

모두의 시선이 그곳에 놓인 자리코의 피 묻은 옷으로 모아졌다.

피코가 와락 달려가 그것을 집어 들었다.

"이, 이건……!"

갈기갈기 찢어진 자리코의 옷들이 피에 범벅이 된 채 피코의 손에 들려 있었다.

"아……!"

"흑!"

"……!!"

모든 사람의 눈에 눈물이 핑 돌았다. 피코가 눈물을 주르르 떨어뜨리며 물었다. 이를 악문 피코의 입에서 날카로운 송곳니가 하얗게 빛나고 있었다.

　"누구야? 누가 자리코를? 좀 자세히 설명해 봐, 치요!"

　치요는 가라앉은 음성으로 조용조용 설명을 시작했다.

　"어제 아침에 같이 식사를 한 후에 나는 잠이 들었어. 그런데 해가 지고 나서 자리코의 구조 신호가 느껴졌어. 그 신호에 깨어나 보니 자리코는 이미 멀리 떨어져 있었어. 내가 달려가기에는 너무 멀리……. 그리고 도착했을 때는 저것만 남아 있었어……."

　"그, 그런……."

　"그리고… 자리코로부터의 구조 신호는 이미 끊어져 있었어."

　"왜… 자리코가 왜 그렇게 멀리……?"

　"몰라, 왜 거기에 가 있었는지는……. 미안해……."

　퍼쿵과 피코, 보보는 동시에 우레를 바라봤다. 그들은 알고 있었다. 치요는 우레가 없이는 먼 거리를 빨리 이동하지 못한다는 것을 말이다.

　우레는 고개를 푹 숙인 채 눈물만 뚝뚝 흘리고 있었다. 모두 허망한 표정으로 우레를 바라보고 있었으나 아무 말 하지는 않았다. 말해 봐야 소용이 없기 때문이었다. 이미 자리코는 돌아올 수 없는 곳으로 간 뒤였던 것이다.

　아무 말도 못하고 오가는 얘기를 듣기만 하던 웅가가 털썩 주저앉으며 통곡하기 시작했다.

　"어, 어어… 자리코, 자리코가 죽다니……. 으허헝! 이, 이런, 이런 일이… 어이… 어이… 그 녀석이 왜 죽어? 왜?"

　웅가는 자리코를 어려서부터 딸처럼 키워온 사람이었다. 부모를 잃은 자리코 남매를 데려다가 먹이고, 입히고, 가르치며 친자식처럼 키워 왔던 사람이니 그녀의 죽음에 마치 자식을 잃은 아버지처럼 대성통곡을 하는 건 당연했다.

땅을 치고 가슴을 치며 통곡하는 응가를 바라보는 나리의 눈에도 눈물이 맺혔다. 나리도 적잖은 충격을 받은 것 같았다. 사실이었다. 그는 자리코를 처음 볼 때부터 호감을 가졌었다. 매우 친절하고 상냥한 자리코에게 나리 역시 따뜻하게 대하곤 했던 것이다.

들개족들, 특히 혼혈아들은 인간족 어머니를 가지고 있기 때문에 선천적으로 인간족 여자에 대한 깊은 신뢰감을 가지고 자라났다. 그래서 혼혈 남자들은 들개족 토종 여자에게는 그다지 흥미를 느끼지 못했다.

반면 혼혈 여자들의 경우는 아버지가 들개족 토종인 까닭에 인간족 남자에게 흥미를 느끼지 못했지만 말이다.

그 밤은 아무도 잠을 이루지 못했다. 모닥불 주위에 침울하게 모여 앉아서 각자 상념에 잠겨 밤을 새웠다. 퍼쿵이 완전히 회복되어 돌아온 것에 대한 기쁨은 전혀 느낄 틈이 없었다. 자리코의 죽음이 가져다준 충격은 엄청나게 큰 것이어서 일행 모두로부터 말과 웃음을 빼앗아 갔다.

다음날 아침 일찍 식사를 하던 중 응가가 말했다.

"나는 이제 성으로 돌아가겠네. 퍼쿵도 완전히 회복되었으니 더 이상 난 필요가 없을 거야. 물론 내가 고친 것은 아니지만 말야. 그리고 괜찮다면 자리코의 옷을 가지고 가고 싶네. 성안에 묻어주고 싶어. 그곳이 그 애의 고향이니까."

퍼쿵이 고개를 끄덕였다.

"그게… 좋겠군요. 시신은 찾을 수 없지만 옷이라도 고향에 묻어줘야겠죠. 자리코의 소지품도 살펴보시고 필요한 것은 가지고 가서 함께 묻어주세요."

"고맙네."

피코가 자리코의 배낭을 가져왔다.

"이게 자리코의 짐이에요. 한번 보세요. 많지 않으니까 전부 가지고 가서도 좋고요."

"어디……."

치요와 유코, 보보는 여전히 아무 말도 하지 않았다. 특히 보보는 눈에 띄게 수척한 얼굴로 수심에 잠겨 있었다.

'나 때문이야……. 내가 자리코를 죽인 거야. 나만 만나지 않았어도…….'

그의 생각을 읽기라도 한 듯이 피코가 다가와서 보보의 어깨에 손을 얹으며 말했다.

"너무 자책하지 마. 네 탓이 아니야."

"피코, 내 탓이야. 나 때문에 자리코가 성에서 쫓겨났잖아. 그렇지만 않았어도 죽지 않았을 텐데……."

"아냐, 자리코는 널 좋아했어. 그리고 여기 와서도 행복하게 살았어."

"……."

"보보, 사실 나 다 알고 있었어. 자리코가 널 좋아하던 거 말야. 너를 바라보는 자리코의 눈빛은 언제나… 행복해 보였어……."

그 말에 보보가 흠칫 놀라며 몸을 떨자 피코가 괜찮다는 듯이 그의 어깨를 두드렸다.

퍼쿵이 말했다.

"저희도 동굴로 돌아갈 겁니다. 거기서 멀지 않으니 인간족의 성까지 모셔다 드리죠."

"그럴 거 없네. 동굴까지만 동행하세."

"아닙니다. 어차피 필요한 물건도 있고 보고 싶은 사람도 있으니 인간족 성에도 한번 들러야지요."

"괜찮겠나? 부르크 대신이 죽이려 할 텐데."

"괜찮습니다. 카르티 장군과 쿠르 장군이 있지 않습니까? 적어도 그 사람들은 확실한 우리 편이니까요. 게다가 왕도 이제 저희를 건드리지 못할 겁니다. 지난번에 확실히 보여주고 왔으니까요. 우릴 건드리면 어떻게 되는지를요. 그리고 부르크 대신의 표정도 한번 보고 싶고요. 우리가 멀쩡히 살아서 돌아다니면 독을 준 그 사람 표정이 어떻게 변할지 궁금해요."

"후후, 경악하겠지. 속으로 무서워서 벌벌 떨 거야. 겉으로 나타낼 사람은 절대 아니지만······."

"그걸 이 눈으로 똑똑히 보고 싶어요."

"좋아, 그럼 같이 가세."

나리가 말했다.

"모두 돌아갈 거야? 그럼 나도 이만 작별을 해야 할 것 같군. 나도 들개족의 성으로 가봐야 해."

퍼쿵이 말했다.

"아, 그래? 그래야 하나?"

"그래야지. 할 일이 많으니까."

"좋아, 그럼 다음에 또 만나자고. 정말 고마웠어. 내 목숨을 구해준 거."

나리가 손을 내저었다.

"내가 뭐 한 게 있다고."

"아니야, 자네가 아니었다면 내가 어떻게 이렇게 완전히 회복할 수 있었겠어? 정말 진심으로 고마워하고 있어."

"그래, 그렇게 생각해 준다면 나도 고맙지. 저… 자리코 씨 일은 정말 안되었네. 좋은 사람이었는데……."

"음……."

"실은 나도 자리코 씨를 정말 좋아했었다네."

그때 자리코의 짐을 살펴보던 웅가가 말했다.

"어? 이게 뭐지?"

그가 꺼내 든 것은 자리코가 쓴 편지였다.

나리가 말했다.

"무슨 편지 같은데요?"

웅가가 그 편지를 꺼내 들고 읽었다. 읽는 웅가의 눈에 다시 눈물이 고이고 있었다.

"불쌍한 것……."

웅가가 굵은 손가락으로 눈물을 훔쳤다.

그가 내민 편지를 모두가 읽어보았다. 그리고 모두들 숙연한 기분이 되어 다시 눈물을 흘렸다.

웅가가 중얼거렸다.

"이 편지를 어떻게 자라목에게 전해주지? 그 애가 죽었다는 말을 어떻게 그 애 오빠에게 전해주냐 말이야……."

모든 사람은 한동안 할 말을 잃고 제각기 눈물을 흘렸다. 그리고 나서 뗏목에 짐을 싣기 시작했다.

　모든 짐을 다 싣고 나자 치요가 방어진을 해체했다. 돌을 치우고 바닥의 금을 지우자 금세 진의 효력이 사라져 버렸다.

　나리가 뗏목 위의 사람들에게 손을 흔들었다.

　"모두 잘 가. 웅가 아저씨도 안녕히 가세요."

　"그래, 정말 고마웠어. 언제 또 만날 수 있으면 좋겠군."

　"또 만날 거야. 꼬치님에게 가끔 갈 테니까."

　"그래, 또 만나자구."

　"조심해서 가."

　서로 작별 인사를 한 다음 퍼쿵은 장대를 밀어 뗏목을 물 가운데로 몰기 시작했다. 뗏목은 강을 거슬러 올라가야 하기 때문에 아주 천천히 움직였다.

　나리는 뗏목이 시야에서 완전히 사라질 때까지 그 자리에서 떠나지 않았다. 이윽고 오랜 시간이 지나 뗏목이 보이지 않자 뒤로 돌아서 들개족의 성을 향해서 걸음을 옮겼다.

　나리의 머리 속에 지난 며칠간의 일이 주마등처럼 스치고 지나갔다.

　물을 뜨다가 자신들을 보고 놀라 바다로 뛰어들던 자리코의 모습, 젖어서 떨고 있는 자리코에게 자신의 망토를 벗어 씌워주던 일, 퍼쿵을 구해달라고 모든 사람이 돌아가며 매달리던 일, 그들이 자신을 가족으로 받아주던 일, 어족 마을에서 보낸 이틀간, 그리고… 자리코의 죽음…….

　'정말 좋은 사람들이다. 자리코 씨… 참 아름다운 사람이었는데……. 죽지 않았다면 좋으련만……. 그랬다면… 어쩌면…….'

　나리는 자리코와 결혼하는 자신을 상상해 보았다. 그런 나리의 얼굴에 잔잔한 미소가 떠올랐다.

　그러나 이어서 고개를 저었다.

　'풋, 내가 무슨 생각을……. 자리코 씨가 나 같은 들개족을 좋아할 리 없지……. 그리고 이미 죽은걸…….'

　생각을 떨친 나리의 걸음이 빨라지고 있었다.

제8장 인간족 마을에 돌아오다

강물을 거슬러 올라가는 뗏목 위에 옹기종기 모여 앉은 일곱 명의 일행은 말이 없었다.

마침 바람은 서풍이 불어오고 있었다. 덕분에 동에서 서로 흐르고 있는 강을 거슬러 올라가는 데는 큰 도움이 되었다. 하지만 역시 물살의 힘을 거스르기는 어려운 듯 뗏목이 이동하는 속도는 매우 느렸다.

퍼쿵과 피코가 번갈아가며 돛을 잡고 바람을 받고 있었는데 퍼쿵은 몸이 완전히 회복된 듯 팽팽하게 바람을 받고 있는 돛을 잡는 데 전혀 힘이 들지 않아 보였다. 언제 아팠었냐는 듯 평온한 얼굴이었다.

따사로운 봄 햇살이 대륙과 강 전체를 내리쬐이고 있었다. 이미 산과 들에 쌓여 있던 눈은 자취를 감추었고 아직은 누런 땅과 잎사귀 하나 없는 줄기만 보였지만 곧 새싹이 돋아나기 시작할 것이었다.

뗏목 한가운데에 무슨 상자처럼 생긴 것이 하나 놓여 있었는데 그 안에는 치요가 숨어서 잠이 들어 있었다. 햇살이 너무 강해서 치요는 밖에 나올 수 없었다. 그는 강한 자외선에 오랫동안 노출되면 건강을 유지할 수 없기 때문이다.

벌써 이동을 시작한 지 열흘이 지났다. 낮에는 이렇게 강을 거슬러 올라가고 밤에는 적당한 위치에 상륙해서 식사를 하고 잠을 잤다.

육로를 통해 이동했다면 벌써 인간족의 성에 도착하고도 남았을 시간이었지만 이미 이 지역 대부분은 터치의 들개족이 활동 영역으로 삼고 있은 지 오래였다.

퍼쿵 일행은 그들과 마주치지 않기 위해서 굳이 시간이 오래 걸리는 수로를 택했던 것이다.

여행하는 내내 모두들 거의 말을 하지 않았다. 지금도 웅가는 한구석에 앉아서 자리코의 편지를 들고 생각에 잠겨 있었다. 퍼쿵과 피코는 돛과 장대를 나누어 잡고는 뗏목을 이동시키는 중이었고 보보는 일행의 식사거리를 마련하기 위해서 낚싯대를 드리운 채 침묵으로 일관하고 있었다. 심지어 항상 조잘거리던 유코와 우레마저도 시무룩하게 앉아만 있었다.

웅가가 느닷없이 한숨을 내쉬었다.

"휴우……."

"왜요? 무슨 고민이라도 있어요?"

피코의 물음에 웅가가 대답했다.

"고민은… 무슨……."

퍼쿵이 말했다.

"또 자리코 생각 하시는군요?"

"그렇지 뭐……."

피코가 위로하듯이 말했다.

"그만 진정하세요. 저희도 슬프기는 마찬가지라고요. 그래도 기운을 내서야지요. 이렇게 맨날 한숨만 쉬고 계시면 어떡해요?"

"미안하군. 하지만 너무 슬퍼서……. 그 애는 내 딸이나 마찬가지였네. 지난번 말도 없이 성을 떠났을 때, 그리고 사람들이 몰려와서 병원을 다 부쉈을 때도 이렇게 슬프지는 않았었는데……."

"그야 그때는… 자리코가 살아 있었으니까요."

"가족을 잃는다는 것은 정말 슬픈 일이야."

"자리코는 저희들에게도 가족이었어요."

"그래… 그렇지……."

퍼쿵이 고개를 끄덕였다.

"저희도 그 심정 잘 압니다."

"아, 자네들도 부모님을 다 잃었다고 했지?"

"예, 그것도 눈앞에서요."

"저런, 마음이 찢어졌겠군."

"그랬죠. 십 년 전의 일이죠. 그런데 그때 가졌던 원한이 이제는 무덤덤해졌어요."

피코가 내뱉었다.

"난 아냐. 아직 멀었어. 언젠가 터치를 만나면 머리를 부숴 버릴 거야. 우리 엄마, 아빠와 똑같이 말야."

퍼쿵이 대답했다.

"그래, 네 말이 맞다. 실은 나도 그래."

시무룩하게 앉아 있던 보보가 고개를 돌리더니 불쑥 물었다.

"앞으로 얼마나 더 가야 하나요?"

퍼쿵이 주위를 죽 둘러보았다.

"거의 다 왔는데… 왜? 많이 힘들어?"

"아뇨, 힘든 게 아니라 겁나서요."

피코가 무슨 소리냐는 듯 물었다.

"뭐가 겁나?"

"인간족들을 만나는 거. 또 죽이려고 달려들지도 모르잖아?"

보보의 말에 나머지 일행도 잠시 입을 다물고 생각에 잠겼다.

"흠……."

웅가가 말했다.

"보보 말에도 일리가 있어. 퍼쿵, 자네야 괜찮다고 하지만 나도 실은 그 점이 마음에 걸리거든."

대답하는 퍼쿵의 음성은 무척 무거웠다.

"뭐, 제 생각에는 크게 걱정하지 않아도 될 것 같은데요."

그러자 피코가 말했다.

"아니, 내 생각에도 그냥 인간족 마을로 들어가는 것은 좀 그래. 이대로 선착장에 배를 댄다는 것은……."

모두의 시선이 피코에게 집중되었다. 유코와 치요도 말은 하지 않았지만 고개를 돌려 피코를 바라봤다.

"무슨 말이냐면… 우리야 그냥 인간족들과 마주쳐도 상관이 없는데 웅가 아저씨는 곤란하다는 거야. 안 그래도 우리와 내통했다고 병원을 다 부숴놓았다지 않아? 그런데 한동안 종적을 감추었다가 느닷없이 우리와 함께 나타나 봐. 그럼 주민들이 가만히 놔두겠어? 우리가 있는 동안은 무서워서 못 건드리겠지. 하지만 우린 곧 떠날 거고 그 다음에는 어떡하지? 아마……."

피코는 거기서 말을 멈추었다. 그러나 그녀가 말을 하지 않아도 무슨 말을 하려 했는지는 모두 알고 있었다. 모두 같은 생각을 하고 있었으니 말이다.

응가의 표정이 더욱 무거워졌다.

"난 상관없네. 사람들이 함께 살기 싫다면 도로 나오면 되지 뭐. 갈 곳은 많아. 혼자 사는 데도 익숙하고."

보보가 주저주저 말했다.

"그냥… 살기 싫다고… 하는 정도가 아닐 건데요……."

퍼쿵이 말했다.

"그 점은 염려하지 마. 나도 이미 생각하고 있던 부분이니까. 지금 우리는 인간족의 선착장으로 가지 않을 거야."

"그럼 어디로 가는 거야?"

"인간족 성을 몰래 지나서 더 상류 쪽으로 올라갈 거야. 거기에 응가 아저씨를 내려 드리고 우린 다시 하류로 내려왔다가 선착장에 배를 댈 거야."

유코가 물었다.

"하지만 누가 보기라도 하면 어떡해요?"

"강 건너편 쪽으로 바짝 붙어서 밤에 이동하면 돼. 응가 아저씨는 짐 속에 숨어 있으면 들키지 않을 거야."

보보가 손을 들었다.

"그러면 되긴 하겠지만… 또 한 가지 염려되는 게 있어요."

"뭐지?"

"나리 형이 말하기를 들개족 원정대들이 그 주위 부족들을 점령하고 있다고 했어요. 그리고 인간족들을 계속 감시한다고 말이에요. 만일 웅가 아저씨를 혼자 내려놓았다가 들개족에게 잡히기라도 하면 어떡하죠? 저번에 잡아간 포로들도 손가락을 다 자르고 결국에는 모두 죽었다고 했잖아요."

퍼쿵의 표정이 다시 무거워졌다.

"아, 그렇지. 그것도 문제구나."

피코가 말했다.

"할 수 없어. 우리가 성문 앞까지 모셔다 드리는 수밖에. 다른 방법은 너무 위험해."

"그래, 정 안 되면 변장이라도 해야지 뭐."

모두가 자신을 걱정하자 웅가가 주먹을 쥐어 보이며 말했다.

"너무 걱정 말게. 이래 봬도 젊었을 적에는 한주먹 했었다네. 지금도 들개족 몇 명쯤은 문제없어."

그 말에 모두 미소를 지었다.

실상은 그렇지 않다는 것을 잘 알고 있기 때문이었다. 들개족은 인간들과는 달랐다. 젊고 날랜 인간족 병사들 서넛이 한꺼번에 덤벼들어도 들개족 병사 하나를 당해내기 힘들었다. 적어도 인간족 대여섯 명은 되어야 들개족 한 명과 맞잡이를 할 수 있을 정도였다. 그러니 나이 오십이 넘은 늙은 의사가 들개족 몇 명과 싸운다는 것은 그냥 엎드려 목을 내놓는 것과 다름없었다.

모두가 미소를 지은 것은 바로 그런 이유에서였다.

퍼쿵이 말했다.

"정말 죄송합니다. 저희들 때문에 끝까지 고생을 하시는군요."

"아니, 아니야. 내가 좋아서 한 일이야. 나는 오래전부터 왕의 정책을 반대해 왔어. 지난번에 왕이 자네들을 잡아두려 한 것도 그렇고 자네들을 적으로 만든 것도 반대했었지. 물론 나의 의지가 정책에 반영되는 일은 전혀 없었지만……."

"그래도 저는 정말 면목이 없습니다. 자리코까지 그렇게 된 이 마당에는 더욱……."

퍼쿵이 말을 흐리자 모두의 눈빛이 다시 무겁게 가라앉았다.

응가가 고개를 저었다.

"아닐세, 난 지난 한 달간 자네들과 같이 생활하면서 진정으로 깨달은 게 있었네. 그것은 자리코가 행복해한다는 것이었어. 난 그애를 십년 넘게 키웠지만 지난 며칠간처럼 그 애가 행복해 보이는 모습은 본 적이 없었어."

응가의 말에 모두가 숙연해졌다. 자리코의 웃는 얼굴이 보이는 것 같았다.

응가는 감상에 젖은 눈빛으로 말을 이었다.

"그 애는 원래부터 천성이 착하고 상냥한 아이였지. 부모를 모두 잃었지만 그렇게 티없이 맑고 명랑할 수가 없었어. 물론 남몰래 울거나 슬픔에 젖어 있는 모습도 가끔 보았지. 하지만 자리코는 남들 앞에서는 전혀 내색을 하지 않았거든. 그런데 자네들과 함께 지내는 동안 보았던 모습은 또 달랐어. 퍼쿵, 자네가 쓰러져 있어서 웃거나 떠들지는 않았지만 그래도 그 녀석은 진정으로 행복해 보였다네."

"흑흑, 자리코 언니……."

유코가 훌쩍이기 시작하자 보보의 뺨에도 눈물이 흘렀다.

응가가 미소를 지으며 말을 마무리했다.

"난 자네들에게 진정으로 고마워하고 있네. 그 애에게 진정한 가족이 되어주고 행복을 가르쳐 주어서 말일세."

"……."

퍼쿵 일행은 모두 말을 잊은 채 멍하니 생각에 잠겨 버렸다. 퍼쿵의 눈에도 눈물이 고였다.

응가가 웃었다.

"그러니 내게 미안하단 말은 하지 말라는 말이야. 하하하!"

"예……. 어쨌든 아저씨는 저희가 끝까지 안전하게 모셔다 드릴 겁니다."

"허허, 괜찮다니까 그러네."

응가가 자꾸 사양하자 보보가 말했다.

"사양하지 마세요. 아마 자리코도 그렇게 하길 바라고 있을 거예요."

"그래, 정 그렇다면 뭐… 좋을 대로 하게. 참, 그런데 보보, 자네는 몇 살인데 자꾸 자리코에게 반말을 하나?"

"예? 그, 그건……."

"하하하, 농담이야. 보아하니 치요도 반말을 하더군. 그래서 장난해 본 걸세."

너무 침울해진 분위기를 띄워보려고 응가가 농담을 한 것이었다. 그러나 웃는 사람은 아무도 없었다.

그 뒤로 이틀이 더 지난 밤이었다. 퍼쿵 일행은 인간족의 성 건너편 강기슭으로 뗏목을 바짝 붙인 채 눈에 잘 띄는 돛은 아예 걷어버리고 장대를 이용해서 이동하는 중이었다.

모두 바짝 긴장한 채 인간족의 성과 강 주위를 경계하고 있었다. 인간족은 배를 잘 몰기 때문에 주의해야 했다. 밤이라고 하더라도 언제 순찰하는 배가 다가올지 몰랐다.

그래서 강기슭과 물 위, 그리고 인간족의 성을 모두 면밀히 주시하면서 지나가고 있었다.

멀리 보이는 성에는 성문마다 환한 불이 피워져 있었고 경계가 삼엄했다. 아마도 지난 전쟁 이후 더욱 강화된 것 같았다. 게다가 지금 정도면 주변 종족이 들개족에게 점령되어 있다는 것도 알게 되었을 터이니 무역은 거의 중단이 되었을 것이고 오로지 전쟁 준비에만 힘을 쏟아 붓고 있을 것이 분명했다.

뗏목은 소리없이 강을 거슬러 올라가 어느덧 인간족 성을 뒤로 보게 되었다.

퍼쿵이 나지막한 목소리로 말했다.

"이 정도면 됐다. 인간족의 순찰선은 더 이상 올라오지 않을 거야. 어차피 들개족은 배를 잘 이용하지 않으니까 염려하지 않아도 되고."

퍼쿵 일행은 소리없이 인간족의 성이 있는 쪽으로 뗏목을 몰았다. 그리고 주변에 어느 종족도 없는 가파른 벼랑 아래에 뗏목을 댔다.

퍼쿵이 말했다.

"내가 웅가 아저씨를 인간족의 성에 모셔다 드리고 올 테니까 그동안 너희는 여기서 기다려. 피코가 함께 있을 테니까 크게 걱정하지 않아도 될 거야. 피코, 애들 잘 지키고 있어."

피코가 걱정스러운 듯이 물었다.

"정말 혼자 갈 거야?"

"응, 여럿이 움직이면 더 들키기 쉬워. 그리고 나 혼자도 충분하니까."

보보가 물었다.

"하지만 들개족 병사들이라도 만나면 어쩌려고요? 아직 다 나은 것도 아닌데……."

치요가 퍼쿵의 소매를 잡았다.

"나도 같이 갈게. 내가 하늘 위에서 주변을 살피며 따라가면 큰 문제는 없을 거야."

그러나 퍼쿵은 고개를 저었다.

"아니, 내 걱정은 말고 보보와 유코를 지켜줘. 난 더 이상 가족을 잃고 싶지 않아."

치요도 고집을 부렸다.

"나도 마찬가지야. 내 실수로 자리코를 잃었어. 퍼쿵까지 잃을 수는 없어."

퍼쿵이 안심시키려는 듯 웃어 보였다.

"후후, 아직도 날 환자로 보는 거야? 난 이제 다 나았다고."

피코가 고개를 저었다.

"내 생각도 치요와 같아. 혼자 보내는 것은 너무 위험해. 들개족뿐 아니라 인간족들도 위험하긴 마찬가지야. 인간족들은 폭탄을 가지고 있어."

보보가 말했다.

"그래요, 형. 치요와 함께 가요. 아니면 피코와 함께 가든지……."

퍼쿵이 말했다.

"나보다 너희들이 더 위험할 수도 있어. 솔직히 보보와 유코는 싸움을 못하잖아? 누군가 지켜야 해."

그렇게 퍼쿵과 나머지 아이들은 서로의 주장을 굽히지 않았다.

그러자 여태 가만히 있던 유코가 말했다.

"내게 좋은 생각이 있어요."

모두의 시선이 유코에게 모아졌다.

"모두 함께 가면 되잖아요? 피코는 생각나죠? 지난번 웅가 아저씨를 모시러 왔을 때 비밀 출구를 통해 들어갔던 거요. 굳이 성문을 통해 들어갈 필요가 뭐 있어요? 그곳으로 가면 들키지 않고 모두 같이 갈 수 있는데."

피코가 이제 생각이 났는지 맞장구쳤다.

"아, 그렇구나! 비밀 출구가 있었지. 그러면 되겠네."

퍼쿵과 보보, 치요가 무슨 소리냐는 표정으로 바라보자 유코가 설명했다.

"지난번에 제가 땅의 정령에게 부탁해서 비밀 출구를 찾아냈거든요. 그곳으로 들어가면 인간족 성의 한복판으로 나갈 수 있어요. 굳이 병사들과 얼굴을 맞대고 어쩌고 할 필요가 없다구요."

보보가 고개를 저었다.

"그럼 웅가 아저씨는? 아저씨도 우리와 함께 가잔 말이야?"

"아니, 아저씨는 성문 앞에 모셔다 드리고 우리끼리만 비밀 출구를 통해 들어가잔 말이야."

"음……."

웅가가 말했다.

"그래, 그렇게 하게, 퍼쿵. 구태여 불안하게 서로 헤어지는 것보다는 그렇게 하는 게 좋을 듯싶네. 나는 성문을 통해 들어갈 테니… 아무튼 나는 얼굴 도장을 찍고 들어가는 편이 좋을 것 같아. 보아하니 요즘 성문 경계도 심해진 것 같은데 느닷없이 나타나서 공연한 의심을 받을 필요는 없지."

잠시 고민하던 퍼쿵이 치요를 바라봤다. 그러자 치요가 고개를 끄덕였다.

"좋습니다. 그렇게 하도록 하지요."

결정이 나자 피코가 검을 허리에 단단히 차고 말했다.

"그럼 먼저 뗏목을 고정시키자. 내가 먼저 올라갈게."

그녀는 날쌘 동작으로 펄쩍 뛰더니 벼랑 한 귀퉁이에 달라붙었다.

"됐어! 밧줄을 던져!"

나지막한 피코의 말에 퍼쿵이 뗏목에 매어져 있는 밧줄을 던졌다. 그것을 받아 든 피코는 밧줄을 허리에 묶고 벼랑을 기어오르기 시작했다.

벼랑 위의 평평한 곳에 도달한 피코가 커다란 나무의 밑둥에 밧줄을 묶었다. 그리고 말했다.

"됐어. 이제 밧줄을 잡고 올라와!"

"좋아."

우레가 치요와 유코를 달고 날아오르자 퍼쿵이 웅가를 업은 채 밧줄을 잡았다. 거대한 자신의 검과 뚱뚱한 웅가를 몸에 매달은 퍼쿵은 별로 힘들이지 않고 밧줄을 타고 벼랑을 기어올랐다. 그러자 웅가가 혀를 내둘렀다.

"정말 굉장하군. 도대체 이 검은 정체가 뭔가? 자네가 쓰는 거야?"

"예."

"이게 잘 휘둘러지나?"

"예, 제 손에 딱 맞죠."

"이런 말은 하기 뭐 하지만 솔직히 자네를 한번 연구해 보고 싶군."

그 말에 퍼쿵이 나지막하게 웃었다.

"하하하."

마지막으로 보보가 밧줄을 잡고 기어올랐다. 그러나 팔 힘이 약한 보보는 시간이 지나도 잘 올라오지 못하고 낑낑거리고만 있었다.

유코가 킥킥거리며 말했다.

"보보, 힘을 좀 써봐! 빨리 안 오면 너만 남겨두고 간다!"

유코는 농담으로 한 말이었지만 보보는 가슴이 철렁 내려앉는 것 같았다. 그가 다급한 음성으로 소리쳤다.

"아, 안 돼! 같이 가! 기다려 줘! …으악!"

보보는 급한 나머지 허둥대다가 발을 헛디뎌 얼마 오르지도 못한 것을 도로 미끄러져 버렸다.

"이, 이런……. 먼저 가면 안 돼! 금방 올라갈 거야!"

보보가 허둥거리며 다시 밧줄을 잡았다. 그러나 급하면 더욱 실수를 하는 법, 보보는 좀처럼 기어오르지 못하고 계속 미끄러지며 떨어지기를 반복했다.

치요가 유코에게 나무라는 듯한 시선을 보내자 유코는 목을 움츠리며 뒷머리를 긁었다. 치요의 시선도 민망했고 보보에게도 좀 미안한 생각이 들었던 것이다.

잠시 후 유코가 기어들어 가는 목소리로 말했다.

"애, 천천히 올라와! 그냥 해본 말이었어. 서두르지 말고……."

"이, 이거 왜 이렇게 안 올라가지?"

그러나 캄캄한 밤중에 혼자 강물 위의 뗏목에 있는 보보는 무섭기도 하고 당황하기도 하여 점점 더 몸이 말을 안 들었다.

퍼쿵이 말했다.

"보보, 침착하게 한 발씩 딛고 올라와. 어려울 거 없어."

그때였다. 보다 못한 피코가 밧줄을 잡더니 훌쩍 일행들을 넘어서 뗏목 위로 뛰어내렸다.

"피코!"

보보는 너무 고마워서 눈물이 날 지경이었다.

피코가 등을 돌려 대며 말했다.

"자, 내 등에 업혀."

"고, 고마워."

보보가 피코의 등에 업히고 그녀의 목을 꽉 감싸 안았다. 그러자 피코는 별 어려움 없이 벼랑을 타고 기어올라 일행들의 앞에 보보를 내려놓았다. 그리고 유코를 흘낏 한번 쳐다보고는 휙 돌아서서 걸어갔다.

피코는 그 순간 유코가 얼마나 얄미운지 몰랐다. 예전 같았으면 한바탕 야단을 부렸을 피코였지만 지금은 약점 잡힌 것이 있어서 참고 있을 뿐이었다.

치요에 이은 피코의 시선에 유코가 민망한 듯 눈을 내리깔고 시선을 피했다.

일행은 어두운 숲 속을 걷기 시작했다. 그렇게 반시간 정도 지나자 동쪽 성문 앞 광장에 도달했다.

"자, 이제 여기서 작별하지. 더 나가면 자네들이 들킬 테니."

"괜찮겠어요?"

"응, 이래 봬도 난 유명인사라네. 날 모르는 사람은 없으니까 화살을 쏘거나 하지는 않을 거야."

"그럼 저희가 여기서 지켜보고 있을 테니 어서 들어가세요."

"자네들도 조심하게."

"예."

퍼쿵 일행은 숲의 어둠 속에 몸을 숨긴 채 멀어져 가는 웅가를 주시했다.

곧 성문에서 경계병과 웅가가 주고받는 말소리가 들렸다.

"누구냐? 멈춰라!"

"어이, 나야. 삼산의원의 원장이라구."

"누구라고?"

"삼산의원 원장 웅가가야."

"어? 이 시간에 웬일이에요?"

"응, 웬일은……. 이제 돌아왔으니까 여기 있지."

"어디 다녀오는 길입니까?"

"한 달 전에 약초 캐러 나갔었잖아. 소문 못 들었어?"

"잠시만 기다리십시오. 상부에 연락하고 오겠습니다."

"빨리 열어. 추우니까."

"예."

잠시 시간이 지나고 성문 옆에 달린 작은 쪽문이 열리더니 장교로 보이는 군인이 나왔다.

"들어오십시오."

"고맙네."

"어쩌려고 이 시간에 밖에서 돌아다니세요? 소식 못 들었어요?"

"무슨 소식?"

"들개족이 주변 종족들을 다 점령했단 말이에요."

"뭐? 언제?"

"거참, 깜깜하시네요. 도대체 어디 가 있었던 겁니까?"

"나는 동쪽 신의 산 근처에서 약초를 연구하고 있었는데?"

"그러니 소식을 못 들었죠. 어서 들어와요. 요즘에 멋모르고 돌아다니다간 쥐도 새도 모르게 그냥 죽는다구요. 참 겁없는 양반이시네."

"뭐, 살 만큼 살았는데……."

"어서 들어와요. 하여튼 이 양반은 종잡을 수가 없어."

장교는 연신 투덜대면서 웅가를 들여보내고 문을 닫았다.

숲 속에서 몸을 숨기고 있던 퍼쿵 일행은 웅가가 안전하게 들어가는 것을 확인하고 나자 살며시 몸을 돌려 어둠 속으로 발걸음을 옮겼다.

잠시 걷고 있는데 우레가 나지막한 소리로 중얼거렸다.

"삐비비……."

우레의 말을 들은 치요가 피코의 소매를 잡아당겼다. 그러자 피코가 가만히 손가락을 입에 대고 말했다.

"쉬이, 나도 알고 있어. 근처에 누군가 숨어 있어. 인간족은 아닌 것 같아."

보보가 물었다.

"들개족일까?"

"그럴 거야. 냄새로 봐서는 아마도……."

퍼쿵이 목소리를 낮추며 속삭였다.

"그렇다면 그들도 우리의 존재를 느꼈겠군."

피코가 고개를 끄덕였다.

"그런 것 같아. 벌써 우리 쪽으로 접근하고 있어. 이대로 비밀 출구를 찾아가는 것은 무리야. 저들에게 그 위치를 알려줄 수는 없지."

"어떡할까? 싸우고 싶지는 않은데……."

피코가 치요를 바라보며 말했다.

"몇 명 안 되는 것 같아. 우선 방어진을 만들어 숨는 게 좋겠는데?"

그러자 치요가 턱을 괴며 말했다.

"너무 가까이 왔어. 시간이 없어서 큰 것은 못 만들겠는걸."

퍼쿵이 말했다.

"우선 보보만이라도 숨길 수 있으면 좋겠다. 피코와 나는 충분히 들개족들을 따돌릴 수 있으니까."

"좋아, 작은 것은 어떻게 될 거야."

퍼쿵 일행의 움직임이 빨라졌다. 치요는 급히 작은 방어진을 만들고 그 안에 보보와 유코를 들여보냈다.

그리고 급히 말했다.

"유코도 함께 방어진에서 기다려. 어쩌면 싸움이 벌어질지도 모르니까. 너는 되도록 싸움에 끼지 말아야 해. 좁으니까 절대로 움직이면 안 돼. 돌을 건드리면 진이 깨져."

유코가 걱정하지 말라는 표정으로 대답했다.

"알았어."

그런 다음 우레와 함께 날아올랐다. 피코와 퍼쿵은 각자 검을 뽑아 들고 소리를 죽인 채 양쪽으로 흩어져 몸을 숨겼다. 두 사람은 들개족을 유인하기 위해서 일정한 거리를 유지한 채 계속 멀리까지 이동할 것이다.

방어진은 아주 작았다. 두 아이가 바싹 붙어 서서 겨우 몸을 숨길 수 있을 정도였다. 보보와 유코는 가까이 몸을 밀착한 채 주변을 유심히 관찰하기 시작했다.

잠시 시간이 지나자 다가오는 들개족 병사들의 모습이 보이기 시작했다. 네 사람이었다. 모두 어둠 속에서 몸을 바싹 낮춘 채 활을 들고 있었는데 허리에 검이라고 부르기에는 좀 투박하게 생긴 두껍고 묵직

한 칼을 차고 있었다. 커다란 활에 화살을 걸고 다가오는 들개족의 모습은 얼핏 보기에도 사나워 보였다.

보보는 긴장한 얼굴로 자신의 검을 뽑아 들고 유코의 앞을 가로막았다. 그는 지금 유코를 보호해 주어야 한다는 생각을 하는 것 같았다. 뭐, 별로 쓸모는 없겠지만 말이다.

유코는 그래도 검을 뽑아 들고 자신의 앞을 가리고 있는 보보를 보자 왠지 귀엽고 흐뭇한 생각이 들었다. 방어진 안에 있으면 그들에게 발견될 리 없지만 어쨌든 저도 남자라고 여자를 보호하려는 본능이 생기는 모양이었다.

유코가 말했다.

"어머, 너도 싸우려고?"

"응? 아, 아니, 그렇다기보다도 혹시 방어진이 깨지면 널 보호해 주려고."

"어쩜! 너, 보기보다 용기있구나? 멋있는데?"

"어, 어험, 놀리지 마. 난 진심이라구."

"놀리다니, 정말 멋있어서 그래. 그러고 보니 생각난다. 옛날에 너 공룡이 달려들 때 내 앞을 가로막아 보호해 주려고 했었잖아."

"그, 그랬나?"

"생각 안 나? 퍼쿵 오빠를 첨 만난 날 말야."

"아, 그랬었지."

"그래, 너 그때 참 괜찮았어. 후후, 가끔 보면 너도 참 괜찮은 놈이란 말야."

"나 원래 쫌 괜찮아."

그들이 얘기하는 동안 들개족들은 바로 방어진 옆까지 다가와서 계속 코를 벌름거리고 귀를 쫑긋거리며 주변을 살피고 있었다.

바로 가까이 다가온 들개족들을 바라보는 두 아이의 표정에는 전혀 두려움이 없었다. 이미 두 아이들은 방어진의 효력을 잘 알고 있기 때문이었다.

유코가 말했다.

"퍼쿵 오빠와 피코는 어디로 간 거지?"

"근처에 있을 거야."

"치요는?"

"우레와 하늘로 날아 올라갔잖아?"

유코가 바닥에 앉으며 말했다.

"아, 다리 아파. 우리끼리 있으니까 심심하다. 얘, 우리 장난 좀 칠까?"

"장난?"

"응, 여기 앉아 있으면 아무도 우릴 보지 못하잖아?"

"그래서?"

"킥킥, 저 들개족 병사들한테 장난을 치잔 말야."

"안 돼! 그러다 들키기라도 하면 어쩌려고?"

"호호, 겁날 게 뭐 있어? 방어진 안에 있는데……. 잠깐만."

유코는 주머니를 뒤적뒤적하더니 작은 돌멩이 몇 개를 꺼냈다. 공기놀이를 한다고 가지고 다니는 조약돌이었다.

보보가 불안한 눈초리로 물었다.

"뭐 하려고? 그냥 가만히 있으면 안 돼?"

"호호, 겁나나 보지? 그렇게 무서우면서 어떻게 날 지켜주려고 그래?"

"그래도 일부러 위험한 짓을 할 필요는 없잖아?"

"괜찮아. 잘 봐."

유코는 말릴 새도 없이 조약돌 하나를 던졌다.

"유코! 하지 마!"

보보가 기겁을 하고 말렸지만 이미 조약돌은 유코의 손을 떠난 뒤였다.

톡!

"엇?"

등에 조약돌을 맞은 들개족 병사 하나가 깜짝 놀라며 급히 돌아섰다. 그의 행동에 나머지 들개족들도 걸음을 멈추고 주변을 살폈다.

"무슨 일이야?"

"몰라, 뭐가 날 건드렸어."

"우린 아무것도 못 봤는데?"

"틀림없어. 뭔가가 내 등을 건드렸단 말야."

두리번거리며 당황하는 들개족을 보며 유코가 배를 잡고 웃어댔다. 보보가 다시 진지하게 말했다.

"유코, 부탁이야. 장난 좀 치지 말아."

"호호, 괜찮다니까. 겁내지 마."

유코는 다시 돌멩이 하나를 던졌다.

톡.

"어? 들었지?"

"그래, 분명히 누군가 돌을 던졌어."

이번에는 아무도 맞지 않았다. 그러나 주위를 유심히 살피던 들개족 병사 네 명이 모두 돌멩이 떨어지는 소리를 들은 모양이었다.

"이 근처야. 누군가 숨어 있어."

"조심해. 아까 소리 듣기로는 여러 명이었어."

"인간들이 틀림없지?"

"틀림없이 인간족의 냄새였어. 바로 이 근처야. 지금도 냄새가 나고 있잖아."

"흩어져서 찾아보자. 이렇게 몰려 있으면 위험할지 몰라."

"좋아."

들개족은 일제히 활을 거두고 칼을 뽑아 들었다. 그들의 칼은 가까이서 보니 하도 두꺼워서 마치 철퇴 비슷하게 보였다. 그걸로 한 방 맞으면 '으악' 이고 뭐고 그냥 끝날 것 같았다.

잔뜩 긴장해 눈에서 붉은 빛을 쏘아내며 나누는 그들의 얘기가 또렷하게 들려왔다. 보보의 등에 식은땀이 흘렀다. 보보가 약간 화난 음성으로 말했다.

"유코, 그만 해. 너, 정말 멋대로구나. 너 때문에 퍼쿵 형이랑 피코, 치요, 우레 모두 위험해질 수도 있어."

"왜 화를 내고 그래?"

유코가 뾰로통한 목소리로 대꾸하자 보보가 버럭 소리를 질렀다.

"그만 하랬잖아?! 너무하는 거 아냐?"

"……."

유코의 눈이 동그래졌다. 보보가 화를 내는 모습은 처음 보았는지라 무척 놀란 표정이었다. 동그랗게 뜨고 있는 유코의 눈에 슬며시 눈물이 고였다. 그렇지만 너무 충격이 컸는지 뭐라고 말을 하지는 못했다. 잠시 멍청해져서 서 있던 유코가 눈물을 두둑 떨어뜨리며 돌아섰다.

그러자 보보가 누그러진 음성으로 말했다.

"소리 지른 것은 미안해. 하지만 장난은 그만 하자. 잘못하면 우리 일행이 다칠 수도 있으니까."

"응, 알겠어."

유코는 울음을 억지로 참느라 입을 씰룩거리며 대답했다.

돌아선 유코의 어깨가 들썩였다. 울고 있는 모양이었다. 그 모습을 본 보보의 마음이 무거워졌다. 잠시 유코의 뒷모습을 바라보던 보보가 다가가서 그녀의 어깨를 잡았다.

"유코, 미안해. 화낼 생각은 아니었는데……."

"흑, 아냐. 내가 잘못한걸."

그러면서 어깨에 얹어진 보보의 손을 살짝 뿌리치며 한 걸음 앞으로 나갔다.

그러나 그게 화근이었다. 살짝 앞으로 내민 유코의 오른발이 그만 방어진의 테두리를 이루고 있는 돌멩이를 건드린 것이다.

떼구르르!

쏴아아!

"엇?"

"응?"

보보와 유코가 동시에 멈추어 섰다. 방어진을 해체할 때 생기는 공기의 흐름을 느꼈기 때문이다.

그때였다.

"저기다!"

"두 놈이야!"

멀찌감치 이동했던 들개족 네 명이 거의 동시에 소리치며 달려왔다.

"어어?"

"까악!"

보보는 유코의 앞을 가로막은 채 엉겁결에 검을 몸 앞으로 내밀어 피코로부터 배운 검술 자세를 취했고, 유코는 두 손으로 입을 가리고 비명을 질렀다.

제일 먼저 달려온 들개족 병사가 묵직한 칼을 들어 올렸다.

보보는 눈을 질끈 감았다가 이내 생각했다. 그의 머리 속에 번개처럼 떠오른 것은 피코가 한 말이었다. 검술을 가르치며 제일 처음에 한 말.

"절대로 눈을 감으면 안 돼. 마지막 순간까지 상대의 눈과 검을 바라보고 있어야 해! 보보, 눈을 떠!"

마지막 순간에 눈을 뜬 보보의 시야에 커다란 덩치의 들개족이 휘두르는 무식한 칼이 들어왔다. 보보는 순간적으로 검을 앞으로 내밀어 그 칼을 막았다.

챙!

"억!"

"까아아!"

보보의 검은 정확히 들개족의 칼을 막아냈다. 덕분에 두 아이가 한꺼번에 베어지는 사태는 피할 수 있었다. 그러나 힘에 밀린 보보는 유코와 함께 뒤로 밀리면서 저만치 나가떨어졌다.

보보는 땅에 뒹굴면서도 끝까지 들개족에게서 눈을 떼지 않았다. 공격하는 들개족은 하나였다. 나머지 세 사람은 멀찌감치 서서 주위를 경계하며 싸움을 구경하고 있었다. 도저히 상대가 되지 않는다는 것을 눈치 챈 것 같았다.

보보의 몸이 공포로 부르르 떨려왔다.

칼을 휘두른 들개족이 눈을 치켜뜨며 말했다.

"뭐야, 어린애들이잖아?"

뒤에 서 있는 들개족 병사들이 물었다.

"어린애?"

"그래, 애들 두 명이야."

달려들던 들개족 병사는 잠시 보보를 살펴보더니 칼을 내려뜨렸다. 그리고 서서히 걸어오기 시작했다.

보보는 벌떡 일어나 아직 쓰러져 있는 유코의 앞을 가로막았다. 그리고 검을 곧추세워 다가오는 들개족을 겨누었다.

지척으로 다가선 들개족 병사가 씨익 웃었다. 그는 보보보다 머리하나는 더 컸고 굵은 팔뚝은 보보의 허벅지만했다. 말려 올라간 입술 사이로 커다란 송곳니가 비쭉비쭉 솟아 나와 있었다. 보보는 벌벌 떨면서도 그 병사의 눈을 정면으로 노려보았다.

뒤에 서 있던 들개족이 소리쳤다.

"이봐, 죽이지 마. 데리고 가서 정보를 캐보자구. 여자도 있으니 회포도 풀고 말이야."

"그게 좋겠군. 킥킥."

다른 들개족이 자신의 사타구니를 주물럭거리며 킥킥거렸다.

"오랜만에 몸 좀 풀겠는걸? 키득키득."

"우하하, 다들 좋아할 거야. 인간족 여자를 선물로 가져가면. 오늘 밤은 축제다!"

그들의 말에 갑자기 보보는 울컥 화가 치미는 것을 느꼈다.

어디서 그런 용기가 났는지 모르겠지만 겁쟁이 보보는 이제 떨고 있지 않았다. 유코를 데려다가 어쩌겠다는 말에 몹시 화가 나고 있었던 것이다.

보보의 뒤에서는 유코가 쓰러진 채 벌벌 떨며 그 모습을 바라보고 있었는데 그녀는 너무 놀라서 정령을 부를 생각도 하지 못하고 있었다.

들개족 병사는 아무 말도 하지 않았다. 항복을 하라느니 칼을 버리라느니 하는 소리를 일체 하지 않고 대신 자신의 칼을 높이 쳐들었다. 그리고 부웅 소리를 내며 내려쳤다. 오로지 관심은 여자에게만 있는 놈인 것 같았다. 보보를 베어버리려 하는 것을 보면 말이다.

보보는 검을 뒤로 뺐다가 있는 힘을 다해 내밀었다. 그렇게 해야 겨우 들개족의 칼을 막아낼 수 있을 것 같았다. 마지막 검이 부딪치는 순간에 보보의 눈이 질끈 감겼다.

캉!

날카로운 쇳소리가 허공을 가르며 한 자루의 칼이 검은 밤하늘로 날아갔다.

"커억!"

보보는 이제 죽는구나 생각하고 있었다. 그러나 뭔가 이상하다는 것을 깨닫고 눈을 떠보니 눈앞에서 방금 칼을 휘두르던 들개족 병사가 쓰러지는 모습이 보였다. 그리고 무엇인가 묵직하고 따끈한 감촉이 뒤에 느껴졌다. 돌아보니 퍼쿵이었다.

날아간 것은 보보의 검이 아니라 들개족의 칼이었다. 퍼쿵의 거대한 검이 들개족의 칼을 날려 버리자 그 충격을 못 이긴 들개족이 저만치 나가떨어진 채 나뒹굴고 있는 것이다. 두 어깨가 축 늘어진 채 흐느적거리고 있었고 몹시 고통스러워하는 표정으로 보아 팔이 부러진 것 같았다.

"뭐, 뭐야?"

"쳐라! 인간족이 더 있었다!"

세 명의 들개족이 일제히 달려들었다. 그러나 그들의 맨 뒤에서 또 비명이 터져 나왔다.

"억!"

그들이 고개를 돌렸을 때는 이미 한 병사가 피를 쏟아내며 주저앉고 있었다. 그리고 그 머리 위로 솟아오르는 피코의 모습이 보였다.

"조심해!"

남은 병사는 둘이었다. 그러나 그들도 오래 버티지는 못했다. 하나는 피코의 검에 베어져 둘로 갈라져 버렸고, 또 하나는 퍼쿵의 검에 맞아 터져 버렸다.

그렇게 세 병사가 죽고 하나는 바닥에 쓰러진 채 부러진 팔을 늘어뜨리고 있었다.

공중에서 치요가 서서히 내려왔다. 그리고 물었다.

"뭐야? 도대체 어떻게 된 거야? 방어진에 가만히 있으랬더니 왜 나왔어? 둘 다 죽을 뻔했잖아."

어이없다는 듯한 치요의 다그침에 유코가 얼굴을 붉히며 고개를 푹 숙였다.

피코도 화가 나서 소리쳤다.

"바보들, 너희들이 들개족과 싸울 수 있을 것 같아? 이해가 안 간다. 도대체 요즘 왜들 그러는 거야? 자리코가 죽었어. 근데 또 누군가 죽어야 되겠니?"

유코는 거의 울기 직전이었다. 연거푸 실수를 해대는 통에 더 이상 할 말도 없었다. 더군다나 실수도 아니고 일부러 장난을 치다가 그랬으니 더욱더 변명의 여지가 없었다.

그 모습을 가만히 바라보던 보보가 말했다.

"미안해. 실은 내가 실수로 방어진의 돌을 건드렸어. 그래서 진이 깨진 거야."

보보의 말에 치요와 피코가 한마디씩 했다.

"네가? 네가 그런 실수를?"

"이해가 안 가는구나, 보보. 네가 그런 실수를 다 하다니……."

그러자 보보가 다시 말했다.

"미안해. 들개족이 가까이 다가와서 너무 겁이 났어. 그래서 뒷걸음질치다가 돌을 건드리고 말았어. 정말 미안해."

치요가 물었다.

"하지만 방어진이 안전하다는 것은 잘 알고 있을 텐데?"

퍼쿵이 손을 내저으며 말을 중단시켰다.

"됐다, 모두들 그만 하자. 이미 지난 일이야. 앞으로 실수하지 않으면 되지. 자, 진정들해. 그리고 보보, 정신 바짝 차려. 우린 언제 무슨 사고를 당할지 몰라. 단 한 번의 실수로도 죽을 수 있어. 자리코의 일을 잊어버리지 말아라."

"예……."

그렇게 말하면서 퍼쿵이 유코의 옆구리를 툭 쳤다. 아무도 눈치 채지 못하도록 살짝 건드린 것이다. 유코가 고개를 푹 숙이고 있다가 움찔 놀라며 퍼쿵을 바라봤다.

눈이 마주치자 퍼쿵이 보일 듯 말 듯 미소를 지었다.

그 미소를 본 유코의 눈에 눈물이 핑 돌았다. 퍼쿵은 다 알고 있었던 것이다. 실수를 한 것은 보보가 아니라 유코라는 것을 말이다.

유코는 지금 이 순간 퍼쿵과 보보가 너무 고맙다는 생각이 들었다.

특히 보보에게는 정말 눈물이 나도록 고맙고 할 말이 없었다. 자신의 허물을 감싸고 스스로 대신 뒤집어써 준 것이 말이다. 게다가 좀 전에는 뻔히 죽게 될 줄 알면서도 자신의 앞을 가로막고 들개족과 정면 대결을 하지 않았는가. 목숨을 걸고······.

유코가 멍한 표정으로 보보를 바라봤다.

그러자 보보가 앞으로 걸어가며 유코의 어깨를 툭 쳤다. 신경 쓰지 말라는 듯이······.

유코가 보보의 등에서 눈을 떼지 못하며 생각했다.

'고, 고마워, 보보······.'

그때였다.

"삐잇!"

"퍼쿵!"

"음, 모두 조심해!"

우레와 피코, 퍼쿵이 동시에 눈을 번득이며 나지막이 외쳤다.

"무, 무슨 일?"

"쉿!"

여섯 아이들은 바짝 긴장한 채 몸을 낮추고 사방을 살폈다.

피코가 검을 뽑아 들며 속삭였다.

"포위되었어. 이번에는 인간족 냄새다."

퍼쿵이 지시했다.

"우선 유코와 치요는 우레를 타고 나무 위로 올라가. 아주 높이 꼭대기로!"

치요가 중얼거렸다.

"알았어. 제기랄, 방어진부터 복구해 놨어야 하는 건데······."

퍼쿵, 피코, 보보가 바닥에 납작 엎드리자 우레와 치요, 유코가 날아오르기 위해 몸을 일으켰다.

그 순간 인간족 병사들이 소리쳤다.

"뭔가 움직인다!"

"저쪽이야!"

"활을 쏴라!"

여러 병사들의 외침 소리와 함께 그들의 책임자로 보이는 자가 소리쳤다.

그와 동시에 퍼쿵도 소리쳤다.

"엎드려!"

퍼쿵 일행은 재빨리 바닥에 바싹 몸을 붙였다. 몸을 일으키던 세 아이도 미처 날아오르지 못하고 다시 엎드렸다.

핑! 피핑! 쉬이익! 쉭! 쉭!

보이지는 않았으나 활 줄이 퉁겨지는 소리와 함께 화살이 바람을 가르며 날아오는 소리가 여기저기서 들려왔다.

그들이 엎드려 있는 곳의 주위 나무에 화살이 박히는 소리가 들렸다.

다행히 아무도 맞은 사람은 없었다.

퍼쿵이 엎드린 채로 소리쳤다.

"쏘지 마시오! 우린 인간이오! 활을 쏘지 마시오!"

그러나 퍼쿵의 목소리를 못 들었는지 화살은 계속해서 날아오고 있었다.

피코가 짜증나는 목소리로 말했다.

"제기랄, 왜 양쪽에서 다 덤비고 난리야?"

보보는 잔뜩 겁을 먹은 목소리로 중얼거렸다.

"이, 이러다 죽겠어요. 어떻게 하죠?"

유코가 퍼쿵에게 물었다.

"오빠, 어떻게 하죠? 정령을 부를까요?"

"아무래도 그래야 할 것 같은데?"

피코가 말했다.

"그냥 치요의 불로 다 태워 버리면 안 될까?"

그러자 퍼쿵이 고개를 저었다.

"그건 안 돼. 더 이상 그들과 원수질 필요는 없어."

그때 날아오던 화살이 잠시 멎었다. 그리고 인간족 병사 수십 명이 서서히 접근해 오는 것이 보였다. 어둠 속이었지만 느껴지는 소리와 움직임으로는 근 사십 명은 넘는 것 같아 보였다. 게다가 횃불이 여기 저기 밝혀지는 것으로 보아 보보의 폭탄도 준비하고 있는 듯싶었다.

보보가 속삭였다.

"폭탄을 가지고 있어요."

피코가 이를 갈며 검을 뽑아냈다.

"으드득! 이렇게 된 거 다 없애 버리자고!"

"기다려!"

퍼쿵이 검을 뽑아내는 피코의 손을 잡아 다시 검집에 집어넣으면서 그들을 주시하고 있었다.

〈5권 끝〉